U0052812

虛構的另一個詞叫死亡（代序）

海男

一個人到了某種時刻將會死去，然而那一刻應該在什麼時候出現，我同小說的關係也就是與小說中的命運連在一起。每當我講一個故事時，我總是會想到他們後來怎麼樣了。也就是說那些人到了什麼地方，目前面臨著什麼樣的生活。生活中包括死亡，從我們出生的那一天開始，每個人都在用各種各樣的目的、各種各樣的選擇去靠近死亡。而死亡可以在任何地方發生，虛構的另一個詞叫死亡，重要的是在虛構之中死亡是怎麼到來的，是衰老而死，還是突如其來的猝死，是自縊還是謀殺還是疾病……

我每天都要經過一家醫院，這是一座兒童醫院，你可以想像任何在此地、在別處發生的死亡，然而你卻不敢設想一個兒童的死，那些孩子們死於非命，死於不該到來的疾病，死於一片亂糟糟的領域，但是，一座醫院的誕生就將意味著一些人死在裡面。每經過醫院門口，我總會看見孕婦，嬰兒緊貼著母親的面頰，三歲到六歲的孩子臉上一片淡淡的陰影……他們之中的誰幾天前還活著，但某一天卻死了。這就是一座兒童醫院面臨的「一個細胞換另一個細胞」的佐證。

一個人的疾病儘管符合時代和生命的發展規律，同時它又是違背生命這種豐富的源泉的，人們懼怕疾病，疾患不僅帶來了身體的痛苦也同時帶來心理的恐怖，從此部小說的秘密花園中傳來的薩克斯風，像是細訴著一個幽靈的愛情故事，漂亮的年輕女醫生置身在患了絕症的病人身邊，她不知不覺愛上了她的癌症病人。虛構的另一個詞叫死亡，虛構疾病就是虛構事件與人的基本東西：絕望。我在此書中表述的就是這種原則，除了絕望之外，還有愛的慰藉，愛情除了相互糾纏之外，它無疑對我們的生命是一種洗禮及震撼。這個故事在寫作時感動了我，但願它會感動我的讀者。

謝謝三民書局為這本書提供了出版的機會，我願意將我最好的作品與您們分享。

一九九九年十一月中國昆明

銀色的玻璃人

目次

第一章

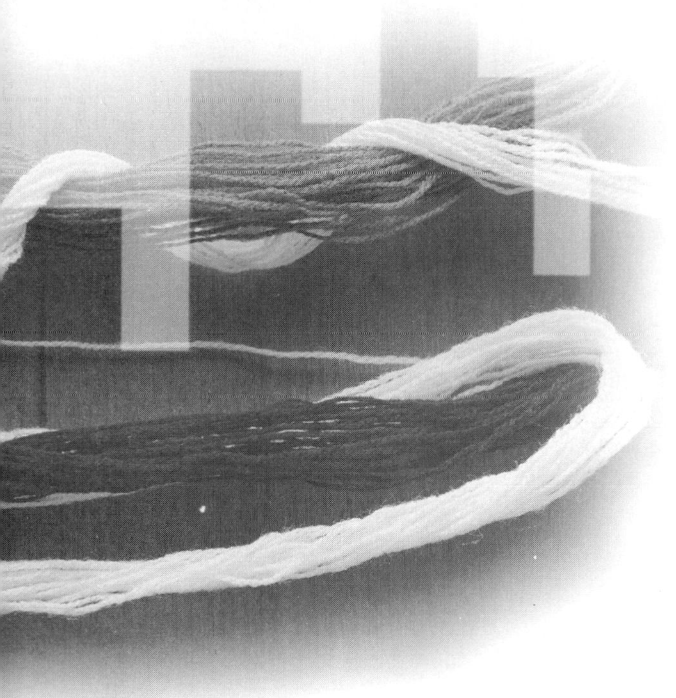

進入四月還有兩天時間，四月是什麼日子呢？不管四月是什麼日子，林玉媚都快進入三十歲了，也許還有兩天時間就是她的生日，所以四月對於她來說顯得格外重要，那麼，四月到底是什麼樣的日子呢？林玉媚將頭面對著窗外，她是孤寂的，或者說她的身影像一片樹葉一樣飄零，而飄零的地域卻永遠不離開醫院。醫院對於她來說就是生活的位置，除了醫院，也許還沒有一個地方可以讓她感覺到飄零的感覺，所謂飄零，對於快進入三十歲的林玉媚來說就是穿著她一塵不染的白大褂在病人和死者之間穿行，所謂飄零就是林玉媚用醫生的目光和心靈接觸到的那些真正的無可奈何的死亡的命運。

她面對著窗外，四月就要到來了，記憶中的四月對於她來說是殘酷的，但歲月就像飄零的樹葉被風吹遠了，什麼事情都會過去的，儘管記憶中的四月她試圖去挽救一個人，想用盡自己的全部力氣拉住一個人，但她的手顯得那麼無力，當她的雙手鬆開時，程昆——一位薩克斯風演奏者就像他那管樂曲中漆黑的泡沫一樣從她眼前消失了。

林玉媚將再一次面對著四月，她面對著醫院的小樹林，在小樹林那邊就是住院部，她就在住院部的九樓上班，二十四歲那年她從醫學院畢業以後就分到了G醫院，她皮膚白皙，身材修長，有一張嬌美而動人的鵝蛋臉，如果她走出這座醫院，沒有人會把她當作內科醫生，人們也許會把她歸為文藝工作者，比如演員，扮演各類角色的戲劇演員，電影演員等等，而她確實又是典型的內科醫生，醫院裡所有的同事和病人都叫她林醫生，她已快進入三十歲，但她的臉上看不出一絲歲月的痕跡，她從二十四歲以後就穿行在醫院的每一條小徑，最初幾年她在門診工作，二十六歲那年她被調到內科住院部任內科副主任，她的歷史極其簡單，她來自外省的一座小城市，她上大學一年級時，她的母親去世，而她的父親在她上大學二年級時與一位舊日情人結婚，由於許多原因，她對父親後來的生活給予充分的理解，畢業分配那年，她選擇了G省的G醫院，從到醫院的那天開始，穿白大褂的生活變成了她全部的生活，她沈溺於這種生活，並專心一致地與她的病人一道與死神搏鬥。哦，這是死亡，她每天都要在醫院的每一個角落嗅到死亡那活生生的氣息，在那種游絲般的氣息中，她知道或者說早已體會到了有些東西是多麼殘酷，有些人必然要到天堂的世界中去，每送走一個死者，她就對自己說走吧，走吧，讓他們走吧，讓他們到天堂裡去吧！她的病人一旦變成了死者，她的手便垂立在空中，她曾經用雙手撫摸過他們身上那些奇怪的隆起的，深藏在骨頭和血液中的病毒，她曾經努力，竭盡全部力量想去拯救他們，將她身邊的病人從令人絕望的狀態中拉出來，有更多的人確實被她那柔軟的雙手從死亡的泡沫中拉了出來，她欣慰地看著那些泡沫，泡沫彷彿已經變成水，變成藍色的水，那些病人又站起來了，從死亡的泡沫中逃離了出來，而有一些人她卻用盡了全部力量也無法拉出來。她的心，那顆柔軟的心開始抽搐，儘管她做實習醫生的那年開始她就面臨過死亡，那年她年僅二十三歲，但是每一個病人一旦變成死者，她仍然控制不住自己的那種顫抖，也許這種顫抖比絕望更令她震動，但是，她的病人仍然死了。

林玉媚在休息的時候喜歡到郊外的公園去，到公園去主要是為了呼吸來自草木和花朵之間的新鮮空氣，有時候是肖克華陪她去，肖克華是林玉媚的男友，兩年前她與肖克華在一次朋友的生日聚會上認識，肖克華是一位律師，他比林玉媚年長兩歲，但他已經有了自己的律師事務所，除了呆在醫院的內科住院部之外，林玉媚幾乎所有的時間都是與肖克華在一起，她承認自己是愛上了肖克華，就在一個星期前，肖克華已向林玉媚正式求婚，林玉媚雖然感到突然，但還是很感動，在兩年的時間裡，肖克華給了她呆在醫院裡無法感受到的更多的快樂，肖克華有一輛轎車，他經常驅車帶林玉媚到郊外去尋找池塘，池塘邊坐著許多垂釣愛好者，肖克華當然也是垂釣者之一，當他垂釣時，林玉媚就坐在他身邊，她呼吸著池塘裡水草的氣息，每當她抬起頭來，她會看到蔚藍的晴空和候鳥的翅膀，她感到只有在這樣的地方離死亡才會那樣遙遠，死亡無法進入她的視線，她睜開雙眼或者閉上雙眼，死亡都在那座城市中心的醫院裡，離這座池塘和這些垂釣的人們永遠是那麼遙遠，所以她沉浸在肖克華給她帶來的這種生活之中，她很感激肖克華，他是理解她的，他知道她是一個醫生，他了解她的生活，她的三分之二生活都是幫助病人與死亡搏鬥，所以，他要把她三分之二的生活帶進一種生者的快樂之中去，簡而言之，肖克華給林玉媚帶來了面對病室之外的世界，所以，林玉媚逐漸地愛上了肖克華，然而，她還沒有答應肖克華的求婚，不知道為什麼，她感到她還沒有進入那種想與律師肖克華共同生活在同一個巢穴中的狀態，雖然她已進入三十歲，她已經不再是一個年輕的女人……然而，她感到自己離肖克華為她展現的那個巢穴是那樣遙遠，她想起了一個病人，他叫程昆，事實上，自從程昆被死神拉走之後，她沒有一天停止過對他的冥想，他是她剛進入內科住院部的那一年認識的病人，他與她同歲，是一個樂團的薩克斯風演奏員。

薩克斯風演奏員敲開了值班室的門，林玉媚抬起頭來，站在她面前的是一個披著長髮的小伙子，這是她來到住院部以後接觸的第一個病人，他身穿病服，他告訴林玉媚，今天晚上樂團有一場演出，他又是團裡唯一的薩克斯風手，他問林玉媚能不能放他的假，他的語言幽默，如果他沒有身穿病服，林玉媚絲毫不會把他當作住院病人，而且他看上去除了臉色黯淡無光之外，他的雙眼明亮，當他介紹他是一位薩克斯風手時，彷彿有一陣薩克斯風管裡彌漫而出的音樂環繞著他的後頸，林玉媚的目光變得有些恍惚，她答應了程昆的懇求，允許他今晚回團裡去參加演奏會，當程昆從走廊上消失之後她才開始接觸這位有些憂鬱的薩克斯風演奏員的病歷冊，當她從所有的病歷本中抽出寫著程昆名字的那本藍顏色的病歷來時，她嚇了一跳。

肺癌，這位年輕的薩克斯風手的藍色病歷本上準確無誤地寫著「肺癌」兩個字，她的雙手有些顫抖，她對自己說：他太年輕了，而且他又是一名薩克斯風演奏者，他為什麼偏偏要患上肺癌呢？林玉媚合上病歷冊，也許他根本不知道他患了絕症，因為從他的臉上看不出他已經知道自己患了絕症。林玉媚合上那本藍色的病歷冊，這是她認識的第一個年輕的病人，也是她面臨的第一樁殘酷的事實。林玉媚在不久之後就看到了程昆的那管樂器——薩克斯風，那是一個迷人的黃昏，林玉媚下班時經過了醫院的那片小花園，每天上班下班時她都要途經此地，這是病人們散步休息的地方，林玉媚就在這條小徑上聽到了一陣憂鬱的薩克斯風的樂聲，那聲音環繞著整座小花園，憂鬱地在黃昏的空氣中彌散。

林玉媚走進了花園深處，她想看看吹奏薩克斯風的這個人是誰？她想起了程昆，但她不能確定這個人會不會是她身邊的病人。那是春天，花園裡的鮮花已經全部開放了，林玉媚嗅到了花朵的香氣，她穿過了一條又一條小徑到達了花園深處，在黃昏的餘暉中她看到了一管樂器，它在黃昏的餘暉中顫抖著，一會兒平行，一會兒直沖雲霄，握住這樂器的雙手正操縱著黑色的樂器，它流淌著憂鬱的樂章，林玉媚看到那個披著長髮的薩克斯風手，他仰起頭來，緊閉雙眼，在他現在的世界裡，除了縹緲在空氣中的薩克斯風音符之外，他似乎看不到別的存在，林玉媚的身體被這憂鬱的薩克斯風音符所震動著，她站在一個程昆看不到她的地方聽完了那支樂曲，然後就從小徑消失了。也許就是從那以後，林玉媚開始更多地走向她身邊的病人，她接受他是為了能夠治癒他身上的絕症。

肖克華告訴林玉媚，他已經為她的生日準備了一場晚宴，肖克華在電話中告訴林玉媚，他要祝賀她進入了三十歲。林玉媚按照肖克華的精心安排準備去慶祝自己的生日宴會時，她突然意識到四月已經到來了。

是的，毫無疑問四月已經降臨了，林玉媚已經在這醫院裡迎接了無數個秋天，她記得很清楚，那位憂鬱的薩克斯風手就是在四月離開世界的，那是一個充滿迷亂的早晨，林玉媚和她的助手們在急救室裡整整呆了八個小時，薩克斯風手程昆一直用一雙無助的目光看著林玉媚，直到現在，他還不知道自己患了絕症，因為他的母親請求醫生千萬別將他身患肺癌的消息告訴程昆，為了他母親的請求，醫生們和護士嚴守秘密，他望著林玉媚，他不希望死，他害怕死，所以，他同樣懇求林玉媚能幫助他，然而，他好像意識到了他會死，到了三月，程昆已經不能夠到小花園吹奏薩克斯風管中的音符了，他曾抓住林玉媚的雙手問她有沒有辦法不讓他去死，但是，四月已經來臨，對於薩克斯風手來說，四月就是黑色的樂器中流動的泡沫音符，而泡沫的聲音是細微的，嗚咽的，顫慄的，薩克斯風手就在四月彌漫的夢醒來後的又一個淩晨無助地閉上了雙眼，所以，每年四月，林玉媚都要到程昆的墓地上去，她穿著灰色的長風衣，站在薩克斯風手的墓前，沒有任何人知道她的秘密，關於薩克斯風手與林玉媚的故事是一段秘密的故事，它已經不再是一個病人與醫生的關係，林玉媚在後期對薩克斯風手的治療中，除了盡到一個醫生的職責之外，還有另一種隱秘的私人感情，總之，她在二十六歲那年悄悄地愛上了這位已患上肺癌的薩克斯風演奏者，她竭盡全力地為他治療，但是，他在四月降臨後不久就閉上了雙眼。

每當她在四月來臨時去墓地安撫過他的靈魂，她越來越堅信人死之後死者的靈魂仍然存在，她深信他已經帶著靈魂到另一個世界去了。她曾在夢中看見過他置身的另一個世界，那裡面有綠色的草幔，薩克斯風手置身在綠色中，他向她伸出手來，他的臉上永遠重複著一種表情，他似乎在告訴林玉媚，他已經沒有痛苦，他的軀體輕如羽毛，他可以在風中飄動，游走，林玉媚在夢中確定那個地方就是天堂，薩克斯風手程昆已經到天堂去了，這是讓林玉媚欣慰的一樁事情。

走出醫院同樣是另一個世界，只要走出醫院的大門，每一次，林玉媚都會體驗到另一種生機旺盛的生活，她喜歡站在醫院的門口看著過往的行人，他們走在人行道上，向著東西南北方向走去，她還喜歡低下頭去，看著他們不同形狀的顏色，而車輪旋起一種時間的節奏和泡沫，她記憶中蘊存的泡沫又是那麼多，它無情地淹沒了那些與泡沫搏鬥時失敗的病人，她會看見他們那流動著病毒的血液，她希望他們是倖存者，希望他們能夠活下來，但是他們卻死了，就像那位薩克斯風手一樣死了。

向左拐穿過馬路就可以步入一條小巷，走完那條深深的巷道就是肖克華的律師事務所，他們已經在電話中約定，肖克華就在他的律師事務所等她。當她抬起頭來，到處是四月的景色在彌漫，從樹梢上被風拂動的胚芽到姑娘們在春風中穿行的風衣，四月就是春天，林玉媚就是在春天出生的，她想起自己的母親來，那位沒沒無聞的中學英語教師，她就是在三十年前的那年春天生下了自己。

肖克華的律師事務所是一座灰顏色的樓房，兩年來，肖克華總是在這裡等候林玉媚的到來，現在是下午四點鐘，又是星期六，律師事務所除肖克華之外沒有一個人，林玉媚剛進屋，肖克華就送給她一束紅色的玫瑰花籃，林玉媚捧著那只大花籃，這是從醫院出來之後她所感受到的另一個玫瑰的世界，她雖然沒有說感謝的話語，但是她的目光看了肖克華一眼，她是愛他的，如果沒有他走到她身邊來，她的生活除了她的病人之外還有什麼呢？所以，她感謝他是因為他給她帶來了快樂，她愛他，也是因為他給她帶來了快樂。

她放下那只玫瑰花籃，他像以往那樣吻她那光潔的前額，她的前額沒有留下一絲歲月的痕跡，她讓他吻著，後來他把她帶到一座飯店裡面，那是一間溫馨的餐廳，他的朋友們給她送來了鮮花，這是他的朋友，她聽著他在介紹他們的姓名，她點點頭，這些人當中沒有一個朋友是她自己請來的，在這座城市她幾乎沒有朋友，除了她的病人是她的朋友之外，她確實沒有一個朋友了。

他們為她點燃了生日蠟燭，她站起來屏住呼吸吹滅了那些蠟燭，她突然想起那位薩克斯風演奏者來，他曾經為她點燃過生日的蠟燭，在薩克斯風手家裡，他們兩個人喝完了那瓶紅色葡萄酒，薩克斯風手抓住了她的雙手，那時候他還沒有一點點死的前兆出現，他告訴林玉媚，他喜歡她的皮膚，因為她的皮膚很純淨，連一顆痣也沒有，緊隨著到來的日子是秋天，他突然躺下了，無法再從床上站起來……

肖克華的雙手伸過來捉住了她的雙手，在不知不覺之中生日晚宴已經結束了。他們來到夜色之中，肖克華捉住了她的雙手說：「玉媚，到我那裡去，今晚就留在那裡，好嗎？」她點點頭，她懷抱著那些鮮花，她的衣服中保持著一股無法消散的乙醚的氣味，這是因為她是一位醫生，除了外面的生活之外，她終日在那些乙醚味中堅守著一個醫生的職業，她喜歡那些乙醚，從她開始報考醫學院的那一天開始，她就彷彿在空氣中嗅到了她今後生活中的一種氣味，一種永不消散的乙醚味把她帶進另一種命運之中，她的命運被一種氣味所包圍。

現在，即使她懷抱鮮花，鮮花也無法將她身上的乙醚之味沖散，她坐在肖克華身邊，剛才，她已經答應了他到他家裡去過夜，她跟他相愛以來，她還從來沒有把自己交給他，她從前曾抗拒著一切，在這一生中，除了與她的病人——那位憂鬱的薩克斯風手發生過一次唯一的肉體關係之外，她還從來沒有與別的男人發生過肉體關係。

林玉媚慢慢地跟隨著肖克華在上樓，他住在六樓，當初那位薩克斯風手也住在六樓，林玉媚已經記不清楚薩克斯風手第一次帶她到他住處去的原因了。當然，也許是出於憐憫，林玉媚決定陪同薩克斯風手回家取衣服，上樓時，薩克斯風手告訴她，他有一大陽臺，每天早晨他就在那座陽臺上吹奏薩克斯風曲，林玉媚問他會不會干擾周圍的鄰居，薩克斯風手告訴她，周圍的鄰居已經習慣了他的演奏，如果哪一天早晨沒有聽到他的音樂，他們就會敲門問他是不是病了或者到外地演出去了。

記憶就像那些憂鬱的薩克斯風音符在心靈中淺擱著，或者在空氣中飄蕩著，肖克華已經將林玉媚帶進他的房間，一個三十二歲的單身男人的房間應該有許多故事存在過，不過，據肖克華所說，三十多年來他一直忙於事業。男人的秘密是無法探測的，再則，林玉媚也不想做一個探測者，她已經進入了肖克華的生活，不管他過去生活在何處，對她而言，她只關心他的現實，就像她進入了他的房間，看著他房間中的傢俱，玻璃器皿一樣，她感到親切，他把她帶到了他的私人空間，這也意味著他對她是真誠的，一個男人的私人空間已經向她敞開。

他慢慢地拉上窗帘，每一層窗帘都被他拉上了，他是律師，所以他過著一種嚴肅的生活，儘管他已經把她當作了他的戀人，未婚妻，但是，從他拉上層層窗帘的那一刻開始，敏感的林玉媚就感到了他與那位憂鬱的薩克斯風手之間迥異的東西，薩克斯風手喜歡站在敞開的窗前擁抱林玉媚，而律師肖克華在與林玉媚親近時總是會讓兩者置身在秘密的空間中。

肖克華走了過來，他吻著林玉媚的脖頸，她的脖頸纖長白皙，很像一位芭蕾舞蹈演員的脖頸，但她卻是一位內科醫生，但他已經狂熱地吻她的脖頸了，他像所有的男人一樣親近一個女人時總是親吻這個女人最敏感的地方，她在痙攣著，除了把自己給予那位薩克斯風手之外，林玉媚從來沒有把自己給予過別的男人。她身上的熱血開始流暢，血流在流暢中開始變得灼熱，他幫助她脫去了那件白色的羊毛衫，她被他吻著，她閉上雙眼，她是一位醫生，她知道自己的身體，她掌握著自己身體中的每一種秘密，然而，此時此刻，她已經忘記了一切，當她感到自己一絲不掛的躺在他的床上被他擁抱時，她的意念中再一次出現了她一絲不掛被那位憂鬱的薩克斯風手所擁抱的情景，她是愛他的，她愛著他身上的那些黑色的、縹緲的音符，她曾經希望他能夠活下來，所以，那天晚上她試圖用自己赤裸的身體去擁抱他那身患絕症的肉體……現在是另一個男人叫喚著她的名字，他已經進入她身體的潮汐之中，他叫喚著她名字時，她才驟然回到現實中來。

她側過身體，宛如已經從一陣熱浪中返回沙灘，她知道自己是赤裸的，所以，她有些把握不住自己被她敏感地感受到的那種無名的恐懼和無名的歡快。她剛才一直緊閉雙眼，但現在她已經睜開了雙眼，她看到了他赤裸在上的肉體，他是健康的，他曾告訴過她，他每週有一個半天呆在健身房中，因而他的裸體散發出魅人的線條，她想起薩克斯風手來，在有限的記憶中，那具生病的肉體似乎激蕩起所有的音符，因為，他內心裝滿了音符，她無法說清楚薩克斯風手到底在她生活中留下了一些什麼東西，除了回憶像從峽谷深處流下來的黑色溪流，而她的峽谷則是她的肉體，年輕的薩克斯風手一直不願意死，他抓住她的雙手，這一切就是林玉媚此後不斷聆聽到的聲音，那聲音一直在迴盪著：「救救我，林玉媚，請救救我。」

林玉媚終於走出了肖克華居住的那幢房屋的樓梯，她是悄然離開的，原來她已經決定在肖克華房間裡過夜，這個決定出於她對肖克華的感情，出於她對待自己生活轉折點的嚴肅性，但她仍然留下來，她與他度過激動人心的性生活，她頭一次將自己交給他，她已經擺脫了橫亙在他們之間的那些銀色的欄杆，她聞到了他皮膚的氣味，男人的皮膚大部分有鹽和沙礫的氣味，也有煙的氣味，因為男人大都生活在曠野和塵土中，她被這氣味蝕刻著，宛如在氣味中給自己的身體鐫刻一些文字。但當他們進入了下半夜，當他睡熟了時，她再一次想起了薩克斯風手，想起了四月已經到來，她的眼前出現了那片有公眾墓地的山岡，她似乎不能再繼續停留下去了，她能離開她鼻子下的皮膚的氣味，她能夠離開嗎？這需要某種力量，不知道是誰給了她力量，總之，這力量是從牆壁外面的曠野之外傳來的，從那些潮濕的水草和黑色小溪的節拍中來到了她身邊，她悄悄地穿上自己的白色羊毛衫，她在黑暗中看到了他的鞋子和衣褲，那堆散發著棕檬皂衣服的味道，一堆男人的累贅，一堆遮飾男人裸體的東西，使她的手和腳在慢慢地挪動著，她能挪動出去嗎？她的暗影在黑暗中移動著，她的眼睛也忽兒閉上忽兒睜開，終於她已經打開了最後一層門的防線，她慶幸肖克華通向外面的那道門連一絲聲音也沒有發出來就被她拉開到重新關上，她慶幸自己竟然沒有吵醒肖克華就已經從他身邊逃之夭夭了。她感到外面的空氣給她帶來了自由，呆在房間裡是不會有這種感受的，自由是一件多好的事，自由就是穿過那道漆黑的樓梯，自由就是從她與肖克華互相糾纏的身體中逃離出來，就像從嵌在一起的一道陰影中尋找到一種白色的光，現在，她來到了樓下，這是四月之夜，也是春風吹拂的夜晚，她很少在這樣的夜晚出現在街頭，其實，街道上仍然有人在行走，這是那些喜歡在夜晚遊蕩的幽靈們，她頭一次看見夜晚街燈下的幽靈們他們在奔逃或者毫無目的地行走，幽靈們的面孔隱現在街燈的陰影之中，陰影與陰影互相交織便形成了夜晚的世界。而林玉媚也是幽靈中的幽靈，在這之前她還在與肖克華體驗著性，她的軀體在毫無根源的另一個男人的身體中掙扎，而此刻她卻已經變成了在街頭遊蕩的幽靈之一。順著牆壁的街頭她確實像一個幽靈一樣，漫無目的地行走，她走得很慢，就在她走到一座露天啤酒坊時，她突然看到了一張晃動的臉，那是她的病人，他的名字叫吳立，對，她並沒有看錯，那確實是她的病人，她從夜色中走過去，醫院有明確規定，住院部的任何病人，晚上都不能外出，這意味著，吳立是從醫院逃出來的，也許是剛剛逃出來，她來到吳立的身後，吳立對面的朋友們告訴吳立，他要交桃花運了，吳立將杯舉起來，林玉媚伸出手去捉住了那只啤酒杯，吳立看清楚了站在他身邊的這個女人就是他的醫生林玉媚，當林玉媚還沒反應過來時，他已經抽身逃跑了。

林玉媚感到很詫異，吳立從住進醫院的那一天開始就似乎在抗拒整座醫院，事實上抗拒醫院也就是在抗拒林玉媚為他治療，他公開地告訴林玉媚，如果不是父母強迫他來醫院治療，他是絕對不會躺在病床上等待死亡的，他對林玉媚說他知道自己不會活太長時間了，他一邊說一邊望著林玉媚的眼睛，林玉媚告訴他必須接受治療，吳立就說：「你是無法治好我的病的，所以你最好告訴我，我到底得了什麼病？」林玉媚知道吳立的病情還待進一步診斷，他的病情太複雜了，因為他的身體中到處是網絡和病毒，到處都是漏洞，但是從那以後，吳立見到林玉媚之後總是閉上雙眼，他在用他僅有的力量拒絕治療，但又無法抗拒他父母的一片苦心，於是，吳立就這樣成為了林玉媚的一個病人。但林玉媚根本沒有想到，吳立會從醫院裡逃出來坐在啤酒坊喝啤酒，她似乎看到了那些酒精，那些濃烈的黑啤酒中的酒精正在燒灼著他的身體和與他身體中的病毒相撞，她知道酒精的彌漫只會加重他身體中病毒的擴散，但他卻是一個酒徒，一個置身在夜晚的幽靈中的酒徒。

林玉媚想到這裡便離開了啤酒坊，她知道她是無法去尋找另一個幽靈的，無論如何，他也會比她跑得快，在這樣的時刻，每一個幽靈都會走在她前面。

四月是祭墓時節，也是陰雨綿綿之際，林玉媚來到了墓地，她是誰呢？當她身穿灰色風衣抱著一束野花搭上去祭墓的客車時，她已經從昨天夜晚的幽靈變成了一個在陰雨綿綿中的一個回憶者，角色的替換使她看上去臉上沒有任何表情，她是清醒的，因為她很清楚，她到墓地只是去看候程昆，所以，她與到墓地上的許多活著的人一樣目的都很清楚，活人去叩拜死人的靈魂，活人去安慰死者孤寂的身軀，久而久之，每當四月降臨，薩克斯風手總是生活在林玉媚的記憶之中，如同生活在她的身邊：售票窗口、鐵軌之間生長的草幔，醫院那無邊無際的充滿乙醚之味的走廊上。

一群人又一群人奔向墓地，這種景觀就像綿延在陰雨中的水彩畫，這是一幅飄動著雨傘、灰色風衣和新鮮花朵的水彩畫，而他們的身影卻已經變得模糊不清了，這是一幅無法捲起來的畫，而林玉媚也在這幅水彩畫中移動著自己的身影，從昨天晚上與未婚夫肖克華第一次開始用身體交溶的那一刻，她閉上雙眼就在想那位憂鬱的薩克斯風手，她與他那場短暫的性，那次性似乎可以永遠彌漫在她的身體之上，就像一層月光洒在她的身體之上，她感受著這種變化，她在與肖克華做愛時，事實上她卻在想著那個已死的薩克斯風手留在她記憶中的音符，她顫抖著，這大概是她從肖克華身邊逃之夭夭的力量之一。

他死了，躺在墓地上，她向他移動，是想抓住他給予過她的東西，除了短暫的性回憶之外還有他給過她的音符，除了肉體上的音符之外還有從那管黑色樂器中流出來的音符，所以，每到四月降臨，她都要來拜訪他——彷彿唯有這樣他才不會拋開她，她才能伸出手去，在四月的春風中把那些紛亂的音符抓住，然後，在那些琥珀色的、紫色的、漆黑的音符中，一切萎縮的生活再次復活，似乎可以重新將她的生命重新激蕩而起，慢慢地，墓地因為有薩克斯風手的存在而成為她生活的一部分，她現在果然又來了，她彷彿是赤腳而來，一點聲音也沒有發出來，似乎她一直在這裡陪伴他，她不想把他驚醒，但是就在這時，她看見有一隻候鳥正棲居在他的墓地上，她還看到了在她到來之前，他的墓地上已經有人來過，那束蒼白的白玫瑰插在一只花瓶中，這不會是他的母親送來的花，這一定是別的人，也許是女人，是與薩克斯風手發生過關係的女人，林玉媚想，他與別的女人之間的關係一定像一種緩緩斂集的光線，那光線正被他的雙手掌握著，所以，他不會給她留下任何線索。一隻候鳥正在張開翅膀，它會穿越這片墓地，它會穿越一種震顫之間的時間，時間永遠不會停止下來，這就是候鳥，它比人更有飛的力量。

林玉媚從墓地回到醫院後已經是下午，她必須在六點鐘出現在那座住院部的走廊上，今天晚上她值夜班，時間將持續到明天淩晨。她從墓地回來帶回了山上的一根松枝插在花瓶裡，而且她感到身上有一種異味，也許是松葉的氣味，也許是潮濕的腐蝕性的葉子的味道，也許是一隻有毒的飛蛾的味道，也許是死亡的氣味，但是，死亡到底是什麼氣味呢？多少年來，敏感的林玉媚一直試圖想準確地感受到死亡的氣味，但儘管她嗅覺靈敏卻茫然地注視著四周，她所看到的死亡每天都在吞噬著天空中那些嘶嘶著響的藍色火焰，她所看到的死亡每天都在撞擊著一道又一道門上褐色的彈簧鎖心，她所看到的死亡使她一次次目送著窗外，一隻隻被雨水打濕的鳥飛過……然而，死亡的氣味到底是什麼呢？她經常走到死者身邊去，雖然她嗅到了飛蛾熱切地飛向火焰後的氣息，嗅到了拐杖燃燒時的氣味，嗅到了皺褶像一團紙飄動起來的味道，嗅到了蛻變之中的翅膀濕透的鳥在灰濛濛的稀疏的曠野上飛翔時的氣味，而死亡的氣味似乎已經溶化在萬物的氣味之中了。

林玉媚換上了白大褂，每一次上班對於她來說都是一樁嚴肅的事情，彷彿與一個人赴約，事實上是與所有病人一塊赴約，她在六點鐘前已經乘電梯來到了走廊上，醫院與外面的世界形成了最明顯的對比，醫院是蒼白的世界，是病人的深淵，而外面的世界正陽光明媚，她剛翻開住院部的病人名單，一個三十六歲左右的男人手裡執著住院單來向她報到了。他將兩肘放在值班室的窗口，他對林玉媚說，他並不想住院，但門診的醫生一定要讓他住院，他還告訴林玉媚，活了三十多年他沒有住過院，甚至連針也很少打，偶爾生病就是服幾片阿斯匹靈，他說話時，林玉媚一直點頭，像他這樣的病人她見得太多了，他們深信自己的身體不會躺在醫院的病床上，深信自己用不了多久就會從醫院走出去，但他們仍然遵循了醫生的意見，因為他們在深信自己的身體時也在懷疑自己，林玉媚知道他叫周林，她將他帶到903房間，周林來到門口，他似乎在嗅裡面的氣味，但除了乙醚味他是不會嗅到什麼味道的，這是一間單人病房，不久之前的一個星期日，那個居住了半年多的白血病患者就是死在這間病房裡的，那是一個十歲的男孩，患有先天性白血病，他快死的時候已經奄奄一息了半個多月。而周林並不了解這一切，對於他來說，903房間是沒有歷史的房間，他根本無法想像903房間那些陰晦的流逝的時間，對於他來說，903房間只是他生命旅途之中的一個客棧而已，他只是在此停留並作休息，所以他對著站在他身邊的女醫生微笑了一下並點點頭，林玉媚進住院部以來，這是唯一向她發出微笑的病人。

所以，這微笑使她很感動，她的病人能向她發出微笑，這微笑彷彿是從寂靜中，從一種黑暗中發出來的，林玉媚把病人送進了病室——然後開始診斷她的病人，她新來的病人叫周林，由於門診無法清楚判斷他身上的許多東西，包括細胞上的那些斑點，似乎那些斑點正在增大，所以需住院觀察治療。住院的過程也就是一個病人長期療養的過程，林玉媚知道一個病人向她報到意味著什麼，她睜著眼，醒著，然後開始在八點半鐘巡察病室。

她巡察的第一間病室就是915，也就是吳立的病室，讓她欣慰的是吳立正躺在病房中，他的眼睛半睜半閉，他知道林玉媚進屋來了，對於他來說，林玉媚無疑已經看見他的逃跑，所以，他要將自己的行動抹去，他裝得若無其事，但林玉媚卻感到他同樣在抗拒自己，使林玉媚感到痛苦不堪的是吳立並沒有意識到她在關心他，她一直想解開他的疾症，他的慢性病中潛伏著一場戰爭，她想幫助他度過這場艱難至極的戰爭。然而，他已明確申明，他對自己的身體已完全喪失信心，他的言下之意是告訴她，他想及時享受生活，享受生活的每一種瞬間。林玉媚走出了吳立的病室，她穿著白大褂，站在走廊裡——許多陰影正在包圍她，整個春天，也許是整個四月她都在與陰影搏鬥著，她不知道為什麼當初選擇做一名醫生，做一名醫生意味著你將伸出手去每天觸摸到病毒、死亡，她曾經在冥想之中感到過知覺的可怕，感到過四周有無數雙手伸向她，但她感到除了觸摸那些手之外她無處逃身也無處藏身，所以，她就是這樣同她病室中的病人一起體驗著黑暗中從每一間病室散發出來的緩緩斂集的光線，似乎星星也在照耀著那些正在顫抖的光線，因為光線中充滿了叫喊聲和無法解脫的囈語。但她一直在走廊上走，忽兒又從病室中閃進去了，她害怕聽到病人的疼痛和叫喊聲，也害怕面對病人病入膏肓的面孔，然而，她卻一直是這樣，儘管她感到喉嚨裡有許多東西讓她憋著，她也想叫喊，比如，當她經過那個患肝癌晚期病人的身邊時，她意識到他快死了，她也無力救他，而且連守候在他身邊的伴侶，那位白髮蒼蒼的老太太也意識到了這一點，她不再哀求她去救救他，她似乎已經麻木，在他進入肝昏迷的這段十分漫長的時間裡，她除了默默地守在他的伴侶身邊之外，幾乎是在默默地坐著，實際上，這位已進入七十歲的老太太也在冥想著另一個世界，在那個世界裡，一隻鳥和一隻鳥完全不一樣，而泉水與泉水的顏色也完全迥異，它就在鳥上面飛翔，在泉水之中沐浴，所以，她的伴侶將走了，她將把他送到那個地方去。甚至當林玉媚走進來時，她似乎也在冥想之中，她好像完全沒有感到這位穿白大褂的醫生正站在她身邊同她一起承受將來的某一天，一切均在永恆中不再用生命轉圓圈的某一天的到來。儘管如此，林玉媚一直在感受著她的冥想，她佇立了幾分鐘，她的呼吸就像霧一樣撞擊著牆壁，而她的理智已經衡定出那個老人的另一個時刻，她知道那個時刻正在敲門，來自天堂的那些幽靈們正在門外，伸出他們那些沒有骨結的手指敲門，因而聲音輕柔得就像樹葉飄過，如果門敲開了，來自天堂的幽靈們就會將他帶到沒有黑暗像波浪一樣撞擊的世界上去。

有時候看著老人在白晝和長夜之中昏迷，林玉媚曾希望那些來自天堂的幽靈們快點將老人帶走，這也許是他免受肉體折磨的唯一方式。但難道只有這種方式存在嗎？有一種東西憋在她喉嚨裡使她一直想喊叫，這時候，她站著，置身在她的病人之間，她似乎臉部在慢慢地扭曲，但是她並沒有尖叫也沒有像她的病人一樣表現出絕望，有時候她似乎在踮腳地行走，在她的手臂震顫之間她似乎想找到某種方式，讓她的病人們永遠不死的方式，試想一想吧，如果那位薩克斯風手不死，那麼，他也許現在正捧著他那管心愛的樂器，他的手可以像活著的人一樣顫抖……林玉媚從病室中走出去又走進來，她在不知不覺中已經巡察到了剛向她報到不久的903病室。

透過門上的玻璃她看見他正躺在床上，他手裡捧的竟然是時裝雜誌，封面上那個女郎戴著大耳環穿著紅色時裝冷漠地看著她，當她進屋後她給了他一支體溫棒，他仍然向她微笑著，他告訴林玉媚，他不知道如何在這醫院度過今夜，他想請假回他的寓所去，明天一早他就會趕回來，林玉媚堅決地說不行，他只能躺在病室中，他急忙解釋說他今晚有一個約會，林玉媚愣了一下，他急忙解釋這場約會是半個多月前就已經決定了的，所以無法更改。他還告訴林玉媚如果允許的話他真的明天一早就會趕回來，他一邊說一邊將那本服裝雜誌遞給林玉媚，他告訴她上面有他的作品。林玉媚又愣了一下，他的作品，他又解釋道，他是一名服裝設計師。現在，林玉媚抬起頭來看著她的病人。

他的病歷冊上寫得清清楚楚，他今年三十五歲，未婚。他的面龐現在也不再微笑，因為他期待著她回答，他是認真的，確實有一場早已約定的約會在等待著他，他的眼睛現在看上去很深邃，他彷彿看著她時是在凝視一面鏡子、凝視著一些鏤空了的花圖案，於是，林玉媚點點頭，她這樣在猶豫之中的點頭是想脫離那雙時裝設計師的目光，她想從他身邊走到病室之外去，走到另一條走廊上去，她經常站在走廊的盡頭，將頭從陰晦的窗口探出去。似乎在這中間，一隻鳥死了，那隻鳥從窗口掉了下去，她要去追蹤那隻鳥，她甚至希望那隻鳥再次從地面上騰空而起。

她果然已經走出了903病室，她手裡握著那本時裝雜誌，他已經說過上面有他的作品，他的作品也就是他的時裝設計，看上去，他一點也不像一名時裝設計師，他倒像無所事事者，一位遊蕩在城市空間中的人，更像一個及時的享樂者，或者像一名遊戲者。林玉媚站在窗口，然而她並沒有看見一隻死鳥，她倒是看見了她的病人周林，他已經下完了電梯出了住院部的大門，他好像到右邊那排車庫中去了，在一百米之外，林玉媚看見他鑽進了一輛漆黑的轎車，那輛轎車緩緩移動在車庫外的水泥平地上，轉眼之間就從一條綴滿薔薇花的路上消失了。林玉媚告訴自己，她的病人去赴約了，他是一名時裝設計師，她的手裡握著那本時裝雜誌，她深深吸了一口氣，從窗口伸回頭來，這時護士向她奔來，告訴她904房間的病人休克了。她想起了那個肝昏迷的老人。

他已停止心跳，在這之前，他持續了半個多月的肝昏迷狀態終於結束了。林玉媚站在904病室，死亡比起一隻蜥蜴和蝴蝶的拂動和飛翔來要更加輕盈得多，躺在床室中的這位身患肝癌的老人已經被那些來自天堂的幽靈們帶走，留下的僅僅是他的軀殼而已，林玉媚不知道是什麼時候冥想出了那來自天堂的幽靈們的身形，她很想把這種感受告訴給某一個人，但她還沒有找到一個坐下來聆聽她講述這些已被她深深咀嚼或者說正被她一天天咀嚼的滋味。

轉眼之間，他就死了。那位鬢髮斑白的老人沒有流下一滴眼淚地坐在他旁邊，她請求林玉媚給她的兒子去打一個長途電話，她的兒子一直不知道他父親的情況，因為她兒子生活在遙遠的一座荒漠的城市，但他是一位地理學家，幾乎很少呆在那座城市。林玉媚接受了老人委託她辦的這樁事情便按照老人給她的號碼撥通了她兒子的電話，但她撥了三遍都沒有人，她只好回到病室，老人已預料到這種結局，她點點頭從椅子上站起來，林玉媚就在那一刻感受到了這個老人在獨自承受著這場死亡，她決定幫助老人將死者送到殯儀館裡去。

護士在叫她，有她的電話，她遲疑了一下還是去接電話了，電話是肖克華打來的，林玉媚剛聽到他的聲音就想告訴他今晚她再給他打電話，但是肖克華緊接著就告訴她他一直在找她，林玉媚的嘴唇緊閉著，她看著走廊深處的陰影，彷彿在盯著一排鋼琴上的黑鍵，電話斷了，她也就放下了電話，她被從鋼琴上的黑鍵之間發出的一串顫音所激盪著，電話響起來她沒有再去接電話。

她從殯儀館回來已經兩點鐘了，林玉媚用鑰匙打開門，電話鈴就響起來了，她從黑暗中走過去拿起電話，今天一早她就幫助那個喪失丈夫的老人楊萍將死者送到了殯儀館。然後再幫助老人做完了儀葬之事。最後她將老人送回了家。現在已經是兩點鐘了，電話當然是肖克華打來的，除了他沒有人會在深夜給她電話。她坐在沙發上將鞋子裡的雙腳退出來，整整一天她不知道走了多少路，腳是身體中最為疲倦的地方，從殯儀館到墓地，她一直在走著，她就像是那個老人的女兒。

她的腳終於不再受鞋子的束縛了，當赤裸的雙足感受到自由之後她似乎才聽清楚了肖克華的聲音，他在詢問她到底到哪裡去了，她剛想解釋，但她的身體感受到了聲音的壓迫，似乎從一根懸吊著的繩索上向她逼近而來的聲音——正在追問她一天的歷史。林玉媚喘著氣，她很想閉上雙眼，看到另外一番情景，比如：盛放在白瓷盤子的一些鮮紅的西紅柿，那種紅色好像是畫出來的，而一些刀叉和土豆則放在另一只容器裡面。她想與她的戀人吵架，而且他們從未爆發過戰爭，但從昨天到現在，她顯得有些煩躁，她將嘴面對著電話機，如果他再發出聲音，他們的戰爭就會開始了，然而，他似乎意識到了這一切，他把電話掛斷了。

林玉媚坐在黑暗中，她很想讓一個人摟住自己，在黑暗中摟住迷惑的她的上半身，而這個人並不在現實中存在，他是虛幻的，從來沒有在她生活中出現過的一個男人，她不要求他給她性，她只需要他手臂上的力量和熱量，她只需要他貼近她，用他那熱切的雙肋骨貼近她的上半身。她睜開雙眼，她被這種虛幻的想像左右著，她感到口渴，為了尋找暖瓶裡的水她不得不打開燈，但就在這時傳來了低低的敲門聲，這聲音很熟悉，而且彷彿是敲在一束黑暗之中，她走過去打開了門，肖克華走進來，他還沒有等她出聲就從後面抱住了她，她覺得好極了，他雖然不是虛幻之中的那個男人，但他卻來自現實的外面，黑暗在外面流動著使他和她都有一種強烈的進入對方的需求，讓她忘記困倦和死亡之中的殯儀館的也許是生者，她喜歡他身上的那些強大的力量，他把她抱起來，抱到她的床上，自從那次發生了性的聯繫之後，他就似乎可以占據她的那間臥室和床了，而從前他可從來不會到她臥室中去，而現在，他們的關係被性所改變了，是聯繫得更加緊了，她躺在他的懷抱，她則一直閉著雙眼，那天晚上，肖克華留了下來，她第一次與他迎來了黎明，當窗帘上有陽光晃動時，他說：「我們結婚吧！」她貼緊他的胸，她感到了他的心跳，她沒有著聲，她的另一個世界，他看不到，她自己也在慢慢地摸索，另一個世界占據了她的私人生活，她三分之二的生活幾乎被另一個世界所占據了，她望著窗帘上的陽光，她的病人就是她的另一個世界，他們住在病房中，每當他們的目光與她的目光交織在一起，她就感到她在帶領他們穿越那些漫長的黑洞。

是的，黑洞、迷霧、病毒。顫抖的手臂懸掛在暗影之中……她觸摸著，她確切地想帶領他們走出那些黑洞和沼澤地，但當她仰起頭來，一隻又一隻候鳥卻從走廊深處的窗口掉下去，一些人卻步履維艱，踉蹌著面對著她的目光。

她把目光集中在床頭的那本時裝書上，她已經翻開過那本時裝雜誌，上面確實有服裝設計師周林的作品，那些由著名模特染方穿在身上的秋天和春天的時裝像一幅幅夢幻中的圖像，染方是傳說中的時裝模特，林玉媚經常在畫報上看到過她的倩影和封面肖像。

她面對著他，今天是她頭一次為他的身體作一次全面的檢查，除了使用二十世紀末期最現代的工具之外，她有一雙敏感的雙手，她讓他躺下來，這位三十五歲的時裝設計師儘管經常與模特打交道，但面對這位有著纖長脖頸的女醫生時他竟然有些羞澀和猶豫，當她用醫生的口吻對他說到床上躺下時，他看了她一眼，而她已經習慣了用這樣的語言說話，她的語言中只有職業給她帶來的東西，在語言背後沒有隱私和寓意。他脫下了衣服，她的雙手放在他的兩肋之間，因為他告訴過她，已經有半年時間了，兩肋之間總有隱痛，她那雙柔軟的手是上帝給予她的手，而這雙手也是上帝讓她觸摸病人的身體的雙手，她的雙手永遠是裸露的，這給了她勇氣，也許一雙裸露已久的手超出了常規和法則，在這寂靜的時分，他身上的每一根骨骼都通過她手上的血液被她感知到了——她發現了在他兩肋深處有一個烏黑的包塊，他站起來問她他的身體是不是沒有多少毛病，她轉過身去收拾器具，金屬的器具發出聲音，她告訴他還需繼續觀察，他理解她的意思，這就意味著他還在醫院住下去。

而住在醫院對於他來說——是荒謬的，但他不想去探究這荒謬出自何處，他可以按照醫生的安排住下來，因為他知道醫生讓他住在醫院是有原因的，肯定是他身體出了一些毛病，他的目光望著別處，彷彿看見了一群黑螞蟻移動之後留下的痕跡，但他恍惚地對著林玉媚微笑了一下，他已經穿上了全部衣服，扣好了最後一顆鈕扣，這時他突然想起了什麼，從衣袋裡取出兩張票，他告訴她，在這個週末有一場他設計的時裝晚會，他請她去參加晚會。林玉媚問染方出不出場，周林笑了笑問林玉媚是怎麼知道染方的，林玉媚說因為她是著名模特，周林便說染方會出場，他還告訴林玉媚也許她是最後一次為他設計的服裝舉行晚會，也許……他說到這裡好像變得迷惘起來了。他不再說什麼，林玉媚將他送到病房，他們剛推開門，門沒有鎖，林玉媚的眼睛突然變得明亮起來，一個女人面對著窗戶留下了她的背影，病室中增加了一只花瓶和一束鮮花。林玉媚不知道那個女人到底是誰，不過她覺得她的肩胛很像染方，因為只有染方的肩胛才像站在窗口的女人的背影，她是一團黑色，一團明亮的黑顏色。

周林給她的兩張票對於她來說是重要的，這是她的病人，那個在兩脇之間有一團烏黑的陰影的人，他參加他的時裝晚會，那些穿在模特身上的時裝是他設計的，這有些像神話，也許林玉媚是一個女人，她像所有女人一樣對時裝是敏感的，因為她重視自己的衣著，在不同情況下她都會選擇不同衣著出現在不同的場景之中。衣服是女人的另一層皮，是橘色、粉色、黑色、白色、紫色的皮，這個世界也許太寂寞，所以女人們需要不同顏色不同層次的皮用來顯示身體的身分和位置。林玉媚想帶肖克華一塊去，她要告訴肖克華，穿在模特身上的所有時裝都是周林設計的，周林現在卻是她的病人，他患了一種她現在還沒有診斷清楚的病，不對，她不會告訴肖克華更多的東西，在本質上，在時間的秩序中肖克華雖然是她的未婚夫，但這並不意味著她要將所有的事情都要告訴他，實際上，她並沒有在肖克華面前將自身暴露無餘，性只是其中的一部分，性並不是她真正暴露自己的時刻，她至今並沒有對她的未婚夫敞開她的全部世界，因為她的全部世界隱藏在一堆暗礁或灰塵、乾草之間，隨同她一起進入夢鄉。

然而，他已經成為她生活中不能遺忘的一個人，所以，在一些場景中，她想起他來，她想帶領他一同去步入另一場景。他對她搖搖頭，他告訴林玉媚，星期六晚上他恰好要出差，他晃動著手中那張飛機票告訴她，他不喜歡出差，但有一件案件必須要到外省去。所以，她只有獨自一人去參加時裝晚會。

星期六的晚上降臨了，這恰好是林玉媚休息的日子，她可以從容地參加晚會了。因為她將這次晚會看得很重要，所以她特意在衣櫃裡尋找了一套白色時裝，這套時裝她還沒有穿過，是她衣櫃中最神聖的時裝，她似乎一直在等待一個時機，在她想像中，如果穿這套白色時裝的話，那麼一定是一個愉快的時刻，也是一個赴約的時刻，她的心情像陽光一樣明媚，而赴約的地點在燦爛的陽光中呈現著。而星期六的黃昏，只有金黃色的餘暉照耀在醫院那些層層的金屬欄杆上，她的住宅區面對著病人活動的小花園，為了讓那些病人可以扶住欄杆散步，小花園中有一道道亮晶晶的金屬欄杆，哦，薩克斯風手曾在裡面用那只樂器吹拂起一曲哀歌，歌曲震動著空氣中人的胳膊、腿和心臟，也震動著鳥的翅膀，她為什麼又會想起薩克斯風手來呢？哦，她記得他快死的模樣，他面對她，面對她的眼睛，他似乎在說：救救我，抓住我，不要讓我從窗口往下掉，窗下是無底深淵，不要讓我掉下去。

但窗下確實是無底深淵，她一鬆手，他就往下掉，她閉上雙眼站在一團溫暖的色調中，她對他的死去深懷恐懼，但又沒有力量去抓緊他的手，有更多回憶就這樣上升著，每當她坐在溫暖的椅子上，她就希望她能聽到他吹奏的樂曲，她希望樂曲從那些乾草中傳來，從那些環形的金屬欄杆中傳來，他的樂器和那些音符是她黑暗中的潮水，在那潮水中她感到他的私語正在沖擊著她的窗戶，對於他，她可以為他敞開窗戶，也許他死了，他已經看不到她的世界，如果他還活著，她會對他敞開窗戶嗎？她感到了面對一個已經離你而去的人的那種溫暖，與一個已死去的人在一起，不再有遊戲，他們之間只有緬懷和夢，所以，薩克斯風手總是進入她的夢鄉。她無須將這種夢鄉去告訴別人，她無須將她與薩克斯風手之間那種短暫的故事去告訴別人，她閉著雙眼，想著這個秘密，並依稀感到薩克斯風手擁抱著她，他在生命熄滅之前和她的身體成為一根繩索。

所以，林玉媚正握緊那根繩索，她要穿過陽光中灰色的痕跡，她要把那根繩子抓住，因為她知道一旦她鬆開手，薩克斯風手就會回到墓地去。但現在她擁有的是另一種生活，薩克斯風手死了，另一些病人又降臨，只要世界上存在著時間和塵埃，這種事實將永遠不會更改。所以，她要去參加那場時裝晚會，因為這是她的病人遞給她的入場券，他在進醫院之前的生活將展開，他在進醫院之前，她還沒有看到他身上那團烏黑的東西，他的胸在跳躍，腿部、手臂和臀部都在陽光下叉開，抬高，他對於她來說是不存在的，如果他沒有到醫院來報到，她永遠都不會知道這個世界上有一個服裝設計師，也許她會知道服裝設計師的名字，但並不會知道他軀體中那團烏黑的陰影……

所以，為了這場晚會，她穿上了那套白色的時裝，肖克華不能前往，她就獨自一個人，她在鏡子中佇立了一分鐘時間，她的病人——建立的另一個世界等待著她去體驗，她是觀賞者，但並不是一個單純的一個局外人和觀賞者，對於她來說，那團烏黑的陰影就像被纏在那些金屬欄杆上，在她喘息的時候或探出頭去時都會看到它，她深深地意識到，她自己正在慢慢地走向危險的懸崖，他正走在路上，她現在去就是為了看到他在路上是怎樣地行走。她看到了自己的臉和眼睛，她自己也在走，她睜著雙眼，她想起了染方，她今晚將身穿周林設計的時裝，對於她來說，染方更是遙遠的，她在服裝中生活，但她卻想看到她，看到那個漂亮女人。

彷彿是染方使她感到空氣很濕潤，事實上她並沒有見到過她，但女人與女人之間的那種吸引力是獨特的。一團黃色的光最後在林玉媚的脖頸上停留了一下倏然消失了。

她走出了金屬欄杆區域，有許多病人正沿著欄杆在散步，世界上有許多驚人的力量，病人身上的那種驚人的力量卻體現在他們用種種方式抵抗死神的過程中。林玉媚看到了一個病人，就在他的頭微側過來時，她看到了他臉上的汗珠，他似乎想征服那些金屬欄杆從而不讓自己倒下去，但是他目前只有依附那些欄杆才能走到花園之中去。許多東西並不是見得多了就會熟視無睹，許多東西對林玉媚來說越來越敏感，她每天總是要面對她病人身上那種虛弱的力量，她被撼動著，她和他們一起用力，終於，那個病人走過去了。

第二章

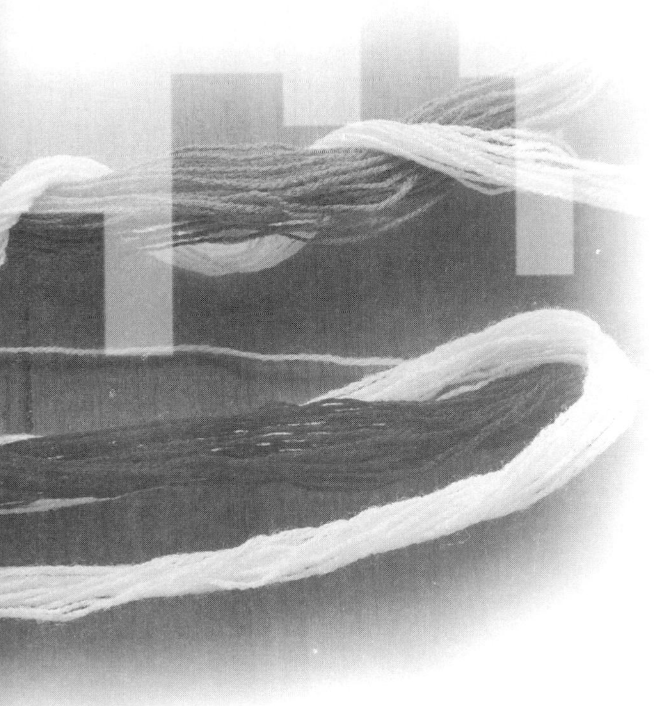

只有通過時裝晚會才會看見染方出現在舞臺上，也只有通過時裝晚會才會欣賞到林玉媚的病人設計出的時裝風格——這一點林玉媚坐在臺下已經感悟到了。時裝設計師周林就坐在她旁邊空著的位置上，因而他們在中間有相互交流的機會，染方是最後一個出場的，她出場時，坐在林玉媚身邊的周林顯示出從未有過的激動，他忍不住將他的秘密告訴給了他的醫生，他悄悄地捲起舌頭，那秘密就這樣從舌頭中出來了：設計師周林從五年前認識模特染方的時候就堅定不移地在追求她，到了後來，他把對模特染方的激情投入到時裝設計上，他這樣一說林玉媚就明白了。他激動起來時很有感染力，當染方表演完他最後的時裝時他對他的醫生說，他想讓她去會見染方，問林玉媚願不願意，這幾乎是意想不到的邀請，但林玉媚答應了。周林就這樣帶著林玉媚來到了後臺，散場後的體育館裡一片鼎沸，模特們正在後臺卸妝。周林帶著林玉媚來到了染方的身後，她儘管坐在椅子上但是已經透過鏡子看見了他們，但她並沒有回頭，她冷漠地坐著，彷彿他們倆人並不存在，周林大概已經習慣了染方身上這種獨特的氣質——冷漠，他不動聲色地站著，當染方終於站起來回過頭來看著他們時，林玉媚看到現在的染方已經徹底褪了妝，但她的皮膚就像冰雪一樣冷，只有那嘴唇一片艷紅，像一團火焰，她對林玉媚點點頭並告訴周林，她現在想去旅行，也許今晚就會出發，周林說他去送她，她拒絕了，她告訴周林，她還是像從前一樣不需要別人送行，她感到累極了，想到外面去休息一下。周林點點頭，她要離開了，她告訴周林，也許他從醫院中出院時，她就會回來。周林用目光送著她離去，他確實沒有去送她，也許以後當他看不到她的影子之後，他才意識到了林玉媚的在場，他顯得有些不好意思，他對林玉媚說：「我想請你去喝咖啡，可以嗎？」這又是一個對林玉媚來說是意想不到的邀請，她開始猶豫了一下，但覺得時間還早，反正今晚又不值夜班就答應了。在這當中，有一點她似乎還沒有忘記，那就是她所面對的是她的病人，她想到咖啡館坐坐後她就把他送到醫院的病室去。

他們倆走出了體育館的大門，已經是十點鐘了，他們並排著走了一段路就找到了一家咖啡館，他邀請林玉媚到咖啡館並不是無意的，當他剛坐下來，他就問林玉媚他會不會死？林玉媚聽著一段抒情的鋼琴曲，她覺得詫異，憑以往的直覺，她不認為周林會意識到死的問題，他似乎從來都是微笑著面對醫院面對著她的目光，而且只有薩克斯風手才會這麼脆弱地思考過死亡會不會來臨的問題。林玉媚想讓這個問題繞開，她談到了染方，她說染方也許已經出發了。他告訴她，多少年來染方總是這樣神秘地出發，她幾乎不會告訴任何人她會到哪裡去。現在，他確實已經不再沈浸在那個陰鬱的話題中了，染方使他敞開了話題，他說他已經有些疲憊了，五年來他一直在追求她……事實上在他們之間似乎什麼都發生了，但染方對於他來說仍然是遙遠的。

咖啡的香味在彌漫，林玉媚看著她的病人，他一邊說一邊向她微笑著，在這座咖啡屋中坐著的許多人，都似乎像濃咖啡一樣，皮膚是咖啡色的，他們的記憶似乎從一只瓶中湧出，發出輕微的嗡嗡聲，而她的病人記憶和聲音以及皮膚也都是咖啡色的，她喜歡這種顏色。但她是他的醫生，她提醒他，時間已經過去了很久，他明白這種暗示，他喝的是咖啡，濃烈的咖啡讓他和她一樣保持著清醒的頭腦。他們都站了起來，夜確實已經深了，他們又走出了那座咖啡屋，他對她說：「如果沒有你在那座醫院，今晚我也許不會回到醫院去住……」他一邊說一邊看著林玉媚，但林玉媚仍然在走，除了帶著她的病人在走，她似乎什麼也沒有聽見，他突然對她說：林醫生，我有些不明白，你這樣的女人為什麼會選擇醫生的職業？他說的話她似乎已經聽到了，但她並不想回答他，夜色像一個裝滿悲哀的器皿，不停地晃動著，發出的聲音卻是一片嗡嗡聲，就像蚊子的飛翔聲。後來在這種聲音的伴奏下她終於把他送進了他自己的病室，他對她點點頭，那目光似乎也是悲哀的，似乎在追問他自己，我為什麼會住在醫院。她離開了，這個世界上除了有一只又一只悲哀的器皿散發出嗡嗡聲之外，還有一些別的什麼東西存在，她彷彿想去尋找那些別的東西，她下了電梯，她感到她彷彿在下墜，身體在電梯中到達一片混凝土柱子、鐵門、夜色中的花徑中。

婦產科住院部就在她住宅區的側面，夜深人靜時經常會有嬰兒的哭聲傳來，有時候她很羨慕那些婦科醫生，他們面對的永遠是一個新生命的來臨，而不是死亡，每當她聽到嬰兒的啼哭聲時，她同時也得到了一種撫慰，但在這樣的春天夜晚，她閉上雙眼想得最多的就是她的病人，她將他們的病情一一回憶了一遍才開始進入睡眠。

周林開始從醫院逃跑時林玉媚已經接受了未婚夫肖克華送給她的結婚戒指，在那個星期六的下午，肖克華陪同林玉媚在街上的樹蔭下散步，肖克華一遍又一遍地提醒林玉媚：你應該忘記那座晦色的醫院，瞧瞧陽光吧，瞧瞧大街上那些健康人，只有這樣，你才會感到忘記你的病人時生活中就有新鮮的內容。他們手挽手散步，半小時前他已經將戒指戴到了林玉媚的手指上，林玉媚並不習慣戴上那枚戒指，她知道這枚戒指是屬於醫院之外的，一旦回到醫院，她就會摘下那枚戒指，她的職業不允許她手上有任何東西，就在這時她突然看到了一個熟悉的身影，他的灰色燈芯絨褲子和一雙黑色皮鞋朝著馬路邊緣的陰影移動，太陽正在慢慢地朝西偏移，而他已經從那片陰影中走過去了。林玉媚知道他是無法呆在醫院裡的，看看他行走的腳步就能知道醫院在束縛著他的三十五歲，醫院在束縛著他的時裝設計圖，醫院在束縛他的想像力，醫院在束縛他的愛情，醫院在束縛他的光陰的流逝……所以，他從醫院中逃出來了。

那麼，他將逃到何處去呢？他這麼匆匆忙忙地用腳移動著陰影，用腳移動著馬路上的全部陰影，毫不顧忌他身體中的那團烏黑的東西，那麼，他要到哪裡去呢？他會到哪裡去呢？林玉媚的神經抽搐著，她知道自己並不允許她的病人們在治療過程中逃走。

林玉媚告訴她的男友肖克華她的病人逃走了時是期待肖克華與她一起去尋找病人，但肖克華攥緊她的手低聲地懇求道：「玉媚，今天是你休息的日子，你不能擺脫你的病人嗎？」「不能」，她回答得很堅決，肖克華還想攥緊她的雙手，但她突然抽出了自己的雙手，她轉過了身，肖克華就在她身後無奈地注視著她。

她已經越過了馬路，然而周林卻已經消失不見了，林玉媚想起來了，有一次與周林談話，他曾經告訴過她他居住的那片林園小區的居民們最時尚的生活就是舉行集體婚禮，每當他看到別人舉行婚禮時他總是站在窗口，因為集體婚禮就在他窗外的那片茂密的草坪和蘋果樹下舉行。沒有人能在此時此刻告訴她她的病人周林住在哪裡，但她擁有這個記憶，林園小區就在她現在面對的東邊，是的，是東邊。

她的手伸出去擋住了一輛計程車，就像擋住了一片在風中飛行的樹葉，她告訴計程車司機到林園小區吧，計程車司機告訴她，林園小區也叫名人小區，裡面住滿了各種各樣的名人，而且那些名人又有個性又有錢。林玉媚沒有說話，計程車司機便說：「我看你也是一個名人」，林玉媚搖搖頭，不知道為什麼，她的內心有些苦澀，她感到自己彷彿正在伸出手去想把一隻飛蛾捉住，她想起了那隻飛蛾面對的火焰。

然而，誰是飛蛾呢？有人曾告訴她，這個世界上到處飛滿了飛蛾，其實，人的命運就是飛蛾的命運，它們迎著火焰而去，直到火焰焚滅自己，那麼，自己也是一隻飛蛾，一隻想被火焰徹底吞噬的飛蛾。計程司機告訴林玉媚林園小區已經到了時，她仍在幻想那些飛蛾，她遲疑地抬起頭來，四周到處是建築，但目光伸直你就會看到一片粉紅色夾竹桃深處是別墅區，那些紅色的房子——是林玉媚見到過的最漂亮的房子。她不得不下車，因為林園小區已經到了，就在她站在那片夾竹桃樹下不知所措時，她突然看到了一個人正站在陽臺上，那個人不是別人，他就是周林，他似乎穿著白色的襯衣，他站在陽臺上正在看什麼，或者在等什麼，但他突然看到了林玉媚，他很容易就認出了她，因為她是他的醫生。也許他感覺到了什麼，他用一個病人對疾病的感受力感受到了那團藍色的影子就是他的醫生的影子，在粉紅色的夾竹桃下，她的影子散發出瓷器似的那種藍，散發出的是星空似的那種蔚藍。當他出現在林玉媚面前時他並不知道林玉媚是來尋找自己的，他以為林玉媚是來會見一個朋友，但林玉媚卻告訴他：「跟我回去吧，周林。」周林說：「我知道你今天休息，所以我便出來了，如果你今天不休息，我是不會跑出來的。」他顯然有他的理由，他似乎還有更充分的理由，他告訴林玉媚，他有種預感也許今天染方會來電話，也許她今天就會回來，因為他昨晚做夢時夢到了染方。染方──這個名字已經鐫刻在周林的心靈中，一個在夢中與他會面的女人，在他生活中一定有非常重要的位置。林玉媚想了一個辦法，她回去與他一塊等待，如果染方今天上午回來了，那麼他今天就留下來與染方約會，如果染方今天上午不回來，那麼他就跟她走。周林很感謝林玉媚能理解他，他的臉上露出了天真的微笑，這微笑卻使林玉媚感到傷感，周林正在抓住生活中的一切，包括在竭力抓住他的愛情，可他並不知道他的兩肋之間的陰影，只有他的醫生林玉媚為他承擔著他軀體中的那團陰影。

他第一次帶著他的醫生來到他紅色的房屋中，他用鑰匙開了門，柔和的光線使房間裡完全是一種春天的感覺。木地板上到處是正在閱讀和已經翻開的時裝手冊和畫冊。他讓林玉媚穿上一雙粉紅色拖鞋，林玉媚穿拖鞋時想，這也許是染方的拖鞋呢？不過，她們倆人的腳幾乎是一樣大，這雙水晶鞋，粉紅色的，洋溢著別的女人留在這房間裡的一些無法看清楚的短暫軌跡，當林玉媚抬起頭來時，看到牆壁上到處掛滿了女模特們的照片，周林告訴她，這是我設計的一些重要時裝，你看，前面有染方的照片，這就是染方，就像林玉媚最初所感到的那樣，她眼神中有一種荒漠般的憂鬱和冷漠，無論她穿什麼樣的時裝，她都是那樣用一種迷惑的雙眼看著你，儘管她給你的視覺帶來了暖意，卻給肉體帶來了荒涼和寒意，周林走上前來告訴林玉媚，染方看上去就像是一座冰山，我害怕她永遠從我目光中消失。

林玉媚想告訴她的病人，染方會回來的，即使今天上午不回來，也許明天或後天就會回來了。周林讓林玉媚坐在對面那只粉色沙發上，他告訴林玉媚，他竭力想讓這屋子裡充滿粉色調子以溶化染方那雙冰冷的目光，林玉媚明白了，粉色是為了染方，這房間裡所有的粉色都是為了感染染方那雙冰冷的目光，一剎那，林玉媚覺得她的病人是一個對世界憐憫如玉的男人，他除了對染方的深愛之外，他還有一個男人對一個女人具有的那種憐憫。

林玉媚坐在那只粉紅色沙發上，這雖然是留給染方的沙發，她在慢慢地了解她的病人，就像幾年前她在觸摸著她的病人薩克斯風手那只憂鬱的樂器一樣，不同的是，年輕的薩克斯風手已經敏感地感受到了死亡正像一只斷了線的風箏一樣將要從風中飄落下來，他緊緊握住那只樂器，它就像一種冷冰冰的吻，蒼白地——在冷熱交織的夜晚撞擊著她，使她不得安寧。

而他是她的另一個病人，作為時裝設計師他懂得全部的顏色，但他卻忽視了他的疾病，他被生活所包圍著，被愛所燃燒著——然後他想用粉紅色將一個所愛的女人的目光燃燒起來——然而，似乎他所愛的那個女人心靈裡面注滿了冰冷的記憶，或者她被生活所傷害過，所以，她眼睛裡湧滿了一片沙漠，這一點他似乎也意識到了，他告訴林玉媚，染方告訴過他，她所愛的男人已經死了，她不可能再去愛別人，可他不知道那個被染方所愛的男人到底會是誰？如果他真的已經死了，那麼，死亡難道會給她留下如此深重的創傷。

粉紅色是他房間裡唯一的顏色，一個男人活著並竭力想把一種顏色送給他所愛的女人，這個男人就是林玉媚的病人。她的病人端著一杯咖啡，他喜歡喝咖啡，並且不喜歡放糖，他說不放糖的咖啡可以讓他感受到咖啡的苦澀味。他們坐著，他們幾乎很少說話，林玉媚也很少跟他說話，她知道一個正在等待中的男人，他的內心世界——是樹液中流動的濃郁的氣息，是正在水底深處尋找的一只鳥巢，是夜空中的一雙眼睛，不顧一切地在隱密的時間中觸動著暗礁。她翻拂著那些時裝雜誌這是她的病人除了愛情之外賦予生命的一種想像力，因而她意識到每一個人在他們活著之前都在用生命想像生命之上的那些瞬間，為了感受到迎風啼鳴的樹，生命之樹盛開。

然而，那天上午，他等待的女人並沒有回來，林玉媚陪同他一直等待著有女人的鞋子聲傳來，有女人的高跟鞋聲傳來，他好像在屏住呼吸等待，而她則想像著他內心中的那些風暴。

他內心世界的風暴似乎是從黑夜中升起來的，他的目光一直在看著牆壁，他的身軀在牆壁之外游動，他追隨她去了她去的那些秘密的地方，那些地方彷彿在邊緣，他們在一片邊緣之外，在一個更潮濕的房子裡緊緊地相擁，沒有人把他們喚醒，他們想擁著入睡，然而，此時此刻，他的風暴只有自己獨自跟隨，他像是在一層層褐色的窗帷之中想跟隨她而去……毫無疑問，他的醫生林玉媚看到了他的這種風暴，但她必須把一個沮喪中的男人帶走了。

她看到了他的瞳仁變得很灰暗，裡面幻動的風景現在正變得破碎，他站了起來，他得跟隨她走到窗外的陽光下面去，他的夢並沒有在生活中再現，而他的醫生證明了他現在是一個病人。

但是在夾竹桃的粉色樹蔭中，他突然問她為什麼來找他，他說世界上還沒有這樣的醫生，她帶著他想從那片夾竹桃裡走出去，但他說還是開車去吧，她記起來了，他有一輛黑色的轎車，不知道為什麼，那輛黑色轎車就像是一隻大昆蟲，一開始給她的印象就不是明快的，但他還是將那輛轎車開出來了，隨即，轎車沿著馬路奔馳著，就讓他開車吧，這是他喜歡做的事情，他告訴林玉媚，他剛準備驅車去旅行就感到了身體的不舒服，他只是到醫院隨便去看看，但是卻從此成為了醫院中的長久病號，他對林玉媚說：你說我像一個病號嗎？實際上我絲毫也沒有感受到我是一個病號，等到你允許我出院的那天——我就要驅車到一些鄉鎮去旅行，到一些陌生鄉鎮去，我不喜歡人多的旅遊點，我喜歡沒有人的地方，林醫生如果我的病沒有什麼大毛病的話，你還是讓我出來的好，想一想，我實在不願意成為903室的病號，我是屬於外面的……他煩惱地驅著車，林玉媚默默地聽著他的傾訴，就讓他說話吧，這個世界上沒有一個人喜歡到醫院去，他們喜歡的是生氣蓬勃的生活。但他仍然被她重新帶回了醫院，看上去他今天的情緒一點也不好，這是因為染方沒有回來，在這樣的時刻染方的出現無疑會給他的生活帶來希望，一個生活在病室中的人的希望是微薄的，愛情則給予他快樂，愛情將給予他幻想，愛情的箭簇會射穿那團陰影，所以，林玉媚當然希望染方能夠在她的病人的記憶中出現，她能在他的現實中出現。她把他送進了病室，病室——是人生中的另一間房子，每個人都會在一生中走進來一次，或者兩次，而有些人能從病室走出去，醫生是摘去他們毒瘤的人，林玉媚看到了自己生活的軌跡，她晃動著雙手——就像看到自己摘走了令病人痛苦不堪的一只毒瘤，陽光照在她纖長的手臂上，休息的日子，一個上午就這樣過去了，這個上午本應是與肖克華一塊度過的。

當她聽到她聲音時大吃一驚，她緊緊握住電話筒大聲說道：「染方你回來了嗎？」「不，我哪兒也沒有去，就在這座城市。」「那你為什麼不來見周林呢？」「我有我自己的理由……」「那麼，我可以見見你嗎？」「我也想見見你，我想讓你告訴我，周林到底患了什麼病？」

她們很快約定了時間，染方讓她到順城街的一家酒吧去見面，她說那是一家僻靜的酒吧，那一地區的人對她很陌生，她為什麼害怕別人認出她來呢？林玉媚一邊想一邊回憶起她那片荒漠的前額和荒漠似的目光，因為她希望生活在隱蔽之中，也許她已經厭倦了一個名人的生活，厭倦了那些虛榮似的話語和崇拜。林玉媚卻想不明白染方為什麼要對周林撒謊，她明明沒有去旅行，她卻告訴他要去旅行了，也許她並不想接受周林的愛情，也許她確實有自己充足的理由。

在順城街一家幽暗的無名酒吧裡面，林玉媚沒有想到她到時染方已經先到了，她今天穿得很樸素，坐在那個有一只玫瑰花瓶的角落裡，燈光下的一朵蒼白的玫瑰使她的嘴唇也顯得蒼白，她沒有塗口紅，面頰上也沒有粉脂，一種純粹的本色使她更顯得孤冷，林玉媚為了她的病人在這個傍晚前來赴約，她剛坐下就把今天上午周林等她的情況告訴了她，她平靜地聽著，沒有一點震動，沒有一點感傷，在她眼睛裡除了能夠看到一片荒漠之外，什麼色彩也沒有看到。林玉媚對染方說，周林很愛她，她幾乎是周林生活中最重要的一個人，而現在她就是他的希望，不知道為什麼，林玉媚把希望這個字眼說得很重，她起初一直在傾聽，雖然那片荒漠似的眼睛裡沒有一點色彩，但她一直在專心一致地傾聽，她似乎離周林已經很遠了，林玉媚向她講訴的這一切是她從未了解的事情。

現在她開始說話，她點燃了一支煙，她告訴林玉媚，她做所有事情都是有理由的，林玉媚睜大了雙眼，她一直想傾聽她的理由，染方手指間的那支煙散發著煙霧，但煙霧很快就溶化在幽暗的酒吧裡面了，染方告訴林玉媚，她過去有一個戀人，他是一名薩克斯風手，她曾經與他相愛，但是在她知道了他病情的那段日子裡，她離開了他，而且她到外地參加模特培訓班一走就是一年，他的病情是他母親告訴她的，她很害怕，她很害怕面對他死去，她不能看著秘密的戀人在她面前消失，她離開了，她選擇了一個自私的行動，等到她回來時，她看到了他的墓地，她對林玉媚說：「你知道這個薩克斯風手是誰？我在墓地上看到過你，但我從未讓你看到過我……」

林玉媚坐在那枝蒼白玫瑰的花瓶前，從未想到過染方會告訴她這些話，薩克斯風手墓前的那些鮮花原來是染方送去的，她開始明白了薩克斯風手的另外一些生活。

染方說：「所以我害怕面對周林，當我知道他身體不舒服的那天開始……那是一個黃昏，他突然按住他的雙肋，他說已經有好長時間了，雙肋總會隱隱著痛……後來他就住進了醫院，林醫生，面對周林，我再一次選擇了一個十分自私的行動，那就是從此以後不再跟他見面……你告訴我，周林會死去嗎？」

林玉媚低下頭去，她現在面對著的是一個不願意面對死亡的女人，她問她，是因為她能告訴她周林會不會死去，有些東西是無法說清楚的，比如死亡，它不是人能預測的，人始終會死，但那是最後，染方之所以問林玉媚，因為周林不應該去死，她彷彿被周林身上的那團陰影籠罩住了，她的沈默無疑加重了染方的恐懼，她將手中的那支煙蒂掐滅，就像掐滅了她的一種愛情，林玉媚突然低聲說：「不，他不會死的，周林不會死的，」「他為什麼不會死？」染方的聲音是那樣理智，就像她眼睛中的那片荒漠一樣沒有顏色，林玉媚提高聲音說：「我不會讓他死，我想我會治好他的病。」她看著面前的那片沙漠，她很奇怪，她的聲音為什麼一點也不會震動著染方的心靈，她離開了，她懇求她不要讓周林知道她仍在這座城市，林玉媚目送她的背影，她站起來，從黯淡的酒吧裡走了出去，染方的衣服好像是灰色的，林玉媚彷彿做了一個夢，在她想像中，也許染方不應該是這樣一個人，正像她所說的一樣不應該選擇「自私」的行動，但她確實在遠離周林，她的理由很簡單，她不願意面對一個即將死去的戀人，也就是說她不願意對一個即將死去的戀人付出感情。

林玉媚雖然失望但她理解了染方，現在，她已經帶著她眼睛裡的那片荒漠從林玉媚眼睛裡消失了。一點色彩也看不到，而真正的一望無垠的沙漠是有顏色的，沙漠上的海市蜃樓一層又一層地矗立在前方，連綿不斷的黃色、粉色和綠色隨處可見，然而，在染方的那片荒漠中卻看不到一點顏色。她嗅著街道中的味道，酒味和春天的味道，酒味是從一家餐廳裡飄出來的，而春天的味道卻是從空氣中飄來的，林玉媚知道自己今天晚上十點正將值夜班，所以她加快了腳步。

當護士告訴她吳立最近經常在夜深人靜時跑到住院部的樓頂上去時，林玉媚大吃了一驚，她穿上白大褂後的第一件事就是到樓頂上的平臺上去，因為另一個護士告訴林玉媚，吳立十分鐘前還在病房，現在又突然不在了。屋頂上的平臺讓林玉媚升起一種墜落的感覺，她想起吳立的那張面孔，想起他越來越瘦弱的雙肩，想起他彷彿總是在用嘴唇咀嚼著什麼，皺著眉，希望永遠從這座醫院逃離出去。

她乘電梯來到十六樓，這是最後一層，樓頂就在上面，林玉媚抬頭看見了一道細小的樓梯，從那裡可以通往上面，她放慢了腳步，她知道如果她的病人吳立坐在上面的話，他一定想在夜色中感受某種東西，她應該不去打擾他，也許浩蕩的星空會讓他感受到廣大的宇宙，林玉媚輕輕上完了最後一組樓梯，她現在可以看到吳立的背影了，那確實是他瘦弱的背影，他正站在平臺上的邊緣，他面對著一片深淵，只要他輕輕一躍——他就會墜落下去。

她上了平臺，她似乎脫去鞋子在沙灘上行走一樣沒有發出聲音來，直到她來到他身後，而他似乎是很久以後才感受到身後有一個人，他回過頭來，她在夜色中看不清楚他的面孔，但她知道他並不歡迎她到來。

吳立移動了一下腳步：「你以為我會從平臺上跳下去嗎？」「不……我從來沒有這樣想，我想你站在平臺上是來看星空的？」「你為什麼知道我是在看星空，」「我並不知道，我只是在猜想……」「是的，我確實是在看星空，小時候我生活在鄉下，住在外婆家裡，那時候我就喜歡看星空……」林玉媚沒有想到，在這片危險的平臺上，她卻開始了與她的病人吳立一次愉快的對話。

吳立告訴她，有一天深夜他本來想逃出去，但是護士看見了他，他只好又回到病室，但是，那天晚上他憋得發慌，過了一個小時他走出了病室，他突然想看星空，他想到了樓頂上的平臺，因為找到了平臺也就看到了星空，站在平臺上彷彿離星空很近，彷彿離星空只有一段蔚藍的距離……他講著這些她從未聽到過的話語，她就站在他身後，給予他力量繼續說下去，自從他成為她的病人以來，她還是頭一次聽到他說這麼多的話，而且她還是頭一次看到他這麼激動。他最後告訴她，他自從看到星空以後就慢慢地不懼怕醫院和死亡了，他轉過身來看著林玉媚：「那怕你的治療失敗了，我也會把我交給你治療，我感到我了解了自己，我想活，我想變成星空下的一個人，永遠看到星空在我頭頂閃爍，但我知道……」他沒有再說下去，他好像意識到他已經說得太多了，而且意識到時間已經不早了，他轉回了身，林玉媚在下樓梯前抬起了頭，她看到了她的病人看到過的那片天空，星月在蔚藍的雲層中閃爍著，她明白了，她的病人是在看星空時感受到了生活的那些蔚藍，蔚藍就像溪水一樣使他感受到了心靈和身體的潤澤。她還是頭一次來到平臺，她在這座樓上工作了無數年，但她的病人卻幫助她發現了這片平臺，那種危險的感覺消散了後，她回到值班室，她將吳立的病歷卡翻開，上面記錄著她呆在化驗室研究他病毒時的全部過程及變化，她想，如果能出現奇蹟，讓一個快死的人不死，那是一件多麼幸福的事情啊。但是，吳立的病毒就像使林玉媚陷入了一群雷雨前夕螞蟻的移動之中，螞蟻代表他身體中的病毒。她坐在燈光下面，每一次值夜班，她都在查詢大量的資料。

要讓一個將死的人不死，讓她的夢想成為她全部的夢想，她又來到了走廊上的窗口，她經常站在這裡，那些墜落的感覺就像鳥翅一樣扇動，但她此時此刻似乎看到一隻蜜蜂在一只水罐周圍發出嗡嗡地振動聲，蜜蜂是一種甜蜜的昆蟲，每當人們想到蜜蜂，人們就會想到蜂蜜，不過，它也會在人不注意時螫傷人的身體，不過，她希望她想像中的那隻蜜蜂圍繞著水罐——這好像就可以讓一個將死的人做到不死。總而言之，她的夢想在這個半夜越加強烈，她想把這個願望告訴給別人，在這樣的時刻，只要有任何人坐在她身邊，她都會把這個夢想告訴給他的，但除了寂靜之外沒有任何聲音。

她決定給吳立做一場手術——但這意味著冒險，她目前還沒有對這場手術有多少信心，但她必須這樣做，手術中隱藏她無法設想的那些迷津，醫學的迷津只有通過身體本身來解決，她現在透過金屬機器看到了那些病毒，但她必須讓吳立身上的病毒消除，在平臺上與吳立的談話給了她信心，她此時此刻只想讓一隻蜜蜂繞著一只大水罐飛翔。是的，她想讓那隻蜜蜂展現她病人們的生活，但在動手術之前她必須有準備，心靈和技術上的準備都在等待著她去完成——林玉媚趴在窗口，但她卻希望自己的思維和身體都能飛起來。

她經常獨自一個人在黃昏時沿著醫院的小徑散步，她散步的唯一原因是為了在夕陽中看到醫院的病人，他們身穿淺藍色橫條的病服在親人和朋友的陪同緩慢地走著，有些人是獨自行走，黃色的夕陽罩在他們的臉上，如同他們置身在金色的麥穗之中，林玉媚這時候已經脫去了白大褂，她身穿淺色的春裝，但她感到天氣在慢慢變熱，夏天就要降臨了，她在病人中散步，彷彿只有這樣她才會感到她並沒有生活在病人之外，而是生活在他們之間——她要在這種生活中讓他們的絕望減輕，讓他們轉移對死亡的畏懼，她竭力想把一些拐杖遞給他們，以減輕他們的迷惘和身體的顫抖，有時候從她身邊緩緩移動的一些輪子旋轉著，車上躺著死去的病人，一塊白布覆蓋住他們的身體，工作人員正將死者送到停屍房裡去，停屍房在醫院的西側，門口有一棵在冬天會凋零在春天會生長出茂密葉子的樹，一棵無法叫出名字的樹就在停屍房的幾米之外守候著那些死者，林玉媚有時候從停屍房門口經過時她忍不住抬起頭來，守候停屍房的老人經常坐在門口的椅子上打著盹，秋日降臨時，樹葉會飄落在他雪白的頭髮上，當他們打盹時，樹葉會在他頭上停留很長時間，林玉媚剛分配到這座醫院時，這位老人就已經坐在門口守候停屍房了，轉眼之間，無數年已經過去了，但他仍然坐在門口，只不過他似乎比幾年前更衰老了，林玉媚問自己，從白晝到深夜，他總是生活在停屍房之外，他懼怕那些死者嗎？但完全看不出他的畏懼，有時候，林玉媚發現他打完盹後會站起來，將兩手背在身後，在門口走來走去。

有人告訴過林玉媚到了夜深人靜時，在西側的停屍房周圍，像是有幽靈在散步，也有人猜測那可能是被送進停屍房的死者——他們的魂靈逃出了窗外，他們想逃到自由的花園中去。世界上有幽靈嗎？林玉媚閉上雙眼，她不害怕這些傳說，而且她對幽靈這個詞彙有一種說不清楚的情感，那些不死的幽靈如果果真存在的話他們一定會在活著的人面前出現，但沒有人說過他們在什麼時候看見過幽靈，一切都是傳說中的，然而，林玉媚每當在夢中看見薩克斯風手時，她覺得薩克斯風手身穿黑色的衣服披著長髮，抱著那管黑色樂器的影子倒像是一個幽靈，幽靈——是林玉媚經常聽到的一個詞，醫院裡的大人嚇唬孩子時總是說，那些幽靈要翻過牆壁來了，於是，孩子有時候就被這種意象所嚇住了，林玉媚從未見過幽靈，但她卻願意把那位已經死去的薩克斯風手當作幽靈。

就在那天晚上，這個幽靈果然又在她夢中出現了，他今天晚上沒有像以往那樣身穿黑色衣服，頭髮用一根繩子捆在腦後，但他今晚身穿的那套紅色的衣服卻是那樣眩目，那管樂器就被他抱在懷裡，他的面孔閃爍在一層白色窗幔之外，他仍然像以往那樣伸出手來，他似乎仍在說：「別放開我的手，別把我拋開，請幫幫我……」夢境在半夜延續了很長時間，林玉媚醒來時感到很累，她覺得自己在夢境中確實在緊緊拉住他的手，那雙手冰冷至極——像一個幽靈的手用一切可能的力量拉住她，但每一次都是出現了同樣的結局：她的手突然鬆開了，那個幽靈，包括他眩目的紅衣服和那管黑亮的樂器突然之間消失了，周而復始，林玉媚總是與薩克斯風手在夢中會晤，她慢慢地已經把他當作幽靈。她逐漸地感到了一種前所未有的激動，她知道並且確信了人們的傳說，在夜深人靜時肯定是幽靈們出動的時刻，他們不願意去死，所以他們要來尋找他們的醫院，尋找他們的醫生，她從薩克斯風手在她夢中出現的情景中尋找到了佐證，這更加堅定了她對她病人們的愛，這種愛就像潺潺細流一樣在她心中流動著。

她的病人周林仍然在期待著染方的出現，這是六月的一個晚上，已進入夏天的醫院，熱氣在彌漫，在這樣的天氣中，病人會變得焦躁不安，林玉媚已經意識到了這一點，內科住院部有兩個最重要的病人，一個是周林，另一個就是吳立，然而，最近一段時期來，周林的情況比後者更差，吳立每晚都要爬到平臺上去看星空，星空使他顯得很平靜，而周林呢？他已經沒有更好的理由跑出去，而且他變得沈默了，儘管他房間裡插滿了玫瑰花，這是服裝界的朋友和模特界的年輕模特給他送來的鮮花，但他仍然顯得悶悶不樂，只有林玉媚知道他是為了染方，林玉媚知道染方在短時期內是不會出現的，她屬於那種服從自己的意志所支配的女人，她從沒有出現在周林身邊，因為她知道後果是什麼，她那雙荒涼的雙眼閃爍著理性，這種理性使她變得現實和冷漠。

沈浸在不倦的愛情追求中的周林屬於那樣幻想型的男人，他一次又一次地幻想著一個女人，並想得到她的愛情，哪怕他身陷病室，這種愛情仍然支撐著他的生活。林玉媚值班時經常出現在他的病室，她有意識地想幫助她的病人，想幫助他從那種一蹶不振的生活中走出來，但他總是沈默不語，林玉媚憑著吳立尋找到星空的事實想幫助周林尋找到另一種慰藉，那是一個星期天，那是林玉媚休息的日子，周林提前一天就向林玉媚請了假，他告訴林玉媚，他也許會尋找到染方，他感到染方似乎已經回來了，林玉媚就說我陪你去吧，反正我休息，周林起初猶豫了一下，他後來覺得這也是一個好辦法，就同意了。

星期天的早晨，林玉媚一早就醒來了，為了陪同周林去尋找染方，她推辭了她與戀人肖克華的約會，她在電話中告訴肖克華她要陪她的病人出去走走，肖克華已經大為不快，他對林玉媚說她的職責只在醫院，不在醫院之外，林玉媚解釋說周林是一個特殊的病人，肖克華沈默了一會兒道：周林是誰？林玉媚說：我已經告訴過你了，周林是我的一個病人。肖克華又問道：周林為什麼特殊。林玉媚沒有再解釋，她把電話掛斷了，她要保守她病人的秘密，再說，簡單的解釋又是多麼弄巧成拙，只會把事情弄得更糟，不一會兒，又響起了電話聲，她知道這是肖克華打來的電話，這是讓她繼續解釋關於她的病人為什麼特殊的電話，所以，她沒有去接電話，她越來越感覺到，有些東西是無法解釋清楚的，於是，她把電話線拔了，電話鈴聲，再也不會響起來了。

一套白色的連衣裙使林玉媚楚楚動人，再穿上一雙白色涼鞋，林玉媚不再是那個身穿白大褂的醫生，她的短髮使她的脖頸顯得修長，她就這樣出現在她的病人周林身邊，周林有些驚訝，他對林玉媚說：「你好像與染方長得很相似，你們的身材與臉型很相似，只不過你的眼睛不像染方的，她的眼睛很冷漠……我有些不明白，你為什麼要去做醫生，每天生活在病人之間，你快樂嗎？」他的黑色轎車正沿著花園深處的小徑，這是上午九點鐘，穿著白色連衣裙的林玉媚坐在她的病人身邊，她將陪同她的病人去尋找他的愛情，他的愛情此時此刻正繚繞在花園之外的世界，在他尋找的那個世界裡，愛情是一種甘露，可以滋潤他的焦慮不安的心靈和乾燥的喉嚨。

她的病人眼裡蕩漾著一種陽光，她看到了他的眼睛正在陽光蕩漾中想像一種愛情的場景，他的戀人染方出現了，這是使他活下去的唯一源泉，所以，他現在要去尋找這股幸福的源泉。

林玉媚感到了一種尋找烏托邦的迷惘，而她身邊的病人並不知道他的幸福和愛情是一種烏托邦。他知道她住在何處，所以，車子正環繞著他心靈中的那個方向旋轉著，林玉媚感到在這個烏托邦的世界裡，人的翅膀是紫色的，因為紫色是一種憂鬱的色彩，越是看到現實是一場烏托邦的人越是感到了那層憂鬱的色彩，而她的病人此刻正在構想染方出現在他面前的一剎那間。

他的全部期待就是看見染方。

他將轎車開進了一條古老的街道，他告訴林玉媚，染方是個奇怪的人，兩年前她買了一座有年代的舊樓，他嘴裡嘀咕著：不知道那座舊樓現在有沒有拆遷了，因為他在街頭看見了一處拆遷的木屋，轎車好不容易開進去又被一堆高高的木頭堵住了，一個人告訴他們，不要往裡去了，裡面的所有房子都已經拆遷了，就連街道辦事處也已經拆遷了，周林問那個人拆遷戶都搬到哪裡去了，那個人說很難說清楚，他們不是搬遷到另一處而是分散在城市的各個住宅區，「你知道染方嗎？」「染方是誰？」他搖搖頭，眯著雙眼看著周林。

周林也眯著雙眼，林玉媚勸說道：「我們改天再尋找吧！」周林困難地將車倒出去，他噓了一口氣對林玉媚說：「這就是染方，我可從來沒有聽她說過房子要拆遷，而且這麼快就拆遷，她會上哪裡去呢？」林玉媚說：「我們不能這麼沒有目的地尋找，也許有一天我們會有她的消息，也許她會到醫院來看你」，林玉媚不知道為什麼也學會了向周林撒謊，人類撒謊的能力完全是在無意識中發生的，直到已經形成了謊言，而事情卻已經被一派謊言所籠罩，她用謊言安慰了她的病人，然後謊言的目的就這樣達到了，她的病人覺得她指出了希望中的景象，謊言是美麗的，尤其是一個女人的謊言——他被這謊言所確定著他希望的，他所不得不看到的，像火焰一樣燃燒著他心靈的那個世界，這就是染方始終未出現，愛情需要等待，愛情需要耐心。他變得平靜了，他的眼裡的灰顏色開始變得蔚藍，在男人的世界裡，似乎蔚藍就是一切，吳立在夜深人靜時仰望星空時看到了蔚藍，然後他感受到了活下去的秘密，現在，周林的眼裡也同樣升起了蔚藍的顏色，他覺得自己已經被另一種蔚藍色的希望推動著，當他轉過身去看他的醫生，她身穿白色連衣裙，在服裝設計師周林的眼精裡，他的醫生婷婷玉立，她就像染方一樣有修長的身材，有嫵媚的面龐，而她與染方不同的是，她的眼裡的視線是潮濕的，像水霧一樣潮濕。

而林玉媚正在被自己對周林撒謊的事實尋找到某種藉口，直到她看到她病人眼裡的蔚藍色，她才感到是她的謊言幫助她的病人有了希望，所以，謊言是必須的。周林向她走來，他再一次用一種親切的目光看著林玉媚，他一定想起了染方，那麼，他一定是再一次證明了林玉媚很像染方，這是一種難以區別的感覺，他開著車，他感到時候還早，他問林玉媚去過郊外沒有，林玉媚說一些郊外去過了，一些郊外還沒有去過，她說的是事實，肖克華驅車帶她去過一些郊外，比如西邊的那些森林公園，他們在森林公園散步、談戀愛，拍攝照片，而且他們也去過北邊的郊外，那裡有一座池塘，肖克華是一個垂釣者，但是東邊和南邊的郊外就沒有去過了。

他突然問林玉媚喜不喜歡游泳，林玉媚說上大學時曾是游泳健將，不過已經有好多年沒有游泳。他們上了路，他告訴她在南邊的郊外有一片湖泊，水質沒有受到污染，水深五十米，是一個游泳的好地方，這座湖泊叫魔湖，也就是說它是一座水質清澈之湖，在水中你會看到自己的身體在流動，像青蛙一樣自由自在。他告訴林玉媚他經常到魔湖去，而且他也帶染方去過，就去過一次，他就住進醫院了，他突然又認真地問他的醫生：「你現在是我的醫生，我想，有時候你能看出我是多麼焦慮，我並不是關心我得了什麼疾病，我只是關心我什麼時候會死？」林玉媚輕聲說：「你不會死的。」「真的嗎？」「真的。」她並沒有在撒謊，在那一剎那，她突然有一種信念，她會治好他兩肋之間的那團陰影，她會有另一雙手，世界上不是有魔湖嗎？但她希望長出一雙魔手把他的那團陰影從兩肋之間抓出來，這種信念上升後使她的心靈變得瘋狂起來，她一遍又一遍地告訴他：「你不會死，你真的不會死，你要相信你能活下去，我想，你和我都在努力……讓你能夠活下去，我想，我會竭盡全力……」轎車突然停在路邊，從窗口蕩來一股溪水的氣息，還有青草的氣息，他被他的醫生的聲音所震動著，這是一種他從未聽到的聲音，這聲音使他激動的原因是因為她如此堅定地告訴了他——他不會死的秘密，林玉媚和她的病人都被這種不死的秘密所激動著，他把她拉下車，微風吹拂著她的白色連衣裙，他們面對面站著，他們都想了解那個瘋狂的不死的秘密到底在哪裡？他伸出手去，他的指尖碰到了她的指尖。

但僅此而已，他們的指尖在短促中相碰了一下就分開了，兩個人都彷彿為了那個瘋狂的不死的秘密而陷入了更深的秘密，她是誰？他又是誰？他們置身在這郊外的一條水泥路上，兩邊是青草和伸向遠方的果園，但一陣風吹來了，他們都沒有在這更深的秘密中停留多長時間，因為他們好像都在同一時刻被從果園和青草中吹拂而來的風——一陣熱風使他們開始清醒，道路在向前延伸，他要帶他的醫生到魔湖中去游泳，他的年輕的女醫生坐在他旁邊，就是從這一刻開始，林玉媚的病人周林開始依戀她，因為是她告訴了周林那個不會死的秘密，這個秘密對於她的病人周林來說是一種懸在空中的蔚藍色吊籃，只有她才會幫助他用手觸摸到蔚藍色。

轎車停在一片綠草蕩漾的山坡上，一匹馬在不遠處的山窪邊上吃草，毫無疑問這片近郊的湖泊已經無形之間成為了風景區，但今天的人很少，那些綠色的太陽傘就像蘑菇一樣張開等待著遊人，他們到路邊的小商店買到游泳衣和游泳褲，他們幾乎沒有說過一句話，手指間短暫的接觸使他們兩人都顯得有些尷尬，男人和女人的那些窘態已經表現在他們的一舉一行上，但他們已經進入那些綠色的太陽傘下面，他們已經赤腳尋找到了湖邊白色的沙灘。他們再也不需要語言表達他們的窘態，陽光照在他們裸露的肩膀上，他無聲無息地撲進了水中，她看到了他激起的那些銀色水浪，這座傳說中的魔湖映現出林玉媚的影子。

她身上那件黑色游泳衣使她的皮膚顯得更加細膩和白皙，她的身體是那樣完美，但在一年中的三分之二時間裡，她的身體都被那件白大褂裹住了，現在，她裸露著雙肩，大腿和手臂，她撲進了水中。水中的溫度恰到好處地可以把她心靈中的那些蜘蛛編織的網淹沒，網一旦觸到水就消失了，她看到了她的病人周林，他的身體在水中自由地穿行著，水像一層帘幔——她看不出這就是她的病人，後來，他在慢慢地游向她，在水中他們像兩尾魚一樣靠近，但他們又分開了。

他們來到了沙灘上日浴，他們躺在躺椅上，他們並沒有面臨海，卻都有一種在海邊憑眺的感覺，周林告訴她，他又想起了染方，在他的世界中，染方永遠是一個話題，染方是一根導火線，一旦話題展開，就像一波三折，一旦導火線點燃了火焰，他的面前似乎有火焰飄蕩。這就是他的生活，這就是他的蔚藍色星星，這就是他的虛線的繩索，這就是他張開嘴，而車輪旋轉著，在廢墟上旋轉的烏托邦，這就是一個男人咧開嘴，展現出的一個自嘲的笑容。林玉媚躺在躺椅上，她現在突然對她身邊的病人產生了一種從未有過的憐憫，她想幫助他把那些烏托邦世界建立起來，然而她清醒地知道，只有讓他健康地活下去，他才能找到他那些蔚藍色情感，他才能在藍色的地帶與他的戀人染方約會，他才能在染方那雙荒漠似的眼睛中找到綠洲。

她已經告訴了他，他不會死，是的，他深信一個醫生告訴他的話，他現在正在沙上的一把椅子上躺下去，陽光照著他裸露的一部分身體，他為什麼會有那團陰影呢？他分明在變幻他狂熱的情緒，變幻生活將給予他的許多場景，變幻他與染方那雙荒漠似的眼睛中的一首歌曲。

因為她已經告訴過他不死的秘密，那些在醫院裡難以忍受的聲音再也不會使他苦惱，他已經按照她所希望的振作起來了，這樣，她就有可能將手伸到那團陰影中去了，而他的愛情，仍然在等待之中，只要有等待，他就不會心如灰燼，只要有等待，他就不會放棄將雙手放在噼噼啪啪地正在冒出的蔚藍色的火焰中的期待，只要有等待，她眼睛裡那片荒漠就不會置他於死地。

她就這樣陪同他一起等待。

等到她來到肖克華身邊時，已經暮色上升，她把整個休息日都給予了那個時裝設計師，因為她的病人，她的戀人已經站在房間裡，儘管他是一個職業律師，儘管他已經有訓練有素的克制力，他見到林玉媚時仍然像一頭被激怒了的困獸，他告訴林玉媚，他試著去理解她，但他沒有理解的是她已經完全超越了一個醫生對一個病人的那種職責，他把職責這兩個字說得很重，他在房間裡走來走去，他告訴林玉媚，他工作得賣力，幾乎是從不浪費一分一秒，他的目的很清楚，就是為了在週末時見到林玉媚，他把他所有幸福的夢都寄寓在兩個人見面的時候，他沒有想到林玉媚從來沒有站在他的立場上為他著想……他說道，最後他似乎終於說完了，林玉媚聽到他說：「玉媚，我們結婚吧，也許結婚了，一切會變得好起來，我們都會對婚姻有一種責任感……」他一邊說一邊來到她身邊，他的眼睛裡有一種潮濕的雲翳，有一層潮濕的期待，這種期待在一剎那讓林玉媚想到了周林對染方的期待。她讓他的雙手撫摸著自己的身體，一次又一次，她就是這樣讓他平息了那些憤懣，一次又一次他對她的撫摸可以因此減輕她的歉意，因為在撫摸中他已經感知到她似乎仍是愛他的，他的心就像一面收起來的扇子不再像張開時那樣顫慄，他懷著期待，像過去那樣期待著她的身體，她在深深地吸著氣，她完成了她的約會的最後一種形式，她給予了他身影，給予了她坐在沙上曬日光浴的肩膀，雖然她的雙肩有些灼熱，這是陽光刺激的原因。

好像這是平息他們之間爆發戰爭的最有效的辦法，他終於遺忘了一切，林玉媚側過身去伸出手撫摸著他的黑髮，他的頭髮是那麼濃密，與她病房中一些病人的頭髮形成最強烈的對比，毫無疑問，她喜歡他的健康。

所以她迅速俯下身子，她吻著他的面頰和嘴唇，這張健康的嘴唇似乎給她一種信息，她深深地吸著氣，那個信息使她感到世界不再是一隻鳥墜落的意象，至少，在他的懷抱，在這個渾身散發出健康情慾的男人懷抱，她已經不被幽暗的走廊上那道窗口所變幻的意象所折磨，一隻鳥不再墜落而是飛越了那些青灰色的大理石，飛越了陳舊的灰褐色屋頂的那團霧，飛越了冰冷的柵欄和藥粉的味道，飛越了那把消過毒的手術刀，飛越了不死的秘密。

但是她醒來時感到新的一天已經降臨了，他比她起得早些，因為上午九點鐘，他將作為一名辯護律師出現在法庭，新的一天已經降臨了，她看到他穿好了律師的制服，他快出門時沒忘記俯下身來吻別她，但他的吻已不再會展現出昨天夜裡的那種意象，她知道今天等待她的是醫院裡那間冰冷的試驗室，吳立的病需要她去開掘出那些大冰塊，那些冰塊使她的胸部堵塞難過，儘管她並不是一個病人，但為了她的病人，有時候她躺在黑暗中會有一種徹骨透寒的感覺。

她從她們同居的床上開始起來，她想總有一天她突然會結婚，但在這新的一天到來時，一切都離她仍是那麼遙遠，對，新的一天正在啟示著一切，而她此時此刻將趕往醫院，醫院對於她來說是什麼呢？

醫院的方向——對於林玉媚來說是那天早晨唯一可以通向世界的方向，她看到了粉紅色的晨霧在城市所有的屋頂上飄蕩，她想起來小時候在另一座更遠的城市裡，母親和父親總是在爭吵，為了不聽到他們的爭吵聲，她就拉開門跑出去，她彷彿在尋找一個方向可以由此不讓她置身在母親和父親婚姻的失敗之中，於是，她就撒腿沿著那座城市的舊城牆不停地在奔跑，她跑到了郊野的池塘和鄉村但又重新跑回來，這就是那時候她在母親和父親的戰爭之中尋找到的逃離的方向。然而，到底是時間還是祈禱教會了她現在不再奔逃，如果她想奔逃的話，她完全可以逃離那座醫院，逃離那些死者和病房，但她感到現在和未來醫院都是她通向世界的唯一方向。

她看到病人們正在花園中做祈禱，有些人正在運動，有些人正在冥想，他們關心他們什麼時候出院比關心他們何時死亡的人要多得多，當林玉媚來到一棵蘋果樹下時，看到一個面孔纏滿了繃帶的人坐在輪椅上，看得出來，這是一個燒傷的人，並且是一個女人，而那個幫助她移動輪椅的也許是她的女友，她女友不時俯下身跟她說話，她們之間的交談一定像蘋果樹中間吹拂的風，有時候，人與人就在風中相互安慰著，這個燒傷的人身邊有一個女友呆在身邊，她一定不會想到什麼時候去死。

林玉媚穿過了小徑——就看到她的住宅樓了，那幢樓是她世界中的一部分，她回到家，在沒有與一個男人組成婚姻時，這個世界永遠是她的一部分，她回到這裡為了取她晚上研究的那些記錄，她要將這些記錄帶到化驗室裡去，她只在她的房間呆了幾分鐘就出門了。

一個人比她要來得早一些，林玉媚知道他是剛讀完醫學博士回來的外科醫生范亞平。林玉媚這是第二次見到他，第一次是在醫院門口，范亞平正跟副院長在交談，副院長介紹了林玉媚給范亞平，然後也把范亞平介紹給了林玉媚。他們相視一笑，林玉媚以為她也許是來得最早的，她選擇了她的器皿，她的胸部不再堵塞，她的病人吳立身上的病毒就像一張精心描繪的圖展現在她眼前。

她伸出手去輕輕地抓住器皿，在這裝滿器皿的房間裡，她的鼻子嗅到了藥劑的味道，但沒有嗅到窗外那些草地的味道。

第三章

軌道，郊野的軌道，不，是西郊的軌道邊緣，染方就是這樣在電話中告訴了她與林玉媚約會的地點，昨天晚上，當她在話筒中聽到染方的聲音時，她正在凝望著冰冷的浴室，她本來想躺在浴缸裡的泡沫中去，泡沫中有一種草藥對治療腰病有好處，由於她經常站在實驗室，她的腰痛加深了，但她不知道為什麼卻站在門口凝望著冰冷的浴室，電話鈴彷彿是從牆壁中發出來的，她遲緩地看到了牆壁上的吊鐘並沒有看見黑色的電話線，電話鈴聲持久地響著，她終於意識到電話並沒有裝在牆壁裡，電話鈴聲也並不是從牆壁中發出來的。

電話線就在另一邊，在那只淺黃色沙發中央，林玉媚坐在沙發上，她面對著窗戶，聲音似乎是從窗戶外面傳來的，那是一種略帶沙啞的聲音，「我是染方，」「哦」，林玉媚透過電話線想把握她在哪裡，「我想見到你」，染方說話時彷彿在用手環繞著一圈毛線，毛線的顏色是黑色的，林玉媚感到她似乎有很重的心事，「我也想見到你」，林玉媚想起了周林，她知道染方給她打電話是為了周林，看樣了她並沒有忘掉周林，而林玉媚也想再次見到她，她仍想幫助她的病人真正尋找到染方，而且她深信她能把周林對染方的那種愛表達給她。「我們就在軌道邊緣的那片草地上見面，好嗎？」「軌道，什麼軌道？」「西郊的那片軌道，我經常在傍晚到那裡散步，裡面有一片草地，沒有一個人……」

軌道，林玉媚的耳邊彷彿傳來火車的轟鳴聲，一列火車，綠色的總共有二十節車廂的火車已經從她眼前奔馳而去，這是她第二次與模特染方約會，地點在西郊的鐵軌邊緣。林玉媚過去從未到過這片有鐵軌伸向遠方的郊外，本來她想搭計程車去，但覺得騎自行車去更好，在林玉媚的想像中，染方就像是一幅風景畫，她曾透露傍晚時總喜歡在西郊的那片草地上散步，在林玉媚的印象中，鐵軌是一種故事，一種伸向曠野的故事，而鐵軌周圍到處是蜷曲的野草，如果走在野草中，草幔會淹沒你的下半身。

她騎著自行車就像去與荒涼的鐵軌赴約，而每想到那個漂亮女人來，林玉媚更願意回憶她的身影，她的身影有一種迷人的將你帶進困惑中去的曲線，彷彿是一種不真實的曲線，但那確實是模特染方，一個穿時裝的女巫，一個用一雙荒涼的眼睛看著世界的女人，彷彿是從遠方向你走來的一個幽靈，她已經看見了染方，下午四點鐘，她戴著一頂黑色的寬邊草帽，草帽就像一只已經開放的陶罐，她果然站在鐵軌那邊的草地上，是一望無際的在夏天的雨水和陽光中瘋狂生長的草地，草地上的草毫無節制地生長，直到秋天的寒瑟蕩漾而來才會終止它們生長的生命力。

染方就在草幔中看著林玉媚，她身穿黑色的長裙，這使她裸露的兩條手臂顯得更修長、白皙。她對林玉媚說：「我深信你會來，為了你的病人你會來……」她摘下草帽放在草幔上，她說：「其實，周林的病已經不能讓我正常生活，」「那就去找他，周林帶我去找過你，但你的房子被拆遷了，那裡變成了廢墟……」「是的，廢墟。」「那你為什麼不去見周林？」「我已經告訴過你，我決不會輕易改變自己，我是不會去見周林的……」「僅僅為了你自私的理由？」「其實，我要告訴你的是，我有時候是自私的，但有時候我並不自私。我原來曾想過永遠離開這座城市，但我終究沒有走……」「但你也沒有去看周林……」「林醫生，我想你並不會理解我，我很抱歉把你叫出來，但除了你我無法去會見任何人，因為只有你才能告訴我周林的近況……他的病有沒有加重……他會很快死去嗎？」林玉媚抬起頭看著染方，其實在她說話時，她的眼睛裡也仍然沒有別的色彩，而她的下顎卻在顫慄，那光潔的下顎似乎可以看出她的心潮起伏。「你為什麼不說話，林醫生，我相信你並不會理解我，但我要告訴你，我曾經與周林同居過，我幾乎快要愛上他了……林醫生，你能體會到這種感情，林醫生……他好嗎？他會死去嗎？」林玉媚看著這個身穿黑裙的女人，她的身上有一種強烈的悲劇色彩，而且她彷彿正在上演著一幕悲劇，她抑制著自己的情緒，她閉上自己的嘴巴，她想說他不會死去的，她不會讓她的病人去死的，然而，她似乎沒有力量說出這些話來，也許她在周林所愛的女人那雙荒漠似的眼睛中看到了一幕悲劇正在上演；她想說他真的不會死去，但是有一種黑色的聲音正在晃動著她的身體，那聲音在提醒她正在確定周林的死期……

死亡……死亡……。像是從那雙荒漠似的眼裡向著她逼近，而染方卻大聲說：「林醫生，他不會死的，對嗎？」她可以大聲說話。因為在這草幔中沒有誰會聽見她在說話，她是一個黑色幽靈，她正在林玉媚的身邊用赤腳跳舞，她在竭盡全力地靠近她，她大聲說：「林醫生，我明天將到鄉村去，我聽說有一座鄉村住著一個鄉村醫生，他有古傳的秘方，是可以治好周林病的秘方……我想去跟他要回那張秘方……林醫生……你相信那位鄉村醫生的秘方嗎？」

林玉媚的耳朵彷彿被這聲音摩擦著，而聲音似乎像是從一種沙粒中上升的，她感到事情似乎已經發生了轉變，原來染方一直在關心著周林的病，原來染方願意為周林去做這麼多的事，理智在告訴她，她要讓染方回到周林身邊去，只要她能回到他身邊去，她就能集中所有精力去治癒周林的病，於是，她大聲說：「染方，我可以讓周林不死，但有一個條件，你必須回到周林身邊去……」染方正在抓住草帽從草地上後退她也許聽見了林玉媚的聲音，也許並沒有聽到她的聲音……她的身影突然毫無緣由地離林玉媚越來越遠，林玉媚看見了她身後的軌道，她已經朝著軌道走去，林玉媚突然意識到染方並沒有從周林身邊消失，她在占據著周林的生活或者說是周林的生活在占據著她的生活，難道她真要去鄉村尋訪那位鄉村醫生的秘方嗎？難道她相信那張秘方可以讓周林不死嗎？

她到底是周林的誰？一方面她拒絕去會見周林，另一方面又四處為周林奔波，她到底是幽靈還是一個女人？林玉媚好不容易才走出了草幔，轟鳴聲從遙遠而來，綠色的火車拖著車廂變幻著她與模特染方會面的時間，她的自行車已經被風吹倒，她將自行車扶起來，她的約會再次失敗了，因為染方並不願意去會見周林，她張開嘴，到處是草幔熱呼呼的氣息，她再也看不見那個黑衣女人的身影，她和她的第二次約會現在已經結束了。而她卻開始迷惘起來，她不知道自己到底是誰？更不知道那個女人是誰？她清楚的只是她的病人，躺在病室中的病人似乎抬起一雙雙充血的雙眼看著她，她跨上自行車，從郊外到她的醫院需要她騎一個小時的自行車，在這短暫的時間裡，她與染方的會面變得那樣恍惚，彷彿是在夢境中發生的，作為一個女人，她感受她是那樣艱難，正像染方自己說的一樣她是不可能理解她的，而作為一個女人，她想去理解她，她想去理解那雙陷入荒漠中的眼睛。自行車的鏈條在旋轉，她想著那片荒漠，以及那個生活在荒漠之中並被荒漠所折磨的女人，也許每個人都會有一種荒漠似的感覺，但林玉媚卻不能走進荒漠之中去，即使走進去，她也要走出來，因為她不允許讓她的病人們在她眼裡看見那片荒漠，這就是她與染方不同的地方。也許染方果真去鄉村了，林玉媚想，那張秘方也許會被染方帶回來，但願她有一天能帶著那張秘方去會見周林，但願她的病人的希望沒有落空，但願那隻鳥能飛起來而不去朝著窗口墜落。

林玉媚蹬著自行車的鏈條，儘管城郊的路上灰塵彌漫，但她堅信她很快會回到醫院的，而且她現在可以去盡情寬慰周林，她要告訴他的病人，染方回來的時間不會太長了，她會看到她病人的微笑，在病室中，病人的微笑比窗外的陽光更令林玉媚感到溫暖，所以，為了他病人能夠微笑，她現在正蹬著自行車鏈條。

灰塵使她咳嗽了一下，但已經進入市區了，醫院就在市中央，在她的手臂震顫之中，她想起了新分來的博士醫生范亞平晃動著實驗室裡的玻璃器皿告訴她的話：「我真想在這器皿的搖晃之中看到我病人的痛苦，折磨他們身體的那些東西是從哪裡來的。」她蹬著自行車，街道突然變得昏暗，走在路上的行人加快了腳步，一聲悶雷在城市上空響了起來，似乎夏天的第一場暴雨就要來臨了，她加快了速度，也許染方此時此刻正坐著一輛小火車到鄉村去呢？而大雨如注，也許那輛小火車會在大雨中淺擱，一切事情都可能會發生的，只不過她不希望染方乘上的那輛小火車在雨中淺擱，她希望她快去快回，她並不是期待和迷信那張鄉村醫生祖傳的秘方，她只是希望染方回到周林身邊來。

她蹬著自行車鏈條，這是環形鏈條，使她想起人生，那種難以言喻的古怪的難以走出圓圈的命運——有點像這充滿鏽跡和油漬的環形鏈條。如果人生不像環形圓圈，那麼人就不會用有限的生命創造環形劇場、環形游泳池、環形醫院，那麼，如果人能夠使自己的人生走出環形鏈條——除非他們會張開翅膀飛。

但人卻在塵埃上飛，一點也不能離開塵埃，「抓住我的手，別鬆開，別讓我去死……」

薩克斯風手的嗓音就是從塵埃中上升的，就是從塵埃的醫院，小花園的花蕊剛張開時上升的，有誰能夠托起他的身子不讓他去死呢？

林玉媚拚命地蹬著自行車，這是她的靈感，這是她的環形鏈條，從十二歲那年，母親就給了她一輛自行車，是從市場的那個角落，專門出售舊傢俱的市場那裡買來的，母親告訴她，這輛自行車才二十塊錢，很便宜。但從此以後，林玉媚的上學路程就縮短了，那輛已沒有多少壽命的自行車渾身是毛病，到處是鏽跡，父親為它用棉花浸了一些柴油擦了擦鏽跡，好像亮了一些，但沒過幾天，自行車變得更舊了，她幾乎能聽到自行車的環形鏈條上的鏽跡脫落的聲音，但十二歲她已經用腳費力地蹬著環形鏈條，她的一生彷彿就在那環形鏈條上展開，道路也在環形鏈條上展開，就像溜冰似的，開始移動，傾盡全部力量，只為了到達目的地。

她此刻的目的地是醫院，彷彿有什麼聲音是撞擊的聲音，好像輕微地震，她腳下的自行車在路面上騰了起來又迅速落下去，不錯，聲音是在膠輪下傳來的，從前面的馬路上，一股血腥味在躁熱的空氣中使她敏感地呼吸了一下，這是血的氣味，是從車輪下發出的氣味，林玉媚猛然蹬了一下自行車鏈條，她現在找到血的氣味飄來的地方了，就在一百米處，在那人群躦動之處，發生了車禍。

血的氣味越來越強烈，越來越強烈的是一場車禍展現的場景，林玉媚最後蹬了一下自行車鏈條，接著她拋去自行車向著前面那片躥動的人群走去，血的氣味彷彿是交叉的十字架信號使她有一種不祥的感覺，因為竟然連聲音也沒有，所有的車都被淺擱了，而人們正在圍觀這場夏季的車禍。

林玉媚突然大聲說：「請讓開，我是醫生。」她的聲音有效地使她找到了一條路，躥動的肩膀閃開後。血的氣味就向她撲面而來，許多人用手作手帕蒙住鼻子，另一些人麻木地對這氣味無動於衷，林玉媚來到了那團洶湧而來的暗流之中，一個騎自行車的女孩被一輛貨車的車輪捲了進去，女孩已經昏迷，貨車司機呆滯地對林玉媚說：「我該怎麼辦，醫生，她好像要死了……」貨車司機的聲音便噎住了，林玉媚感受到了女孩子的脈跳，儘管她身上的血流如注，但林玉媚感到貨車並沒有傷著她的腦袋，因而她還算是幸運的，不過她的兩條腿，林玉媚憑著職業醫生的本能感到女孩的那兩條腿已經被車輪損傷嚴重。她叫醒了那位呆滯的貨車司機，讓他把女孩抱在車廂上去，隨即她也爬上了貨車，這是一輛裝載西紅柿的大貨車，女孩就躺在紅色的西紅柿上面，林玉媚望著她的腿，她已經感到了這個女孩的巨大不幸。

女孩的不幸就像那架自行車的環形鏈條，儘管那輛陳舊的自行車已經被林玉媚捲入這場車禍中去時拋棄了，但十二歲腳蹬環形鏈條的那種感覺依然存在，她感到了這個女孩的不幸，正在等待著她，她伸出手去把她的手握住，她的雙手仍然是溫熱的，只是她仍在昏迷之中，林玉媚面對病人昏迷的場景已經無以計數，但面對一個因車禍而昏迷的女孩還是頭一次，她把她的昏迷想像成是自行車生鏽的環形鏈條，在貨車進醫院的路上，她總是被這個意象環繞著，她無法拋棄這個意象。

她將那個昏迷的女孩交給了外科的醫生范亞平，他恰好值班，按照正常順序，女孩應該由外科來搶救。她的身上到處是血漬，彷彿她與別人發生了一場格鬥，她嘴唇顫抖著守在手術室外面，范亞平正為女孩照X光，她不願意等待X光的宣判，儘管她作為一名醫生已經對這樣的宣判熟視無睹，她感到自己在抽搐，為那個女孩的命運，她控制著自己對環形鏈條的可怕的想像，並竭力控制住自己必須為那個女孩寫一首令人心碎的歌曲。

貨車司機坐在椅子上垂下頭去，他頭下是花崗岩地板，紅色的交叉線一定使他昏眩，但他已經無處可逃，他恐怖地搖著頭，偶爾抬起頭來看著林玉媚的眼睛，林玉媚對他點點頭，意思似乎想寬慰他，但范亞平從手術室出來了，他對林玉媚說：「X片已經出來了，她的右腿已經粉碎性骨折，所以我必須把她的右腿……」林玉媚知道他要說什麼，范亞平說：「現在，必須找到她的家人，我從她身上找到了她的身分證，她的家遠在外省，她現在無法與家人聯繫，你……你能為她簽字嗎？」「我……」「對，你已經捲入了這場車禍之中，你知道，她的右腿必須迅速鋸掉，否則會感染她的另一條腿，林玉媚，我讓你簽字，主要是因為你是一個目擊者，而且你也是一個醫生……」林玉媚就這樣替代那個叫雷萌萌的女孩簽了字。她不是她的親屬，也不知道她從哪裡來，她只是一個醫生和目擊者，但她一直和那個貨車司機守在門口，看上去那是一個老實忠厚的貨車司機，他也這樣等待著這種命運的變化。

這是四樓，住院部的四樓，林玉媚想起了在花園看見的那個燒傷的人，她一定住在這樓上，也許已經出院了。她想起燒傷的人躺在輪椅上，而這個叫雷萌萌的女孩不久以後也會有一張輪椅，再後來她會有自己的木拐杖或者金屬拐杖，她會在有一天醒來發現自己的右腿沒有了——這對於她來說，對於那個年輕女孩來說是一場天翻地覆的大地震。也就是從這一刻開始，林玉媚已經決定做雷萌萌的朋友，她要守候在她身邊，直到她明天早上醒來，是的，用不了多少時間，雷萌萌就會醒來的，雷萌萌就會發現自己躺在醫院時，她那嬌小的身體在轉動，但是她的下半身已被麻醉師的麻醉劑彌漫著，也許她並不會感到她少了一條腿。

更嚴酷的生活在時間中，時間左右著一萬個左右的飛蛾飛向火的過程，飛蛾被火引誘著，人又被什麼所引誘呢，難道是被環形鏈條所引誘，被膠輪所引誘？林玉媚再一次被這種意象占據著，她感到迷惘，她想到了與她長久合作的那名冷靜的麻醉師的雙手，在她動手術時，她看見麻醉師伸出手觸到了藥劑和針管，他彷彿對她說：身體在麻醉中不再前行，我要讓你的病人就此停留。而此刻，那個女孩的右腿將永不存在了，她的右腿停留在那條馬路上，環形車輪一捲動，她的右腿就這樣到達了一個極點。

手術終於結束了，她看見外科醫生范亞平面色蒼白，他摘去口罩，他噓了一口氣，他告訴林玉媚女孩才只有十八歲，他還發現了她的學生證，她是舞蹈學校的學生。

是十八歲的雷萌萌的腿在舞動，是她的足尖在旋轉，是十八歲的雷萌萌的青春在煽動著翅膀……一個十八歲的舞蹈學校的女孩失去了右腿，只有上帝知道究竟發生了什麼事情，彷彿有水蛭在侵蝕著她的腿，那些黑漆漆的水蛭就是悲哀的蛇皮，就是悲哀的透明的蛇皮。林玉媚現在才知道她作為局外人和醫生代簽名字的竟然是在為著這種悲哀的透明的蛇皮而隨同那些嗡嗡聲，那些刺耳的嗡嗡聲，她看見醫生們已經將她推在雪白的有滑輪的車上，一路上護送她而去的是幾個年輕的護士，還有那位臉上沒有笑容的麻醉師，他來到了她身邊，他大約也知道她就是十八歲的雷萌萌的保護人，他對她說她在三天內不會感到疼痛，甚至不會感到她已經失去了右腿，因為她將躺在床上，整夜地注視著屋頂之外的星辰。

麻醉師噓了一口氣，緊隨著走廊上那道陰影消失了，范亞平對她說：「現在你不必守在她身邊，回去休息吧，我們會給她輸液，會一直給她輸送葡萄糖液體，我想，如果能找到她家人，那是最好的事情，林醫生，你回去吧，我會給她家裡打電話，時間可能會長一點，因為我沒有她家的號碼……對，我可以通知她所在的舞蹈學校……我想，重要的不是別的，而是她的麻醉劑散發之後，她的手再也觸摸不到她的另一條腿，林醫生……好了，你回去休息吧！」

林玉媚感到自己真的想好好睡一覺，今天晚上她還要值夜班，是最晚的一班，零點三十分，是的，連她自己都無法忍受那些刺耳的嗡嗡聲，因為她總是看到一種畫面，蔓延而來的水蛭正在侵蝕雷萌萌的大腿，她忍受不了這種畫面，她想回去好好睡一覺，現在要抓緊時間睡一覺，零點三十分要值夜班，明天一早她要出現在雷萌萌病室，因為她可能會在明天早晨從昏迷中醒來，她看著貨車司機已經隨護士們到病室去了，有他今晚守候在雷萌萌身邊，她就可以回去好好地睡一覺了，她不想擺脫這件災難，但她想擺脫那些侵蝕雷萌萌大腿的那些水蛭。

從軌道到車禍，在這些時間裡，沒有一件事是順心如願的，染方也許到鄉村去了，那個幽靈似的影子在現實中向林玉媚暴露了她對周林那種荒誕的愛，有一種東西覆蓋她身上，在那片荒漠似的眼睛裡，染方卻在順著深不可測的懸崖緩緩攀登，她要尋找到讓周林活下去的一種源泉，然而她並不知道對周林來說，她出現在他身邊就是他的源泉。她走了，要到鄉村去，就在她睜大雙眼時，林玉媚突然發現了在她那雙荒漠似的眼睛裡有她對周林的荒謬的愛，她希望他不死，也許她甚至可以替他去死，奇怪的是她卻堅決不出現在周林面前，這是脆弱之愛，她彷彿在用自己的行動建立一座砂堡，所以她開始出發，去鄉村尋訪那位醫生只是她建立一座砂堡的第一種方式。

哦，那確實是染方的一座砂堡，因為她眼睛裡已經升起了一座沙漠，她為什麼不可以用自己的手和靈魂親手建立一座砂堡呢？林玉媚彷彿被越來越清晰地，升起在荒漠上的那座脆弱的砂堡所吸引，她感到自己的那架生鏽的環形鏈條被她拋在路上了，從此以後她再也不用騎那輛自行車，再也不用聽見環形鏈條的聲音了。

她的身上到處是汗漬，衣裙已經粘住了皮膚，一顆鈕扣解開了，卻另有一條拉鏈，自行車的環形鏈條雖然被她拋棄了，卻有衣服上的鏈條等待著她，鏈條被卡住了，她想起了那個字「撕」，請稍等，她可以有耐心的，她可以想辦法拉開那道鏈條，但上帝在那一時刻將她的耐心剝去了，她聽到了「撕」這個字眼爆發出的異常聲音，她聽到她撕開了裙擺，撕開了腰部的銜接處，幾綹碎片被她拋在地上，她赤身裸體，三十多年來第一次學會了撕碎衣服。這個場景使她很快意識到了屋子裡到處是衣服的碎片，碎片就在她腳下，是她親手撕碎的……現在她好像不再受那根被卡住了的鏈條的折磨了，就像站在稀薄的空氣中感受到了一種從雲空飄蕩而來的氧氣，她自由地仰起頭來，從水龍頭裡流出來的水淋濕了她的嘴、頭髮和身體。

電話鈴彷彿想穿越她的腹部和呼吸，她沒有聽到電話聲，除了水聲之外她現在聽不到電話聲。她仰起頭來，一種赤裸的自由和快感，一種撕碎了東西的快感包圍著她，她在水龍頭下面閉上雙眼，搜尋著記憶，她想回憶過去的三十多年她有沒有撕碎過什麼東西，但她只感到她在學生時不時地將紙團揉皺，她從沒有撕碎東西的習慣，也從來沒有感受到撕碎東西後的快感。但是在回憶中，母親總是動輒就撕碎什麼東西，在失敗的婚姻生活中，在母親身邊，她看見過母親撕碎的圍巾像絲線在風中吹拂，她還看見母親砸碎的玻璃和瓷器在地上尖銳地刺痛著她……但她並沒有母親的習性，她對生活從小就有一種或者幾十種耐心，她從來不毀壞什麼東西，因為她對每一件物品都寄寓著感情。但她現在感到撕碎東西原來也有一種快感，她仰起頭來，她的碎片在屋子裡，她想著那些碎片就像流體滲透到了每一個角落。她赤裸的影子在屋子裡穿來穿去，她要找到她的鬧鐘，她要上好發條，零點三十分她得準時去值夜班，所以她得在零點十分醒來。

上一班的醫生告訴她，吳立一直在平臺上看星星，她問林玉媚會不會有事，林玉媚說他白天躺在病床上，晚上就讓他看看星星吧，再有一週她就要給他動手術了……她發現她在自言自語，值班醫生已經走了，她仍在自言自語。

吳立在平臺上找到了星空——從此以後，他彷彿就不從醫院逃跑了，他也並不害怕見到林玉媚了。這是他自己尋找到的彼岸嗎？林玉媚來到了平臺，她本來並不想打擾他，但她已經有幾十個小時沒有看見她的病人吳立了，為了他，她已經在實驗室看到了那種結果一種是讓他生，另一種是讓他死，如果想讓他生的話，她必須做一次手術，她必須去戰勝手術刀下的危險。

站在他身邊看星空，平臺上潮濕的霧使空氣顯得涼爽，她的病人坐在水泥平臺上，經過了許多選擇，他終於選擇了蔚藍色星空，這是她第二次陪同她的病人看星空，這是第二次與他對話，他告訴她，如果將來的某一天，他還能在世界上活著的話，他要回到鄉村去住一段時間，他的外婆已經老得不能再老，但如果能與外婆生活一段時間，那將是他生命中一件重要的事情。

他的願望簡樸得像一只沙器，她不能在平臺上久留，今晚是她值班的時間，也許有病人會需要她，她從電梯出來後看見周林的病室還亮著燈光，她推開門，周林並沒有在病室。

她知道周林一定又驅車外出去尋找染方了，看上去，他目前還能駕駛那輛黑色轎車，他兩肋之間的陰影還沒有擴散，所以他可以在夜裡逃走，也可以在他認為可以抗議的時候逃走。但她不能去尋找他，她一刻也不能離開她的值班室，她將903病室的燈熄滅，然後來到值班室。

病人的逃跑在醫院越來越嚴重，別的科室也傳來消息，他們的病人週期性的從病室中逃走，這讓林玉媚感到苦惱，除了堅守值班室之外，她也在聽著夜色中的聲音，911病室的病人正在咳嗽，他的肺癌也已經開始擴散，癌細胞就像魚鱗，每當夜闌人靜時，他的咳嗽聲似乎是衝撞著一塊鍍錫鐵皮層的鉗子，林玉媚來到911病室門口，透過門上鑲嵌的玻璃她看見他呆滯的目光正盯著白色的天花板，燈光輝映著他的面孔，她沒去驚動他，他的咳嗽聲已經停止，他總會在盯著天花板上的白色飛蛾群時進入睡眠的——在他認為或者看來，天花板上飛滿了蛾群，事實上，他也許只看見過一隻飛蛾，但他認為他看見了一群飛蛾，有一次他曾經告訴一位護士，他的病室中到了夜裡時到處是蛾子，護士給他配製了驅趕飛蛾的噴液，但護士最後發現，他病室中從來沒有一群飛蛾，最多也只是一兩隻飛蛾。

人在將死時，總會看到一些將死的生物，而一群飛蛾大概也是911病室的病人在癌細胞擴散尋找到的生物，一旦夜闌人靜，守候他的親人已經按照醫院的規定離開醫院，他的咳嗽聲像是要將他的肺活量逐漸地耗盡，而孤獨和恐懼就像積雪一般蜂湧而至，這時候他在搜尋天花板，想著那群飛蛾的兩翼振動了一下，接著睏倦到來了，每夜他都是這樣進入睡眠的，但林玉媚知道911病室的病人會活下去，他可以不死，因為她從來沒有放棄過他會活下去的信念，她起碼會讓他再活兩年，如果境況好一些的話，可以讓他活五年，或許會更長時間。

直到看見他閉上雙眼，林玉媚才離開了他病室之外的鑲嵌在門上的那塊四方形的玻璃，透過這玻璃林玉媚看到了她病人們的多種世界，他們在夜裡的疼痛會加深，由於夜闌人靜，他們呼吸著窗外的新鮮空氣，伴隨著藥粉和福馬林的氣味，度過了漫漫長夜。

雷萌萌的雙眼在她進屋之前已經睜開了，她醒來了，比林玉媚想像中的要醒來得早一些，她終於蘇醒了，在林玉媚進屋之前，雷萌萌已經適應了病室中的光線，她窗戶恰好面對著一棵樹，紛披在樹枝上的葉片在窗外盤旋著，雷萌萌已經感到自己置身在醫院，她已經想起了那場車禍，但她並不知道她的腿，一隻右腿已經切除了。司機在醫院走廊的長椅上隨便側躺著度過了一夜，他一進屋，雷萌萌就告訴他也在告訴林玉媚，她說出的這個事實讓貨車司機和林玉媚都感到震驚，原來她是想捲進車輪之中去，她不想再活了。對此，貨車司機也能證明這一點，他一直想解釋雷萌萌是故意想闖進他車輪下的，但他一直沒有機會解釋這一切，彷彿他一直在承擔著那場災難，他從昨天到現在，一直在接受災難的全部信號。現在，他終於可以解釋這一切了，他說話時，雷萌萌用絕望的雙眼看著他，似乎在說：「你的車輪為什麼沒有把我捲進去，為什麼沒有碾死我？」為什麼，為什麼事情竟然是這樣的，這並不是林玉媚所想像的事實，這並不是她能夠感受到的呻吟，這場車禍通過她的想像展現出來，騎著自行車的雷萌萌不想活了，她衝著貨車司機的車輪直衝而去，十八歲的舞蹈學校的學生雷萌萌不想活了。

為什麼？究竟是為什麼？

林玉媚已經一夜沒睡，通常情況下，她現在已經重新鑽進臥室之中去了。而此刻，她本來是來看候雷萌萌的，她已經想好了，在雷萌萌的家人未出現之前，她就是十八歲的女孩雷萌萌的保護人。而此刻病室中竟然迴盪著這樣令人絕望而荒謬的旋律，迴盪著膠輪的咔嚓聲，年僅十八歲的女孩雷萌萌並不想活，她想在車輪下葬身，林玉媚的心呼呼跳著，她感到自己正與雷萌萌的目光面面相覷，雷萌萌低聲說：「如果可能的話，別讓我再活下去，」這又是一種令人絕望的，荒謬的請求，林玉媚被這聲音嚴實地裹挾住了，這就像她面對著一個病人即將死去時一樣讓她無法保持清醒狀態，她抬起頭來，看著那張蒼白的面孔，那張嬌柔的眸子裡竟然刺出寒冷之光，她既不能在這絕望的聲音中沈淪下去，也不能在這荒謬的事實之中沈淪下去……

她要找到事情的依據，她走上前，彷彿已經從身體懸浮在空中的那種依據中尋找到了雷萌萌的臉和眼睛，她就要來到她身邊了，只隔著咫尺之距，她突然轉過頭去大聲說：「我知道你是醫生，我知道是你將我救活的，而你為什麼不讓我去死呢？」

這是多糟糕的場景啊，她不想看見她，她不想面對這醫院中的福馬林味道，她只想讓時間的流動就此在車輪下頃刻間停滯下來，她只想通過死來結束自己的青春……雷萌萌的長髮在枕頭上散亂地成一團黑天鵝的羽毛，她有可能已經感到了生活像一隻黑天鵝飛在懸崖之上，而她就是那隻嬌小的黑天鵝……她不想再飛了，她想死，她真的想死，一個十八歲的女孩如果她面對一輛大貨車不顧一切地想捲進去的話，那麼這個女孩一定已經被水蛭吸空了靈魂，或者說被魔鬼的那枝利箭射穿了心臟，凝固的血液在變冷，心臟不再為紅色的蘋果而跳動，不為激動人心的腳而跳動……

林玉媚又來到她的另一面，現在她可以看到她流出的兩行眼淚了，這讓林玉媚想到在女孩身上蕩起了漣漪搖蕩的一條小河流，因為女孩仍然有淚水流出，女孩子的淚水是從漣漪搖蕩的河水中滲透出來的，它可以滲透到那枝魔鬼的利箭上去。林玉媚說，為什麼不活著呢？這醫院裡躺著的每一個病人都想活著出去，他們像是被生活中的另一些夢所罩住了，所以沒有一個病人會想死，而你也不例外，雷萌萌，你也不會想死……

她閉上雙眼，看樣子，這些話並沒有說服她，她緊閉雙眼，她似乎想隱去身形，她並不想面對這位用溫存的語言對她說話的女醫生，儘管她的身上有一條碧綠的小河，河水可以使她充滿著淚水，儘管淚水彌漫而出可以使她心靈中的那個燒焦的洞變得濕潤，但十八歲的雷萌萌出現在林玉媚的生活中完全是一樁意外的事，她感到了自己正被她的雙手牽引到她那燒焦的洞中去，然而，那燒焦的洞離她是那樣遠，十八歲，她已經想死，也就是說，十八歲的雷萌萌已經不再想用足尖跳舞了，她想死，對於林玉媚來說這種絕望就像一個女孩站在煤煙般的地下世界被煤所窒息的那一瞬間，而她想死，也像荒謬的一堆星星，星星想照耀著女孩的生活，而女孩則用手擋住了星星。

人生這種可怕的場景讓林玉媚感到畏懼，但她已經成為了她的保護人，她已經簽了字，她知道自己正在坐在女孩身邊為她撲滅那些詛咒中的火焰，也為她身上的那種塵埃找到一棵樹。

一棵適宜生長在十八歲的雷萌萌軀體中的樹到底在哪裡呢？從她記憶中那些屋頂漆黑的蜘蛛網中似乎可以尋找到女孩雷萌萌絕望的理由，似乎也可以尋找到她想死的理由，然而，必須有一棵樹從女孩雷萌萌的軀體中長出來。

但林玉媚知道她不能一下子解除女孩對自己的監禁，她在用自己十八歲的身體監禁著那道黑暗的大門，不讓陽光從門縫中流洩而來是她監禁的自我原則，而那棵樹呢？那棵樹在哪裡呢？她雖然已經成為病人，但她卻日日夜夜監禁著自己的領地，她彷彿一遍又一遍地告訴她：你讓我去死吧，我已經對活著感到厭倦。而把她從自我監禁中解脫出來，唯一的辦法就是走近她，如果能伸出手去，觸摸到十八歲的雷萌萌身上那些烏黑的碎片也就尋找到了她監禁自我的鑰匙，林玉媚從病室來到范亞平的辦公室，他也是雷萌萌的主治醫生，她把自己感受到的東西告訴了范亞平，范亞平說舞蹈學校的老師已經通知到了，他今天下午上完課以後就會到醫院來看候雷萌萌，「哦」林玉媚點點頭，范亞平說雷萌萌一定碰到了什麼事？

如果說，雷萌萌需要在軀體中牛長一棵樹，而周林需要的卻是染方，她的病人總是接二連三地逃走，自然與染方有關係。林玉媚決定將周林找回來，下午她要測試他身體的各個部位，沒有他的存在，林玉媚感到她不僅僅是失職，而是在看著她的病人加速死亡。

周林能到哪裡去，對，她有他的電話，她可以給他去電話，他總共給過她三個電話號碼，第一個電話是辦公室的電話，第二個電話是他住宅的電話，第三個電話是他的行動電話，他曾經告訴林玉媚，他過去的生活跟電話密密相連，如果她找他，可以在這三個號碼中找到一個電話號碼。

電話，對，打電話就能找到周林，也許他現在在家裡呢，那麼，第一個電話就往家裡打，他果然來接電話了，林玉媚彷彿看到一道白色的門掩蓋著他的聲音，那聲音是急切的：「喂，是染方嗎？」他彷彿想把電話線繞到自己身上，「喂，我是林玉媚……，」「哦……林玉媚……林醫生啊……，」「你從昨晚出去還沒回來過……，」「是的，林醫生……不過，我感到我在發燒……，」「發燒，有多長時間了？」「昨天晚上我半夜醒來就感到自己在發燒……，」「行，周林，你在家等我吧，我會盡快來。」

發燒。

他在發燒，又一個病症出現了，像林玉媚事先估計的那樣，他的病症會一個一個的脫穎而出，就像蟑螂在地上跳舞；他在發燒，這不是單純的發燒，這說明他在遵循自然的力量讓自己的身體變得越來越壞，他如今正在一首鋼琴曲中向前過渡，沈重的鋼琴曲已經將他的病症向前推進，黑色的鍵盤上跳躍的音符漸漸變弱。

發燒開始了，一旦開始發燒，林玉媚知道他今後的生活就將面臨著躺在病床上，時間將會將他一點點地限制在一個盒子裡，他從前那靈活的身體在慢慢地喪失力量。她知道一旦這種局面發生，周林將回過頭來，他不得不感受到自己軀體的火焰，而且這火焰每兩天來臨一次，直到把他的皮膚和內臟徹底燒焦。

她要把他從他的白色的閣樓上帶回來，把那隻病鳥帶到這醫院的九樓，想到這裡，她覺得顫動的皮膚上有一粒粒汗珠在移動，那是有百分之百鹽的溶液，是從她緊張的身體中流出來的汗珠，從某一天開始，她就一直希望這一天不會到來，而他剛才在電話中告訴了她：「我在發燒。」

她降臨時，他正在用碗裡的酒精擦著自己的手臂和脖頸，前額似乎已經擦過了，他說酒精可以降溫，是染方教他這樣做的，很久以前，他高熱四十度，怎麼也無法退下來，染方就到商店裡去買回酒精，果然像染方說的那樣，彌滲進皮膚中的酒精終於使他的高燒退去了。林玉媚嗅著刺鼻的酒精液體對周林說：「你得跟我回醫院去，」「我不是已經擦了酒精了嗎？高燒會像上次一樣退下來，」「那你不回醫院了？」「我昨晚又夢到了染方，看見她在不停地行走，走得很累，也許染方就要回來了。」林玉媚走上前拿過那只碗，裡面還有半碗酒精，她不能允許他再這樣下去，她把那碗酒精倒在了水槽裡，然後放開自來水龍頭，濃烈的酒精被水沖走了。

他一動不動地看著林玉媚，她站在陽臺上看她的病人，他的身體上到處是酒精。他剛才說了是染方教他用酒精來降溫的，在他的生活中染方無處不在，她教會了他用酒精來降溫，這就是說在很久以前他就在開始發燒了。她看著她的病人，想像著在很久以前，也許是在一個夏末的黃昏暮色之中，他被高燒燃燒著，連屋子裡的空氣也變得滾燙，在厚重的暮靄深處，染方端著一碗酒精往周林的身上塗抹，酒精確實減弱了那次四十多度的高溫，而那個夏末的黃昏也就永遠銘刻在她病人的心靈。

生活中有許多記憶，它不顧一切地在發酵；它不顧一切地用現實與記憶把你今天的生活粘住；它不顧一切地要將你帶到過去的記憶中去，而過去的那團記憶卻要把他未來的生活緊緊占據。

她的病人就是這樣，他突然走近她，拉起她的手，令人擔憂的事情終於來臨了，他突然對他的醫生說：「你就是她……不錯，你就是她……你確實回來了，對嗎？」他果然把她當作了染方，酒精並沒有減去他高燒的熱量，他雙手緊緊抱住她的身體，在高燒中他說著一些夢囈，聲音很低，就像夜間的蟲鳴在耳邊轟鳴，他把手伸進她的衣服裡去，林玉媚顫抖了一下輕聲叫了一下他的名字，但他已被這種幻覺所迷惑在記憶之中，在記憶中他一定曾經用這樣的方式撫摸過染方的乳房，在記憶中他的手能感受到染方的身體也在顫動嗎？

她站在那裡，不敢發出聲音來，為什麼她會讓她的病人在幻覺中把她當作另外一個女人呢？她閉上雙眼，有些東西永遠是無法說清楚的，即使將來的某一天也無法說清楚。她突然想起了那個憂鬱的薩克斯風手，他用手撫摸她時，試圖在她身上感受到他在活著時感受到的一團光，性是一個人終生與此搏鬥的東西，然而它就在時間中發生著，現在，林玉媚的外衣已經被她的病人在幻覺中脫去了，她的病人吻著她赤裸的肩膀，她抽搐了一下，每抽搐一下周林就會看她一眼，她是他需要的那個女人嗎？她是他熱情中與他體驗過性的快感的那個女人嗎？林玉媚希望他認出她是誰，可他並沒有這樣做，性給他帶來了更大的幻覺，而林玉媚彷彿忘記了一切，她被她病人的那個幻覺世界帶進了另一個世界中，幻覺緊隨著幻覺，就像淵藪緊連著淵藪一樣。

床上是白色的床單，是白色的枕頭，是深藍色的窗帘，它們將把他倆徹底罩住，他用自己的幻覺把她帶進了這個兩人世界，這個性的唯一世界，她在開始時是清醒的，但那時候一切都是為了她的病人，為了讓她的病人進入期待的那個世界去，那時候彷彿一切都可以去做，為了讓她的病人抓住生命中那些夏日之光，她可以替代染方……再後來，當她和他的身體一起在幻覺中沈淪時，她感到自己已經沒有逃脫的路，她已經被他的身體所挾裹住，在一道水潮之間，她變成了他身體的峽谷，她變成了他等待中的潮汐。

一切就這樣跳動著，包括他身體中的火苗和她身體中的理性，以及她那無法說清楚的對她病人的愛，這愛就像明亮的石頭覆蓋住她的身體，她真的愛他嗎？愛使她無法從她病人身邊逃離，沒有人可以說清楚她的愛……當她在他挾裹住她的水浪之中流動時，這種愛是不是可以載動她病人的身體從暗礁之中游過去……

他能游過暗礁嗎？哪怕讓她病人的身體在暗礁之外停留一會兒，他把她的身體擁住，性使他證明了自己被愛所支撐，被生活所支撐，使他看到自己仍然像一個健康男人那樣享受到性的快樂。她給予了他，而他完全是沒有想像到的，他的性能力使他變成了另一個人，那種根深蒂固的男人的性能力使幻覺中蘇醒過來的林玉媚對治癒他的病再一次充滿了信心。

她蘇醒之後意識到他們之間已經發生了男女之間最親密之事，在炎熱的夏季，他的高燒已經減輕，不知道是酒精的作用還是他們之間的男女之歡的作用，總之，那天下午，林玉媚重新將她的病人周林帶回醫院的路上，她意識到從此以後她與這個特殊的病人有了另一層關係，她想起了染方，想起在燥熱難耐的時間中，她正奔走在鄉村的路上。

她想給他一種取之不竭的源泉讓他活下去，她此刻對他的身體已經瞭如指掌，當她坐在轎車上時，她一句話也不說，而他呢？啊，這個害怕死的男人他變得如此鎮靜，難道是性使他開始變平靜了嗎？還是性使他拋棄了恐怖？那天下午，她再一次用器具測試他身體的器官和部位，在器具中，她碰撞到了他的汗毛和陰莖，這個呼吸中的男人，他睜開雙眼，目視著他面前的醫生，如果有一種薔薇色的芬芳流進屋，被他的身體吸進去，林玉媚想，如果這樣，果真有一種薔薇色的芬芳流動，那麼，她深信她的病人能展開翅膀地活著。

把翅膀展開的醫學研究能活出什麼名堂來呢？在林玉媚想著這一情景時她已經將她的病人周林送到903病室中去了。她關上門，走了幾步又回過頭，嚴謹的治人精神並沒有使她忘記人像夏花燦爛開放時的情景，她強迫自己一定要想像出周林把翅膀展開後的生活，如果有一天，周林再也不需要躺在903病室了，那就是他展開新的翅膀的時刻，他再也不需要從醫院中逃出去，再也不需要用一種恍惚的神情等待染方了，而染方也會因此而回到他身邊來，把翅膀展開後則意味著飛翔也就開始了，作為時裝設計師的周林，他的飛翔之軀將穿越布匹和剪刀，穿越霧中之圖，穿越萌芽中的性快感之後的寧靜。

而雷萌萌所需要的那棵樹只是林玉媚的幻想而已，下班以後，她就可以下電梯到四樓去看雷萌萌了。也許她的老師和同學已經來看過雷萌萌了，事情並不像林玉媚所想像的那樣糟糕，十八歲這個年齡可以在瞬間把一切推開，也就意味著能在瞬間將一切重新建立起來。電梯載著林玉媚下降，電梯門倏地張開又合攏了，林玉媚帶著一種僥倖的希望出現在她的病室，希望十八歲的雷萌萌能夠看到她。她剛想推門，范亞平把她叫到了值班室，范亞平說，下午舞蹈學校的老師曾立來看雷萌萌，他是雷萌萌的班主任，他給雷萌萌帶來了鮮花，但雷萌萌看到他以後就昏迷過去了，她好像有許多話要表達，但又無法表達，很可能是曾立的出現刺激了她，我們只好讓她的舞蹈老師先回去。今天下午，雷萌萌看到貨車司機也很反常，她一遍遍地自語，她本來是可以讓那輛大貨車的車輪帶到天堂去的，她直視著貨車司機說：我就是想死在你的車輪下面，你知道不知道？貨車司機很壓抑，他私下告訴我，他會生病的，雷萌萌在折磨著他，他會生病的，考慮到種種原因我建議貨車司機先回去，他留下了一筆醫藥費和住院費給雷萌萌，他說這件事他會負責到底的，我說，我相信你，你回去吧。林醫生，我想讓貨車司機回去是為了避免雷萌萌再受到記憶的影響，而且，她很快就會感受到她已經少了一條腿，疼痛會折磨著她……我這樣做也是為了那名無辜的貨車司機，因為是雷萌萌想死，她不顧一切地騎著自行車捲入了貨車司機的車輪。

林玉媚自言自語：她需要從軀體中長出一棵樹來。范亞平轉過身：你說什麼？誰需要從身體中長出一棵樹來？林玉媚離開了范亞平，她知道她現在有必要出現在十八歲的女孩雷萌萌的面前，如果她希望她能看見雷萌萌從身體中長出一棵樹來的話，她就必須去幫助雷萌萌。她知道雷萌萌此時此刻不但身體中沒有一棵正在萌芽之中的樹，她的頭垂向一邊，也許是痛苦讓她重新進入了昏迷狀態，也許是她真的不想再面對生活中的一切，包括面對舞蹈老師，貨車司機，也包括面對自己。但他們可以走開，她卻不能走開，因為她看到了雷萌萌淪陷的身體，她的身體有一種被撕開後的疼痛，她的生活將變得枯萎，所以，她要讓她的身體重新長出一棵枝葉茂密的樹來。

雷萌萌仍在昏迷，也許她真的想死，如果昏迷也可以讓她尋找到短暫的死亡狀態的話，她真年輕，因為她只有十八歲，如果她站起來，她是一個俏麗的女孩子，有一頭青春的長髮，即使她的身體淪陷在這場災難中，看上去她的嘴唇仍然是那樣紅潤，她叫雷萌萌，這是一個萌芽中的女孩子的名字，她除了選擇昏迷，她別無選擇，林玉媚再次感到了絕望，而且絕望卻越來越深，她知道雷萌萌不會死，她很快將從昏迷中再次醒來。但是那棵樹是多麼需要啊，那棵樹必須從她軀體中長出來，只有這樣，這個十八歲的女孩才能夠活下去。剛才她已經轉告了范亞平，鑒於雷萌萌這種特殊情況，先不要跟她的家人聯繫，她向范亞平保證她會照顧好雷萌萌。然而，她能保證讓雷萌萌的軀體上長出一棵有綠葉的樹來嗎？

她向范亞平要了雷萌萌舞蹈學校的那位老師的電話號碼，她想有必要與雷萌萌的老師通過一次電話，她回到家，敞開窗戶，讓風吹進房子，人是需要風的，風可以吹在皮膚上，讓你感受到除了悲哀之外還有一種萌芽中的東西等待著你，雷萌萌的舞蹈老師她沒有見過，但為什麼雷萌萌看到她的老師就會突然昏迷過去呢？林玉媚不是推理學家，也不是心理學家，但她卻在這種因果關係中尋找到了一種不同尋常的關係，也許她是女人，女人有時候可以透過一層白色的霧看到裡面的塔頂和飛翔的鴿子掉下來的一片羽毛，也許她除了女人之外，是可以看到悲哀之外的那種絕望的女人，她要打電話了，為了雷萌萌，她撥通了曾立的電話，這電話好像是他家中的電話，一個年輕女人的聲音：「喂……」「我找曾立，」「哦，曾立上課去了，」「他什麼時候能夠回來？請問你是他愛人嗎？」「不……不我是曾立的女朋友。」電話就這樣結束了，她沒法跟曾立聯繫上，但她好像有了一點點線索，曾立是單身，那個接電話的年輕女人也許是曾立的戀愛女友，如果不是這樣，一個男人是不會輕易讓一個女人呆在自己家裡的。

那麼，雷萌萌看見她的舞蹈老師為什麼會昏迷過去呢？林玉媚陷入了這種對這種不可知的問題的追問之中，彷彿十八歲的年輕女孩雷萌萌的昏迷使她感到了那些謎團深處浮動著年輕女孩雷萌萌的舞鞋，那雙白色的舞鞋飄動著……

她一方面還得把時間給予她的男友肖克華，但突然之間，她感到自己的軀體已經背叛了肖克華，她告訴自己，趁雷萌萌還沒有醒來之前與肖克華見一面吧，雷萌萌一旦從昏迷中醒來，她也許就沒有多少時間去與肖克華赴約了，事實上，即使沒有雷萌萌的出現，她給予肖克華的時間也已經變得越來越少了。現在，她與他的約會變得緊張，彷彿變味的水果，林玉媚坐在肖克華身邊，如果肖克華不給她打電話，她甚至沒有時間會想起他來，而且她與她的病人周林的那種微妙的關係發生之後，她覺得與肖克華約會會不會傷害他，他拉著她的手，她的手是那樣冰冷，像一塊無法燃燒的石頭那樣冰冷，肖克華告訴她，最近他感到林玉媚在疏遠他，林玉媚抿著嘴唇，她需要重新審定自己的生活，需要在生活中找回到那種激情，為什麼她與他在一起沒有風暴的激情呢？

當她突然意識到她對她的病人有一種或多種激情時，她感到已經無法讓那雙放在肖克華手中的手，像石頭一樣無法燃燒的雙手，重新再燃燒起來。所以她輕聲說：「我們分開吧！」「你說什麼？」「我是說讓我們的這種關係變得像雪的晶體一樣透明，再也沒有從前的那種關係，我是說讓我們就此分開……」「為什麼？」

到底為了什麼？林玉媚卻無法回答肖克華，顯然，肖克華似乎已有所準備，他好像感到林玉媚遲早要將上面的這些話告訴他，他站起來，他告訴林玉媚，他目前正在蓋一座律師大樓，他一直在籌備資金，但他沒有想到他的另一種生活正在坍塌。林玉媚說，你的生活並沒有坍塌，也許另一種真正的生活正在等待你，也許別的女人能給予你那種生活。

「你瘋了，林玉媚，你為什麼把我往別的女人那裡推呢？難道我們之間的關係真的不存在了？」他逼使她在考慮他們之間多年的關係，包括已經發生過多次的性的關係，他逼使她和他都在這種乾燥的圍牆之外尋找到他們亙久的東西，但林玉媚卻感到她的身體像一塊石頭一樣再也不會燃燒起來，到底發生了什麼？在他們之間發生了什麼？她如釋重負地呼吸著記憶中那些瞬間，只有那些瞬間可以讓她的身體變得灼熱起來，她想起了周林脫她衣服的時候，她渾身顫抖，而此刻，她不會顫抖也不會燃燒，而且她也不會感受到他一遍一遍申訴的他們之間的性關係中的亙久不變的法則。

她已經決定離開他，沒有希望再讓她與他在一起吮吸著一種嘴裡的甜味，她來赴約時並沒有想到要離開他，而此刻，她的目光卻想看到別處的屋頂上的火焰。

他點燃了一支煙，他當然無法接受這種現實，但他怎麼能看到她想看到的一切呢？他又怎麼能進入她此刻的生活像進入她神經網絡，從而尋找到他的未婚妻那些神秘的距離。

他第一次發現他並不了解他的未婚妻，他並不了解她的世界，他傾聽著她的聲音，他並不知道林玉媚為什麼要與他分開，對他來說，他們之間的親密關係已經夠穩固了。

第四章

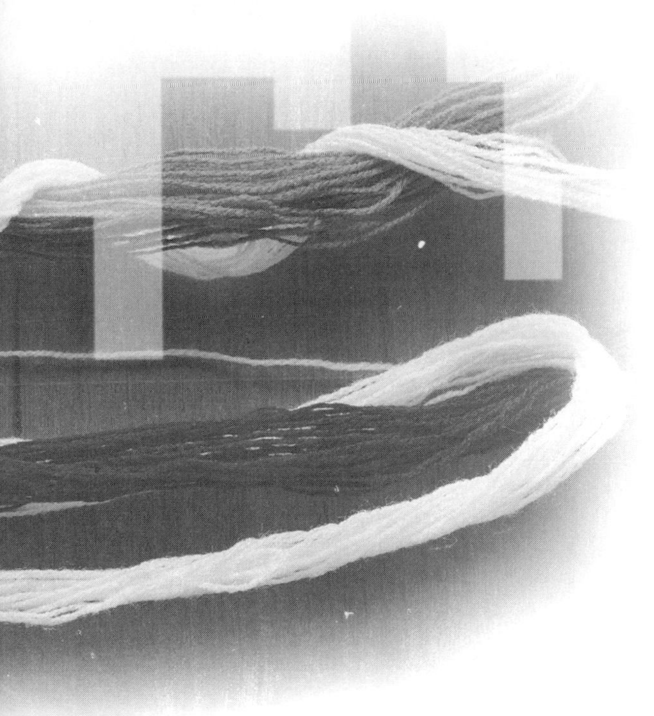

那個女孩沒有醒來，十個小時過去了，女孩雷萌萌仍然拒絕睜開雙眼看著世界，但她感覺到她的心臟跳動著，只有她跳動的心臟可以讓林玉媚感到希望仍在前面，女孩雷萌萌的心臟的跳動可以說明她會活得很長，她決不會就此昏迷下去。她坐在她旁邊，她有另一種感覺，她知道她快要醒來了，一個人的昏迷狀態是有限度的，她不可能就此昏迷下去。

離開肖克華之後她就來到了雷萌萌的病室，她感到自己已經不可能再去赴約了，告別並不是因為心血來潮，而是告別已經早已存在著，她不希望傷害肖克華，他是一個不錯的律師，不錯的男人，然而，在她看來，如果再繼續與肖克華約會下去，她也許有一天真的會嫁給他，實際上，並沒有一種熱情讓她想嫁給他，儘管她已經三十多歲，到了那種沒有青春資格的年齡，但為什麼她突然意識到應該與肖克華分手呢？

讓故事的過程來說明這一切，說明人是一種怪物，說明人是無法用道德、哲學所解釋的，說明人正在不知不覺中被生活所捉弄，而且他們順從於生活的捉弄，在生活中他們正用一面易碎的鏡子照見自己的一生。

她過去的生活除了去赴約就是醫院，而她此刻的生活是什麼呢？

她要關心那個每天去屋頂上看星空的病人吳立，她要理解他為什麼要看星星，而且她很快將要為他動一場手術，這場手術是危險、是希望、是搏鬥。

她要關心911病室的那個患肺癌的病人，他每天晚上不停地咳嗽，他看見的飛蛾事實上只是一兩隻飛蛾，但他卻說那是一群飛蛾，為了這一切，林玉媚意識到她會讓他延續生活的，她會讓他再活更多的日子。

而903室的病人是周林，她對這個病人傾注了無限的憐憫和感情，起初是憐憫，後來是想幫助他，終於，她捲進了蛛網，她變成了那隻被圍在網中的蜘蛛無法脫身。

此刻，她守候在女孩雷萌萌身邊，她的嘴唇在輕輕嚅動，這就是說雷萌萌就要醒來了。晃動的光線也在折磨著她，如果她睜開雙眼，她會意識到自己並沒有死去，她仍活著，這些折磨正在用生的困難使她遭受到傷害。

因此，有必要讓女孩的軀體中生長出一棵樹。

閉上雙眼，想一想一棵綠色之樹從雷萌萌的軀體中生出來，起初那棵樹是毛絨絨的，慢慢地有了一些胚芽，嫩綠色的葉子漸漸變厚，變成墨綠色的月亮；想一想吧，為雷萌萌這個年僅十八歲的女孩子想一想那棵樹是如何從軀體中長出來的，一棵樹需要陽光和水，一棵樹也需要營養和空氣，但這棵樹如果長出來了，女孩雷萌萌肯定不會再去想死的事情。

做所有的事情都需要時間和耐心，實現每一個夢想需要的卻是你對這個夢想所付出的代價，她此刻極其疲憊了，卻在想著這些夢，而那個女孩卻對她充滿了仇恨，她並不希望她伸出手去觸摸她的傷口，也並不希望她把那棵樹送給她。

有時候她顯得多麼孤獨，就像現在這樣，她面對這個想死的女孩，她的夢是孤獨的，她的存在也是孤獨的。但她仍留下來陪著她，難道，她是一個傻瓜嗎？她就像守候著自己心靈中的一座孤島，時間越長她就越加感到自己正為那座孤島而活著。

雷萌萌睜開眼睛時，林玉媚已經感受到從那座孤島上吹來的風正在把那團乾草吹綠，她看到了乾草上的一團下午的陽光，金黃色的陽光照在二張解剖圖上，照在牙齒、唇、舌和頸骨的空洞處。

雷萌萌沒有像林玉媚想像中的那樣拒絕著她，她看了她一眼說：「我睡了很久了吧？」「是的，已經好幾個小時了，」「你是醫生……我見過你，對嗎？」「對，我們見過。後來你昏迷了……」「我為什麼會昏迷呢？」「因為你受傷了……」「我夢見我從樓上掉下來，許多黑螞蟻爬到我腿上……」「雷萌萌，別害怕，不管發生什麼事我都會在你身邊，」「為什麼會發生什麼事？」「雷萌萌……」她將一塊消過毒的濕毛巾遞給雷萌萌說：「你還要在醫院呆很長時間，知道嗎？」雷萌萌用濕毛巾擦了擦面頰說：「我知道發生了什麼事，我遇上了車禍，原來我已經真的不想再活下去了，但我現在卻害怕死，在夢裡，那些黑螞蟻爬到我腿上時我真的害怕極了……你知道我的腿嗎？我是舞蹈學校的學生……」

林玉媚想拉住她的右手，因為雷萌萌的右手想伸進被子裡去，但是，那隻右手已經伸進去了，一聲驚叫就在那一時刻發生了，十八歲的女孩雷萌萌的驚叫使她感受到了這個女孩被拋棄了。只有一個被拋棄的女孩子才會爆發出這種顫慄的驚叫：「我的腿呢？我的腿到什麼地方去了？」這種尖叫應該說在醫院每隔幾十分鐘，最多一小時就會發生一次，但林玉媚並沒有承受這種驚叫聲的勇氣，她抓住女孩的手，從那一時刻她已經發誓一定要讓女孩雷萌萌的軀體中長出一棵樹來。

過了一會，雷萌萌停止了驚叫，她呆滯地看著天花板，許多病人在絕望中都尋找著天花板，因為天花板的上空是虛空的世界，雷萌萌似乎在說：天啊，我的一隻腿沒有了，我用什麼來跳舞。想死的念頭重新在她面頰上升起來了，如果能讓她看到一隻鳥，一隻飛翔中的鳥，她會更加絕望，因為她不可能再飛，如果能讓她看到一棵樹從軀體中生長出來，也許她會活下去。

一座醫院對於醫生林玉媚來說每天都像一隻鳥顫抖著想飛起來，所有的病人都是如此——他們彷彿總是面臨著一場秋風漸起的情景，飄落的秋葉瑟瑟地顫抖，而那些病鳥——所有倖存下來的病鳥都必須在秋瑟聲聲的大風中鍥而不舍地飛著，儘管病鳥們必須屢受挫折，他們必須一而再，再而三地忍受著疼痛的到來，無休止地忍受著死亡到來前夕的恐怖，並且總是把希望當作幻想——想飛到醫院的圍牆之外去，因而在圍牆之內，病鳥們的生活也像圍牆之外的候鳥的生活，沒有一天不在展開著。

林玉媚已經記不清楚她陪伴雷萌萌的時間，她終於讓雷萌萌正視了現實，那是一個黃昏，林玉媚在護士的幫助下將雷萌萌抱到輪椅上，滑動輪椅在醫院中無處都是，他們從電梯下到了小花園，雷萌萌扶著輪椅輕輕地前行，多少天來雷萌萌已經知道了她的雙重身分，而且在一個下暴雨的下午，雷萌萌向她講述了自己不想活下去的唯一原因，她愛上了舞蹈老師曾立，然而曾立已經有女朋友了，他好像從來也沒有愛過她，而她卻已經暗戀他兩年了，在臨近畢業之前，當她向他表達這種感情時，她的舞蹈老師曾立只說一句話：「對不起，雷萌萌，我已經有女朋友了。」這就是十八歲的雷萌萌不再想活下去的唯一原因，林玉媚覺得雷萌萌確實需要她，雷萌萌對她說：「這個秘密我從來沒有告訴別人，我準備帶著這個秘密去死，但貨車司機的車輪並沒有碾死我，你們救了我，但我並不知道用一條腿我怎麼活下去……」雷萌萌一邊說一邊在抽泣，她是一個有特點的女孩子，眼睛細長，長得像日本女孩，身段修長，如果不出這場車禍，上帝是讓她用身體來跳舞的，簡而言之，上帝現在不會再讓她去跳舞了。

她不可能跳舞了，她一邊抽泣一邊告訴林玉媚她小時候同父母住在一座青石板綴成的小鎮上，她從三歲時腳尖就在旋轉，母親給她做的鞋子穿過了半年就被她的趾頭擠破了，她的腳尖隨著年齡增長旋轉得越來越快，小鎮上一位唱過京戲的老人對母親說，就讓萌萌學跳舞吧，這個孩子的腳和手都有靈性。所以，這就決定了雷萌萌的前景，雷萌萌很得意，她伸開手和腳，沒有人教她怎麼跳舞，但她的手和腳總在動，當她需要節奏時她突然發現鎮中學一位老師家裡有一架舊式鋼琴，她起初說服了母親，在母親的帶領下，她們去尋找那個擁有一架舊式鋼琴的老師為她伴樂，就這樣到了十三歲那年，雷萌萌進了縣戲團，除了練嗓聲之外，她仍在用足尖和手跳舞，到她十五歲那年，她終於考進了省舞蹈學校。這就是十八歲的雷萌萌的歷史，她的歷史屬於她的腳尖和手，而一條腿沒有了，她跳舞的歷史今後還存在嗎？在十八歲的雷萌萌的臉上寫著破滅這兩個字，跳舞的夢想成了一堆流動的、凝固的用鹽澀淚水形成的休止符號，但她的淚仍在流淌，十八歲的女孩雷萌萌永遠有流不完的淚水，她在抽泣中埋怨自己不該愛上一個有女朋友的自己的老師，她埋怨自己不該愛上老師那雙溫柔但又嚴酷的眼睛，她不想再見到她的老師了，當她說這些話時，她的胸脯起伏著。

林玉媚把十八歲的女孩雷萌萌的故事聽完之後她知道這個女孩過去的歷史已經像脈絡一樣清晰地飄動在眼前，十八歲的雷萌萌抽泣著，她並不是一隻精疲力竭的鳥，她只是一隻翅膀被風和雨吹潮濕了的鳥，有些羽毛在潮濕中顯得零亂，但羽毛並沒有殘跡，因為她只有十八歲。

她讓雷萌萌停止了抽泣的方式是告訴她如果她想到外面去看看的話，她現在有空可以陪她去，她不再哭泣了，她抬起頭看著窗戶，她已經有好多天沒有去外面曬曬太陽了，她閉上眼睛，但又睜開了，這是事實，十八歲的雷萌萌確實沒有了一條腿。她搖搖頭，拒絕到外面去，林玉媚知道應該給她一些時間，雷萌萌不敢面對世界，一個把跳舞當作理想的女孩如今卻少了一條腿，她怎麼有能力和勇氣去面對世界呢？她怎麼有那樣大的勇氣面對那些小花園中的小石板路，在過去，那些地方到處都可以做她的臨時舞臺，而如今只有暗礁似的荊棘刺痛著她。

但就在那天黃昏，她突然說服了雷萌萌，其實她並沒有說什麼，她只是告訴雷萌萌，房間裡太悶熱，應該到樓下的小花園去走走。雷萌萌就這樣抬起頭來，看得出來，病室之外的世界對她具有誘惑力，人是為誘惑而前往一個地方的，雷萌萌就是這樣被林玉媚帶到了樓下。

林玉媚把她的病人雷萌萌帶到了她的現實世界，滑動的輪椅——這是雷萌萌今後生活中的用具，她讓雷萌萌正視現實，在這座醫院的大圍牆中，現實就是你必須適應那些死寂般的音樂，必須適應在黑暗中生活並尋找到你的拐杖。

雷萌萌坐在輪椅上一句話也沒有說，在每一條小徑上到處都是身穿病服的病人，他們踩著沈重的有時候是冰冷的嘆息聲在漫步，林玉媚又看到了那個燒傷的人，只看見她的眼睛但看不見她的面孔，她的身上纏滿了繃帶，她對雷萌萌說：「你看見了嗎？那是一個燒傷的人，燒傷面積……」她突然止住了，她不想用燒傷面積來讓已經少了一條腿的雷萌萌去承擔，這個十八歲的女孩，她承擔的東西已經夠多了，這就是醫院，她只想讓這個十八歲女孩知道，走進醫院的病人每個人都竭盡全力活著，為什麼要去死呢？活著能看到黃昏中升起的黑夜，而黑夜過去卻是白晝，接下來，太陽又升起了。滑輪聲穿過一條條小徑，讓這個女孩感受時間似乎是林玉媚醫生的此刻心願，因為只有時間是流動的，其餘的一切東西都可以變鏽，只有時間滑動著，從前在那座小鎮的青石板上跳動，而如今卻在輪椅下滑動，正視時間流動的方式就是去伴隨時間流動。雷萌萌的心跳一定加速了，生命對於她來說除了少了一條腿之外，連一絲皺褶也沒有，讓這個十八歲的女孩子順著滑輪的聲音嗅到醫院之外的冷風味、凝脂味以及果醬的味道，讓這個女孩面對這一切：釘齒耙用來創造農活，一雙長統膠靴用來保護腳踝，還有防風帽和雨衣掛在釘子上，一座啤酒廠散發著麥芽的味道，一瓶乳白色的嬰兒牛奶被拔掉了橡皮嘴……這些現實都應該讓這少了一條腿的女孩看見。

而當林玉媚回到自己的房子，疲憊就像掀開了蓋子的煤氣罐向她湧來。淡黃色的便褲，赤裸的腳走在黃色的木地板上，她蜷曲在沙發中，抱著自己的兩臂，她想洗澡，洗澡能讓她的軀體得到最好的休息。

林玉媚醫生除了她是一個醫生之外，她具備一個女人最好的東西。她的裸體出現在她自己的臥室到浴室的路上，又重新返回她從浴室到臥室的路上，身體的線條，晃動的乳房，纖長的脖頸，從她的身體來看，她應該用她的身體去享受另一種生活，一個有姿色的女人，身體是秘密，一個有姿色又有心靈秘密的女人的存在給我們帶來了另一個秘密，你可以去想像這個女人的生活，你可以因此想像她與這個世界聯繫的方式，也就是與這個世界相愛的方式。

她累了，從那些病人中間回來，比如，她剛從雷萌萌身邊回來，她帶她去了一條又一條小徑，她把她引向那種花蕾，樹的花蕾，她把她引向他人的命運，讓她知道生活並不都是淚雨滂沱，她把她引向她自己的輪椅，她想告訴她：心形風箱也許已經積滿了灰塵，但風就會吹來。她感到了一種寬慰，病人的變化，總是能給林玉媚帶來一種風把心形風箱的灰塵吹走之後的寬慰。現在，她拋棄衣服，拋棄電話鈴聲，她真的要好好睡一覺，因為明天早晨八點鐘她要為她的病人吳立做一次前所未有的手術。

她在黑暗中躺著閉上雙眼，她能夠看見她的病人吳立爬到平臺上看星空，有星空照耀著他病人的面龐，她似乎就有百分之百的把握，只要手術成功，她的病人吳立就能開始他下半輩子的漫長生活。

她閉上雙眼為她的病人想像著他的生活，他來自城郊的一家啤酒廠，他在工廠裡面做化驗員，如果手術能夠順利，用不了多長時間他就可以回到啤酒廠去重新做他的酒精化驗。進入三十歲的吳立也許會盡快在啤酒廠找一個姑娘做他的新娘，新娘會環繞一架錄音機的旋律給他跳舞，他看著燈光映照在姑娘橘黃色的短裙上，他也許會在假期時帶著他的新娘到鄉村的外婆家裡去看星空。她閉上雙眼，如果這種想像在她生活中變成了現實，那麼，她就阻止了死神的手，這對於林玉媚來說就是體驗到了一段夢想實現的過程，她將病人從死神的力量中拉了回來，她將她的病人重新送出醫院送到他的啤酒廠去，再可能的話送到鄉村去看外婆和鄉村上升的夜色和星空，而不是把她的病人送到墓地去，這對於三十多歲的林玉媚來說是一次形而上的體驗，是對一座迷宮的訪問。由此，讓她閉上雙眼吧，人在閉上雙眼時看到的或想到的跟睜開眼睛時看到或想到的完全不一樣。

她正在暗示自己，這一切，包括這個夜晚都會給她帶來意想不到的情景，雷萌萌就像一首抒情詩一樣充滿旋律：

跳舞的夢破滅了，就像一種樂器淒厲而清晰地展現出今後的道路。

伴隨著拐杖聲和輪椅聲，一種新的生活開始了，那些幻夢就像輪椅展現的痕跡，沙土上到處是鞋子印和燃燒的煙蒂，一天又一天，這樣的日子使那個年輕女孩拋棄了幻想，她得一天天地看著拐杖和輪椅，她得日復一日地看著別人在奔跑時露出的腳踝，起初她不想活了，但活下來已經成為她的生活方式，成為一種夢想。

雷萌萌的這首抒情詩確實讓疲倦不堪的林玉媚進入了睡眠、睡眠並不安寧，因為睡眠也是她現實生活中的一部分，所以，每一場睡眠看似安靜，卻被不同的影子敘述著，死者和生者都在睡眠中交替與她前來赴約。今天第一個前來赴約的又是薩克斯風手，看樣子，薩克斯風手確實不願意躺在那座冰冷的墓地上，他赴約時從未忘記攜帶他那管黑色的樂器，它像繽紛的曲子飄落在林玉媚身上，她和他相似中的一瞥，從來沒有微笑，她沒有哭泣，他來赴約只是因為他躺在墓地時仍心存幻想，希望他美麗的女醫生將他留在人世。

天已拂曉，林玉媚已經出現在吳立的病室中了，他的老母親已守候在他身邊。吳立看上去很平靜，林玉媚本來想安慰他，但他那鎮靜自若的形象從閃進病室時就進入她的視線，他瘦削的兩頰上冰冷的線條並看不出來面臨著一個巨大的威脅，也就是即將送他到手術臺上的那場不可預知的戰爭，灼熱的氣浪並不環繞著他，他似乎毫不看重自己是死是生，因為他已經對自己的身體保持著信心，當他站在平臺上，看星空時，那些蔚藍的小星星已替代灼熱的氣浪和驟雨使螞蟻們遭受死亡的場景。

她本想與她的病人交流，用語詞來撫慰這場前所未有的手術，然而，看來，他們已經不需要用語言來表達對這場戰爭的理解了。那麼，這就是說他們已經各自進入了戰爭的狀態，她——身上的福馬林味比往常更加濃郁，她回到消毒室戴上消毒帽，並戴上消毒口罩，在她的身邊站滿她的助手和一名麻醉師，他們將進入那間掛滿了藍色燈罩的手術室去，一個飄忽的意象將開始停止歌唱和移動。

而他呢，他——是林玉媚的病人，他想到手術室去是因為他沒有一刻停止過對生的期盼，一條條彩色的帶子使他對生的希望比對死的恐怖要更加強烈，而且，他總是希望把想像中的情景延續到星空下面去，他已無法記清楚，到底是在什麼時候他不再逃出醫院了，他也不再害怕面對現實生活了，儘管他身上的病毒正從他體內向外泅濕、蔓延，但他在不知覺中已經與他的醫生林玉媚的意象接近，那個意象就是把他身上的病毒變成蔚藍色的泉水，當他與林玉媚醫生的目光相遇時，他在她目光中看到了這個意象在閃動，終於，他的醫生林玉媚，那個身材頎長的女醫生要將他帶進那個意象中去了。

她把他帶到了那間屋子，這是他頭一次進這樣的大房子，門在他身後關上，他並沒有聽到掩門聲，但他知道門已經在他進屋的那一瞬間在他身後關上了。他睜開雙眼，他四周站滿了醫生，他們的衣服有點像蔚藍色，麻醉師過來了，林玉媚低下頭對他說：「吳立，如果你感到心跳就把眼睛閉上，儘量去想像你佇立在平臺上看星星的那些情景，你聽見了嗎？吳立」，他果然將眼睛閉上了，他奇怪他的醫生林玉媚為什麼會知道他心跳呢？儘管他給予了自己一個意象，但在進屋的那一瞬間他的心跳加速了，那麼，就聽林玉媚醫生的建議閉上眼睛吧！對，閉上眼睛吧！

林玉媚看著吳立閉上了雙眼，她對麻醉師點點頭，手術室裡的戰爭就這樣開始了。

林玉媚的額頭上盡是汗水，她的助手不斷地伸出手去用消毒棉巾將她前額上的汗水擦去，這是用金屬器具和一雙雙手努力在戰爭中生活的場景，這場景儘管林玉媚已經體驗過幾十次，然而，這是一次前所未有的手術，其目的是要將那蔚藍色的意象帶到現實中來，其目的是要讓那個意象變成不死的神話。

吳立平靜地閉著雙眼躺在手術臺上，在這當中他從來也沒有睜開過雙眼，一個小時，兩小時過去了他也沒有睜開雙眼，看來，林玉媚讓吳立閉上雙眼是對的，因為她深諳她病人的秘密，只要讓那個秘密的生活支撐著她的病人，那麼她就可以把那些金屬器具操縱得更從容和更精確。

一個意象在手術室之外飄蕩，它並不在林玉媚的手術刀下飄蕩，而是飄在她內心，再從內心飄蕩在曠野，而此刻，幾小時過去了，她仍然站著，她在用自己的手制止了它，那些病毒被她手中的鉗子抓住了，她終於吁了一口氣，那些病毒的彌漫之地已經被她尋找到並用強勁的金屬器具抓住了。

林玉媚吁了一口氣，手術就這樣結束了，比她想像中的要艱難但比她想像中的要徹底，但就在她想走過去讓她的病人睜開雙眼時，她突然感到展現在她眼前的那個意象除了使她感到興奮之外也讓她的身體變得暈眩。

林玉媚終於昏倒在手術室裡。但她不久就醒來了，手術進行了七個小時，林玉媚在手術室整整站了七小時，暈眩對於她來說只是暫時的，但暈眩也反映出一種狀態：林玉媚的疲倦已經呈現出暈眩，她的助手提醒她並把她送回了家。她剛進屋，肖克華已經在家裡等待著她，哦，她想起來了，肖克華有她的鑰匙，她告訴過他要分開，但他可以用那把鑰匙打開她的門。

肖克華對她說，他知道今天上午她有一場大手術。是的，是的，她嚅動著嘴唇，肖克華是她見到的第一個人，也是她傾訴的唯一的人，她告訴肖克華，她的病人並沒有死在手術臺上，而且她會讓他不死，她說話時，肖克華給她端來了一碗剛煮好的雞蛋麵條，紅色的西紅柿飄在上面，林玉媚不知道肖克華是什麼時候學會了煮麵條，她感到很餓，也許是那碗熱氣騰騰的麵條讓她有好胃口，她很快就把那碗麵條吃了。肖克華一直在看著她，林玉媚有了一些精神，他對她說他恰好有一週的假期，他的意思是說林玉媚能不能跟他一道旅行，這實際上是他們心裡的一種小小願望，肖克華一直希望能有更多時間與林玉媚呆在一起，而旅行是林玉媚嚮往的一種生活，哪怕是一次小小的旅行。肖克華剛說到旅行這個字眼時，林玉媚就想到了穿上衣櫃中那些休閒裝和牛仔褲到外省去，大學畢業已經多年了，除了有一次去省外進修之外，林玉媚還從來沒有一次到外省的旅行生活，她想像著自己戴上寬邊草帽，和陌生人出現在外省地區的風景線上，好像一個彩色的點不停地向前奔走，走得滿身大汗，回到住所時又好好洗一個熱水澡。但她突然想起了周林和雷萌萌，這兩個人的存在使她旅行的夢想突然之間破滅了。

「不行」，她搖搖頭。

「林玉媚，你不是已經剛剛做完了一場成功的手術了嗎？」

林玉媚說她在這樣的情況下無論如何也不能去外省旅行。肖克華說：「那我怎麼辦？」

「你獨自一個人去吧！」肖克華看了林玉媚一眼說：「好，好，看來我們真的要分開了，我怎麼努力去爭取，而你呢毫不在意我的存在和感覺……」

肖克華說完這些話站了起來，就在他把鑰匙掏出來交給林玉媚的那一剎那，林玉媚知道這一個段落已經真正結束，林玉媚抬起了頭，就在她的兩行熱淚奪眶而出時，肖克華已經拉開門走出去了。她現在知道，這一段落已經真正結束了，本來她已經又重新進入了一種溫情狀態，而這種狀態卻像泡沫消失得如此之快，林玉媚握住那把鑰匙，他已經將她的東西還給了她。律師肖克華從她生活中離開了，這種距離她已經感受過，在上次會面中她就已經感受過，而在此時此刻，她知道有一層浪花平靜如煙霧已經湮沒了他們彼此的戀愛過程。

她是一個女人，她握著那把鑰匙，眼睛上的淚水已經乾枯，但略帶憂鬱的那雙眼睛仍在看著那把鑰匙，電話鈴聲在一片沈寂中響起來，竟然是周林打來的電話，好像在這之前周林從來也沒有給林玉媚來過電話。林玉媚握住話筒，她聽到了他的嘆息聲，她感到他好像在一個靠近角落的位置上吸著煙給她打電話，「你在哪裡，周林，」「我在哪裡並不重要，只是我想見到你？」「周林，你又到外面去了，你今天服藥了嗎？」「那些藥我已經感到膩味了，每天一瓶，可是我還是服了……你能出來嗎？」林玉媚判斷得不錯，他的聲音確實是從一座咖啡屋的角落中發出來的。

她從衣櫃中尋找一件鮮艷的衣服，這種情況她在與薩克斯風手約會時就已經出現過，色彩可以調協氣氛，當然也會給她的病人帶去一種意象，她注重色彩，是因為她研究過病人的心理狀態，如果一個人在低沈的情緒中，看到灰調子的顏色只會加重這個病人的抑鬱狀態，而相反，鮮艷的恰到好處的色彩會給病人帶去一種遐想。

鮮艷的衣服是紅黃相鑲的格子裙，而且她還使用了香水瓶，那些精緻的瓶子來自法國巴黎，來自一個特殊的富有浪漫情調的國家。

他去了咖啡屋，生活在病房對於服裝設計師周林來說似乎是生活在一座囚屋，所以他派遣自己的身體一次次地尋訪民間生活，他最近仍然在尋找染方嗎？不對，他好像是在散發出一層銀輝的世界裡等待著一個女人，但這個女人不是染方，而是他的醫生林玉媚。

他此刻正在咖啡屋等待林玉媚，他在這個世界上無法找到另一個女人，但他可以找到林玉媚，上帝不會讓生活永遠成為幻滅，上帝總是輪流地替換角色，讓怯懦者尋找到與之共演一場戲劇的天地，有了上帝的這種旨意，人無論如何都能尋找到遊戲的理由以及活著的方式。

他此刻正坐在咖啡屋中等待這一個可以降臨的女人，他有了等待的理由和希望，也就是有了活著的希望和幸福的時刻，林玉媚給了他等待，而他又給了林玉媚什麼呢？

林玉媚正在行走在赴約的路上，是她的病人給予了她焦慮和不安，她本來從手術臺上下來時已經暈眩不安，她本來需要休息，但她的病人開始召喚她了，她從進醫院的那一天彷彿就是為召喚而存在的，所以對於她病人的召喚彷彿就是戰場，而且她對這個病人有著一種特殊的感情，感情——有各種各樣的感情，在這個世界上，是感情在煥散著悲劇的力量，而此刻，林玉媚渾身充滿了力量。

她的衣服中散發出男人所喜歡的那種香味，她衣服上的色彩揭示出一種謎式的生活，人們因此可以在這種生活中，認同自己的想像力。她是這樣可親可愛的一個女人，已經淪為醫院中的一個病人的周林在不知不覺之中當然會墜入情網。

他呼吸著四周的煙草味和女人們的氣息，在他未進入疾病的無法掙脫的控制之中時，他當然是一個幻想家，他是一名時裝設計師，他是靠想像而活著的，他未進入醫院時，他的想像寄寓在模特們身上，在他進入醫院後，他的想像寄寓在一個漂亮的女醫生身上，是她給他帶來了活力，如果說他身上還存在著活力的話，是她給他帶來了等待，此刻，他的等待正掠過咖啡屋，迷漫著一片更為濃郁的咖啡的原色。所以當林玉媚出現在他面前時，她的身形成為他視角線上一點彩色的網絡。

林玉媚沒有想到，他除了等待她之外，他還給她準備了一份禮物，五套由他設計的服裝，粉紅色的、褐紅色的、白色的、肉色的、藍色的。他說出了幾套時裝的顏色，他提到了染方，他是在無意中提到的，他說染方一直在穿他設計的時裝，事實上在他潛意識中染方一直未消失，她就在記憶中，重新體驗到的對另一個女人的感覺也無法消除他對染方的記憶。

然而，林玉媚卻意識到自己是可以扮演染方的角色的，她可以穿染方穿過的時裝出現在周林身邊，這樣周林似乎是與染方在約會，他的生活中就永遠會有希望。

她接受了送給她的禮物，他很高興，他說染方也許不會來見他了，林玉媚否認道：「不，不會的，她會出現的，」「我已經不再等她了，想起她來時我一直會想起她那雙冷漠的眼睛來……」「不，她會出現的……」「有了你我感到生活有了希望，我已經沒有驅車再去尋找染方了……林玉媚……，」「你還是叫我林醫生的好……」「有時候你是林醫生，比如在醫院裡，我會把你當作林醫生，而此刻，你卻不是我的醫生……」他沒有說明林玉媚是他的誰，咖啡色的牆壁下面，他看著林玉媚不再說出她是他的誰。

總而言之，林玉媚坐在他身邊，他已經把她當作他的戀人，他用一種戀人的眼睛看著林玉媚，那雙眼睛還無以表達他對林玉媚的感情，那種感情其實像杯裡晃動的咖啡色和牆壁上的咖啡色，總而言之，咖啡色是一種苦澀的顏色，在這樣的時刻，林玉媚想起了一個女人來。

她就是染方。

應該說在這樣的時刻，林玉媚從來就不會輕易忘記染方的存在。

她怎麼能忘記染方呢？那個漂亮女人，如今正在某一座遙遠的鄉村尋找一張祖傳秘方，那個女人她對服裝設計師周林有一種無法說清楚的愛，她把這種愛帶到了遠方，帶到了一座鄉村，林玉媚怎麼會忘記染方呢？她愛她的病人，但染方的存在卻阻礙著她去愛一個男人。

這場遊戲在進行著，在一座咖啡色的圍牆下面演變著，應該說，林玉媚與肖克華分手與周林有直接的關係，如果沒有周林，也許她會把更多的時間用來與肖克華約會，頻繁地約會也會使林玉媚的神經麻木，她不會意識到她與肖克華之間的那層無形之間的界線，她也不會去尋找愛情中的風景在哪裡，一切都會無限循環，直到她嫁給肖克華為止。

現在，成為她情感生活中的男人不是肖克華了，變成了她的病人，她一方面在治癒他的病，另一方面與他在進行著一場遊戲。

她不敢正視自己的情感生活，不敢正視周林凝視她的那雙眼睛，分手時，周林說：「下次見面，請一定穿上我送給你的那幾套衣服。」她把他帶到醫院，又送到病室，所以他和她便站在病房門口分手。

她答應了他下次一定穿他設計的時裝，總共是五套時裝：粉紅色的、褐紅色的、白色的、黃色的、藍色的。這就意味著她將穿著染方穿過的時裝出現在他面前，為了她的病人，林玉媚將毫不猶豫地去這樣做。

她回家的第一件事就是試穿那些時裝，有一種意象一直在影響著她的情緒：我到底是不是染方，難道我穿上衣服就可以變成染方的話，那真是太好了。她這樣告訴自己，一邊穿衣服，在粉紅色的幻覺中，她想起了那幾本時裝書上有染方做模特兒時候的照片，她翻開時裝，有染方照片的那一面對著鏡子，這樣她就可以鑒別自己與染方的區別了。事實上，她們確實有許多相似的地方，臉蛋是同一樣的鵝蛋形，同樣纖長的脖頸，豐盈的嘴唇，但不同的只是眼睛，是的，她與染方最大的區別永遠來自兩雙不同色彩的眼睛。

林玉媚想：讓那雙荒漠似的眼睛裡流出淚水來吧，如果能這樣，就可以看到清泉和樹葉，也許染方就會停止那種荒謬的愛而回到他身邊來。也許她有一天會這樣做，但那一天會不會太遲，周林的病在兩肋之間的那團陰影中，在那團陰影裡，林玉媚發現了可怕的東西，她正在判斷，並給他配製藥粒，雖然他已經對一瓶瓶的藥粒的吞服感到膩味，但目前還沒有另一種別的辦法。

范亞平開始追求林玉媚完全是因為雷萌萌的存在。林玉媚不斷地到雷萌萌的病室去看候雷萌萌必然就要碰到范亞平，而范亞平追求林玉媚卻是必然之中的必然。因為第一，在這座醫院，也許在這座城市，范亞平都無法再找到像林玉媚這樣又有精湛的技術又有美貌的醫生，第二，林玉媚除了是一個稱職的醫生之外，她又是一個女人味十足的女人，男人們尋找女人，是因為她們是女人，她們是男人們的尤物、寶貝，在這點上林玉媚是一個標準的女人，她穿裙子時，就像一條柔軟的河流逶迤著飄動而下，有百分之九十的男人都會喜歡像林玉媚這樣的女人，范亞平也不例外，他從第一眼看見她時就被這個女人所迷住了。但他知道，林玉媚不是一般的女人，如果要追求她的話除了需要耐心以外還需要慢慢地了解她，只有了解了她才能具體地去追求她。男人們在追求一個女人時，實際上早已製造了一場「陰謀」，在這場「陰謀」的過程中，范亞平慢慢地出場了。他發現林玉媚對雷萌萌有一種特殊的感情，但他知道這種感情純屬是一個醫生對病人的那種特殊的感情，當林玉媚出現在病室中時，他也在病室呆一會兒，他很清楚他也是關心雷萌萌的，只不過關心的程度沒有林玉媚那樣強烈。無論如何，在病人雷萌萌身上，有著他與林玉媚兩種不同的感情，他們總是在一起觀察雷萌萌的那條腿並計畫著要為雷萌萌配一條義肢，貨車司機早已送來了配製義肢的錢，只不過還沒到時候，雷萌萌的精神狀態時而低，低的時候彷彿在冰雹中垂下頭去，平靜的時候卻掩飾著一種麻木的絕望，林玉媚經常帶著她到花園之中去，有一次從花園中回來時，他在電梯上碰到了她們，他恰好下班，他陪同雷萌萌到了病室，那天散步的結果很糟糕，從雷萌萌的神態中就可以看個究竟，雷萌萌低著頭，回到病室後她說她要獨自呆一會兒，讓他們都出去，林玉媚和范亞平一塊走出了住院部又乘電梯下來，在電梯上，范亞平頭一次離林玉媚如此之近，電梯上就他們兩人，范亞平看著林玉媚的那頭短髮又看她那纖長的脖頸，她卻並沒有看他，她聽著電梯不斷下降的聲音，她被雷萌萌的壞情緒弄得喘不過氣來，從電梯出來後她對范亞平說：「雷萌萌以後的日子怎麼辦？」「我通知她父母吧，林醫生，也許她父母可以幫助她，」「不行，雷萌萌已經對我說過，如果她父母知道她沒有了一條腿，那他們也許比她都會絕望，」「林醫生,你瘦了」，這也許是范亞平追求林玉媚的過程中說出的第一句溫暖的話，「我可以送你回去嗎？」「哦，不，我要去看我另外的病人……」林玉媚並沒有看見范亞平的眼睛在盯著自己，她完全被雷萌萌的精神狀態籠罩著，她並沒有感受到范亞平醫生已經被她的存在所迷住。

一個被男人所迷住的女人，她到底是一個什麼樣的女人呢？林玉媚每次回家的時候都要換上裙裝，如果你想看到林玉媚醫生脫下白大褂後的生活，那麼，你就坐在醫院的任何一個地方吧，因為她始終會出現在任何一個地方，也許在醫院的任何一個地方都有鮮花，林玉媚就會帶著她的病人出現在任何一個地方，那個脫下白大褂的女醫生把所有的時間都給了她的病人。一個讓男人們著迷的女人，不斷地出現在花園的小徑，她的身影和她的病人溶為一起，這就是那個令男人們所著迷的女人嗎？

染方從鄉村回來的第一天就給林玉媚打來了電話，她告訴林玉媚的第一句話就是她已經找到那張祖傳秘方了。林玉媚當時正在值夜班，時間是晚上一點正，染方告訴林玉媚她今天剛從鄉村歸來，一直給她家裡打電話，但沒有人，後來費了很多時間才找到了她值班室的電話。噢，秘方，染方難道真的把那張所謂的祖傳秘方從鄉村尋找來了。林玉媚想起電話前的半小時前她還在周林的病室，周林又發燒了，他一動不動地躺在床上，一個小時前他還可以斷斷續續地與林玉媚說話，他對林玉媚說：「我感到在爐火中生活，每當我身體發熱時，好像我就在那爐火裡……」林玉媚聽到染方的聲音時，她感到染方把一種鄉村氣息帶來了，她告訴染方：「你來看看周林吧，他正在發燒……」「什麼，周林，發燒了，……不，不，我不能到醫院來，我過去對你說過我不能去見周林……林醫生，不過，我已經給你帶來了一張秘方，也許這張秘方就可以治癒他的病……也許……林醫生我得將這張秘方交給你，越快越好……你說明天上午，好吧，最好早一些，對，明天早上好嗎？地點就在你醫院旁邊的那座公園，對，就是那座水上公園。」

林玉媚這是第三次聽到染方在電話中的聲音，也是第三次與染方約定了時間。二十多天時間過去了，染方終於回來了，她終於尋找到了那張秘方，不管那張秘方是真的或者是假的，這一切都並不重要，對於周林來說，重要的也許是尋找到染方，也就是說最為重要的是讓染方出現在周林面前，這種精神療法對周林來說一定很重要。如果能這樣的話，林玉媚就不用扮演雙重角色，一方面是她病人的醫生，另一方面又是她病人的夢中情人。

林玉媚又重新升起了那種念頭，讓染方回到周林身邊的那種強烈的念頭。那天晚上，她終於度過了下半夜，進入了與染方約會的時刻。

水上公園就在醫院的旁邊，對，也許周林在病室的窗口就可以看到水上公園的那些遊船和紅房子。林玉媚突然升起另一種念頭，如果能讓他們相互看見，她已經來到水上公園的門口，她老遠就看到了染方的身影，她與林玉媚赴約時從不會遲到，而且每一次她都是提前到達。染方穿了一套黃色麻裙，是那種沙漠上的黃色，麻裙的質地很柔軟，林玉媚已經習慣了被她那雙荒漠般的眼睛所注視，她們一起走進了公園。

公園中到處是一些打太極拳的老人，他們占領了水上公園的每一個角隅，林玉媚一邊走一邊尋找那棟大樓的方向，那座深陷在湖泊的另一面的大樓不僅僅是一座建築物，對面有一道窗口，可以讓染方看到那窗口，也許周林會站在窗口呢？

她不顧一切地徑直向前，只為了一個方向，尋找到那幢樓的方向，染方跟在她身後，她以為林玉媚是想尋找一個安靜的地方，所以，她也同樣不顧一切地跟著她。

林玉媚突然站住了，這就是那座大樓，那座灰色的大樓矗立在水的另一邊，但可以看見那些灰顏色的窗口，林玉媚終於尋找到了九樓靠邊的那道窗口，她對染方說：「喏，順著我的手指看去，那就是周林的房間，那是一道窗口。我曾經看見周林站在窗口，也許他就是在那道窗口期待著你出現在他身邊……」

林玉媚並沒有想到染方顯得是那樣冷漠，即使讓她看到了周林的那道窗口，她的那雙眼睛裡仍然射出荒漠般的光芒，她轉過身來對林玉媚說：「不，那道窗口對我來說沒有任何意義。」

「我不明白……周林近在咫尺，你為什麼不去看看他，你知道嗎？他正在發高燒，」

「我知道……我知道他發起燒來的情形，我曾經用酒精為他擦過身體，那天晚上我守在他身邊，我感到他快要死了，我害怕極了，林醫生，你每天跟病人打交道，你可以面對死者……可我不能……我已經告訴過你，我不能去面對他……」

「你……染方，你怎麼會如此冷漠？」

「是的，我也許太冷漠……我也無法說清楚這一切……但我真的不希望他去死……林醫生……你能讓他不去死嗎？……對，對，我給你帶來了這張秘方，你知道，我到那座鄉村時，我全身被大雨淋濕，你能想像我穿著濕衣服站在那座鄉村診所的門口的情景嗎？你能知道我對周林的這種難以表達的愛嗎？……哦，我把秘方給你吧，這就是那張秘方，那位老中醫他好像也快要死了，但他給了我這張秘方，他讓我試一試，他說命只是一種游絲而已，如果游絲一旦被風吹斷了，那麼命也就不存在了……林醫生，然而，我卻對這張秘方充滿幻想，它也許會幫助你……」

林玉媚在看著她的背影聽她說，她不知道染方為什麼轉過身去跟她說話，她無法去看到她那雙荒漠似的眼睛了，看不到那雙眼睛，她感到空蕩蕩的，一切聲音彷彿不是從染方的嘴裡發出來的，而是從她脊背中噓噓而出的。

染方把那張秘方從包裡掏出來遞給了林玉媚，這時候，她開始轉過身來，林玉媚感到染方好像在剛才流過淚；從那雙荒漠似的雙眼中流出來的眼淚一定鹹得厲害。

林玉媚展開那張紙，她看到了許多中藥的名字，染方跨前一步來到林玉媚面前：「林醫生，你一定不能讓周林去死，你向我保證過的你不會讓他死的」，染方的那雙眼睛緊盯住林玉媚，彷彿只有她可以主宰周林的生命，她用這種語言要求林玉媚，同時也向林玉媚宣布她對周林的愛情。然而，就像上次一樣，她宣布完她的感情之後她就要離開了，她就是這樣，在幕後操縱著她那難以言喻的感情，同時也操縱著林玉媚醫生。一種艱難的關係，他們三人的關係讓林玉媚感受到了壓抑，就像她夢見自己在古老的縫隙中行走一樣。

她將秘方留給了她，她把她對周林的愛也留給了她，剩下了她自己，獨自一個人，她要面對的世界毫不停息地形成一種三角關係——林玉媚已經在不知不覺中進入這三角關係的網絡，無論怎樣去擲骰子她都無法再脫離。他們都抓住了她，抓住了她，彷彿就已經抓住了生的希望，彷彿就已經抓住了根深蒂固的生命，她在不知不覺之中已經進入了這人生的圈磁，一方面是她病人對她的渴求，另一方面是染方對她的渴求，這就是她站在水上公園的那一剎那準備接納的一切。

毫無疑問，人生就是進入一場又一場圈套，無論怎樣去掙扎，生活中到處布滿了美麗的圈套。林玉媚抬起頭來，她看到了那幢樓上敞開的窗戶，周林變成了使她沈溺於圈套之中的一種彩色的空虛的線，為了他兩肋之間的那團陰影，她必須去進入這種三角關係之中——一刻也不停歇地進入那個圈套的深處去。

當天晚上林玉媚就去拜訪醫院的一位老中醫，她把那張秘方交給了老中醫，她這樣做是要保護她病人的生命，而且她必須保證那張手裡的秘方不會出差錯。老中醫戴著老花眼鏡看完了那張秘方後對林玉媚說：「這是一張治癒腎衰竭的秘方，你的病人是腎衰竭嗎？」林玉媚搖搖頭，老中醫將那張秘方交還給林玉媚，告訴她對病人一定要對症下藥。一張被染方千里迢迢尋找而來的秘方並不能治癒周林的病，這一切林玉媚早已料到了。

她從老中醫家裡出來，澄藍的天空連一絲風也沒有，再過幾小時，悶熱將像灼熱的沙漠上吹來的熱風束縛住你的所有神經和想像力。但林玉媚告訴自己，現在她必須回到病人身邊去，雷萌萌也許正等著她呢？三天前她就同雷萌萌說好了，她要帶她到城裡去走走。林玉媚將回家去換一套衣服，她現在還穿著昨天晚上她上夜班時穿的那套衣服，雷萌萌在林玉媚心目中永遠是一個少女，她要換上色彩淡一些的衣服出現在雷萌萌的身邊，然後她要將雷萌萌抱到輪椅上去。她堅信等到換義肢時，雷萌萌已經轉換了心態。但她並沒有意識到雷萌萌是一個少女，她的心情時陰時晴，好的時候她可以無視目前的困境，壞的時候她可以重新去死。

林玉媚推動著輪椅陪同雷萌萌出了醫院的大門，雷萌萌看上去情緒還很飽滿，她告訴林玉媚，她一直在等她來，她有好久沒有上街了。雷萌萌今天的情緒，是那種可以溶化為露珠的情緒，而露珠正伏在綠色樹葉上，她的輪椅旋轉著，進入街道的路線，她一路上給林玉媚講述著她的故事，她剛進舞蹈學校時有一次上街迷失了方向，她在街上遊蕩了一個星期天，同時也在遊蕩中加深和對這座城市的了解。雷萌萌的嘴唇在陽光下開始慢慢地紅起來，她們已進入城市的中央，進入最熱鬧的地區，也就是在此刻，雷萌萌的聲音卻不知不覺消失了，林玉媚有一種感覺，雷萌萌並不是說累了，而是情緒變了，她忽略了一個現實問題，市中心除了是鬧市之外，也是年輕女孩子最多的地方，她們在百貨大樓購物，穿著時髦的涼鞋和短裙走來走去，這無疑給坐在輪椅上的雷萌萌帶來了一種無言的挑釁，而她已經受不住這種四肢強健的青春的挑釁了。

她的嘴唇已保持緘默，在輪椅的滑動中，不時有一些年輕女孩子的穿著短裙的腿從她們身邊經過，腿，筆直的腿，可以行走和奔跑起來的腿給十八歲的雷萌萌帶來了新的迷惑，她大約是感到了口渴，她對林玉媚說，能不能為她去買一支冰棒，林玉媚愣了一下停住了推動輪椅的雙手，雷萌萌便轉過頭來，她勉強地對著林玉媚微笑了一下，林玉媚感覺到了雷萌萌的微笑中包含著許多問題，但問題到底出在哪裡呢？她鎮靜地看著雷萌萌，想尋找一種柔軟的東西放在那些問題之中，剎那間，她想起了最柔軟的東西依舊是水，流淌在噴泉下面的水，她想起了兩百米之外就有一座大型噴池，只有那些柔軟的水才能解決問題，就在她轉過滑輪前行時，雷萌萌再次說話了：「林醫生，你能不能幫助我去買一支冰棒？」「哦，冰棒，對，你剛才已經說了你想要一支冰棒……我想，我會馬上去給你買……一支冰棒，」「林醫生，你抬起頭來，你看見五十米之外的那家商店嗎？門口有一個人就是賣冰棒的，我渴得厲害，你能不能……」林玉媚知道她是想盡快地得到那支冰棒，她剛才說了許多話，她現在已經是口乾舌燥了，對，應該去給她買一支冰棒，林玉媚將輪椅推到一個路口，但她忽視了一個重要問題，這個路口面對著一條馬路，但她急於去尋找雷萌萌需要的那支冰棒，凡是雷萌萌需要的東西，不管多遠她都要去得到，並送給雷萌萌。

就在她轉身前行的那一瞬間，雷萌萌開始用雙手移動滑輪，她似乎已經熟諳這種移動的方式，移動在陽光下的滑輪比往日更迅速，一種瘋狂的欲望迫使雷萌萌轉動著滑輪，她的臉色一片蒼白，就像被秋天的樹葉所彌漫過一樣，而她現在只有一種孤注一擲的勇氣，那就是去死，她想這是唯一的時刻，瞧，瞧瞧那條馬路上的汽車，哦，再過幾秒，她就能夠帶著這架輪椅和她十八歲的青春重新捲入車輪，她從來就是這樣想死，第一次沒有成功，她少了一條腿，她現在又開始想死了，為什麼要活著呢？她已經少了一條腿，不再能跳舞也不再能奔跑了，因而活著對於她來說已經沒有意義，哦，總之，在她看來，她此刻只想捲進車輪之中去，這就是她尋找的意義，一種死的意義。

就在她的輪椅進入馬路時，她明明看見了馬路上那些深黑色的膠輪在旋轉，就像風扇一樣在旋轉，她就是喜歡那些旋轉的膠輪，在膠輪下面時間過去和時間將來都似乎已經不復存在，剩下的只是一堆廢墟，就讓自己的肉身變成廢墟好了，變成一堆膠輪下的廢墟好了。雷萌萌瘋狂地轉動著車輪，她現在已經擺脫了林玉媚醫生，她已經將林醫生支配到另一個地方去了，到五十米之外去買冰棒去了，所以，她知道自己的時間，倘若林玉媚買冰棒回來的路上，她就會發現她的行動，她就會不顧一切地阻止她的行動，是的，林玉媚是唯一的能在此刻阻止她行動的人，因為她不會讓她去死，雷萌萌轉動著輪椅，她看見了所有的在路面上旋轉的車輪正迎著她夢寐以求的車輪而來。然而，就在她的滑輪移動到馬路上時，突然，她絕望地看到所有的旋轉的車輪突然停住了，彷彿有一雙交警的手在施展魔法一樣，她的孤注一擲變得那樣的無力，她的輪椅陷在馬路中央，再也沒有旋轉中的車輪將她捲進去。匆匆趕來的林玉媚從馬路那邊跑過來，她看見了雷萌萌的淚水，剛才的那一幕她看得清清楚楚，林玉媚推動著輪椅，她把她帶到馬路上面的人行道上，林玉媚低聲對她說：「雷萌萌，我知道你想去死，對嗎？」雷萌萌沒有說話，她現在並沒有變成一片廢墟，並沒有變成車輪下面的一片廢墟，剛才想死的那種瘋狂現在變得那樣恐怖，林玉媚告訴她，就要看到一口大型噴池了，哦，噴池，噴池中一定有水，林玉媚現在要帶她去看噴池，雷萌萌坐在滑動的輪椅中，她對自己說，我並沒有去死，也並沒有變成廢墟，我在活著，世界上有許多東西等待著我去看。林玉媚好像聽到了她這種聲音，她沒有安慰她，她知道十八歲的雷萌萌終於過了第二次想死的暗礁，不遠處就是那座噴池，就是那種水質清澈的大型噴池，水中的音樂徐徐上升，只有用水這種柔軟的東西才會解決十八歲的雷萌萌內心深處的矛盾，她剛才都看到了，並且已經再一次經歷雷萌萌用輪椅想去撞擊膠輪的那種瘋狂，但幸運的是，馬路上的所有車輪都在同一時刻停止了旋轉，也許他們並不知道女孩雷萌萌那種瘋狂的想死的欲望，他們才讓開道，讓那個年輕女孩的輪椅通過馬路。

已經看到噴池的浪花了，雷萌萌欠起身來，有些奇蹟的到來會讓人像重新出生一樣，林玉媚將雷萌萌帶到了噴池水花四濺之中，她終於把那個想死的十八歲的女孩帶出了地獄之門。

第五章

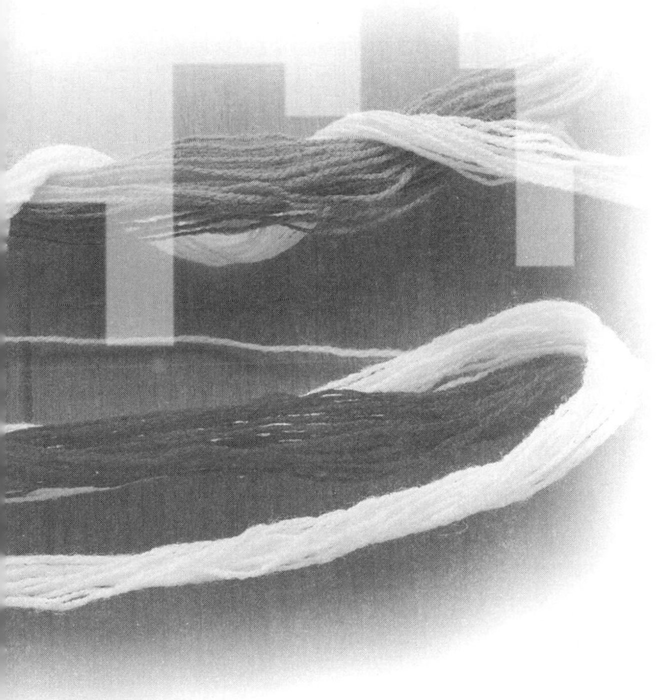

第五章

染方告訴林玉媚有一座鄉村，裡面住著一位會喊魂的女人，也可以叫她為老巫，她會將人的靈魂從地獄之門中重新召喚而出，她一直想到這座鄉村去，她問林玉媚能不能與她同行。林玉媚拒絕了，她告訴染方，她是一個醫生，她只深信她可以用自己的醫學治癒她的病人，她不相信世上會有喊魂的人。林玉媚將電話掛斷了，因為她正在吳立的病室，護士讓她去接電話時，她感到詫異誰會在她值班時給她來電話呢？這是一個女人的聲音，是染方的聲音，她覺得染方好像在向她訴說夢囈，掛斷電話以後，她又來到了吳立的病室。

吳立的那場手術給吳立帶來了意想不到的轉機，手術的成功使他的病毒在減弱，他已經可以正視自己未來的前景了，他向他的醫生林玉媚傾訴著他的感激之情後也在傾訴著他對生活的幻想，一個人活著的多種夢想只有寄託在他們健康的軀體之上，吳立在平臺上看望星空時只是想超越這種疾病，超越對死亡的憂慮和恐懼，而此刻他能感受到軀體中的變化，這種變化顯然也給林玉媚帶來了快樂。

如果讓她的病人不死是林玉媚最大的心願，那麼讓她的病人怎樣不去死，卻是她屏住呼吸想在黑暗中抓住的一種旋律。她現在知道她的病人吳立不會死了，這已經不再是一種預言，而是從那檸檬色的窗口升起的一束光，從那銳利的針尖和刀刃上升而來的一束光，過不久，他就可以重新回到郊外的那座啤酒廠去上班，這已經不再會是預言，而是檸檬色的一種味道，酸而甜的味道給了她一種現實，她過去畏懼的一種現實也用雙手扭轉過去了。

林玉媚鑽進染方的那輛白色轎車時並不知道染方會將她帶到哪裡去，一切都是在突然之中到來的，六點鐘她剛下班，染方就給她打來了電話，染方告訴她，她的車就在醫院後面的那座籃球場旁邊，她說她已經等她兩個小時了，而且她已經知道她明天是休息日，她對林玉媚說她今晚將帶她出發，出發，到哪裡去，林玉媚還沒來得及問，染方就告訴她：「關於周林，所有這一切都是為了周林。」

周林是誰?周林是一團被林玉媚和染方同時接受的陰影，人們正在為著這團陰影而互相摩擦，互相纏繞，互相碰撞，又互相在同一迷霧中倍受折磨。

周林是誰？

林玉媚坐在染方身邊，為了同一個病人，她們兩人擁有了一種紐帶，這紐帶像一束深紫色的花。林玉媚不知道為什麼聽從染方的召喚，當染方告訴她她要帶她去一個地方，為了她的病人她要去會見染方，染方已經把一種神秘的意象告訴了她，在這種意象中，來不及細細琢磨到哪裡去，她就來到了染方停車的那塊籃球場邊。染方坐在車裡等著她，而林玉媚的心彷彿要蹦跳出來，一切都是不可知的，彷彿等待林玉媚的是一種盔甲似的面具，她注視著那輛白色轎車，她還是頭一次看見染方開著車來與她會面。

「到車上來吧，林醫生，」染方在叫她，她拉開車門，彷彿蜷縮在一只彈簧裡，「你要帶我到哪裡去？」「我會告訴你的！」「我現在就想知道，」「我想讓你陪我去一個地方，」「為什麼要讓我陪你去？」「因為你是周林的醫生，唯有你才會與我前往……」「染方，我們到底要去哪裡？」「林醫生，你耐心點好嗎？我已經有好長時間沒有親自開車了，自從周林住院以後，我好像掉了魂，我不敢輕易開車，所以，請你最好閉上雙眼睡一覺，」「你讓我睡一覺，我們要去很遠的地方嗎？」「不遠，幾個小時就能到達，林醫生，閉上你的嘴巴吧。」

林玉媚像染方說的那樣果然就閉上了嘴巴，不想問下去了，既然是為了她的病人，那麼這樣的某一個地方一定會出現一種可能性，但願能出現那意想不到的可能性，無論是魔法也好，還是虛擬的夢幻也好，但願那個可能性能真的使周林健步如飛。林玉媚閉上了雙眼，她確實不想再跟染方說話，跟這個女人說話她好像在說夢魘，儘管她已經清醒地意識到這一點，但每一次都無法迴避語言，周林是她們唯一的話題，也是唯一的紐帶，如果沒有周林，她根本就不會聽從這個有一雙荒漠似的眼睛到一個不可知的地方去，到一個根本就看不到焦點和距離的地方去。

染方就坐在旁邊，她就像一個沒有睡好覺的巫女，披著長髮，雙手依附著方向盤，眼睛筆直地伸向遠方，而身體卻被扭曲著，林玉媚能夠感受到她被一個方向所支配著，她那痛苦的身體已經忍受著或者說已經達到了緊張的極度狀態，轎車早已駛出了城郊，現在正奔馳在一片石灰岩中，林玉媚閉上雙眼，她想，就讓染方帶著她走吧，不管這個女人帶她到哪裡去，反正，染方不可能去死，她決不可能會像雷萌萌一樣去死，因為她在為另一個人活著，並且為另一個人的生命而奔波，儘管一片片陰翳始終在她的眉間顫抖，像蒼白的蠟梅花瓣。

林玉媚聽到了別的轎車穿巡的聲音，膠輪的旋轉總是會讓她想到那個年僅十八歲的女孩雷萌萌，不過，她已經帶她在那座大型噴水池邊度過了幾個小時，那種柔軟的水流聲已經讓軀體變得柔軟，她深信雷萌萌不會再去死了。

夜色已經上升了，夜色已經從蒼茫的石灰岩中把月亮懸掛在天際，林玉媚問道：「我們已經出來好長時間了。」染方一句話也沒有說，看上去她比林玉媚更心急如焚，好像有一種火焰在引導著她的視線，於是，她不停地旋轉著方向盤，直到她精疲力竭地對林玉媚說：「林醫生，我們到了，你瞧，這就是那座鄉村，村裡的那位老巫已經為我們準備好了一切，她將為周林喊魂，也許周林的疾病就會好起來，就像病葉脫落一樣，你不是希望你的病人能夠盡快走出醫院嗎？」

喊魂，原來染方把林玉媚帶出來就是為了去尋找那位巫婆喊魂，林玉媚在黑夜中的腳踩空了，她差一點掉進了一道水溝中去，這是鄉間的一條小水溝，在月光下亮晶晶地像一條小路。對於林玉媚來說，這種喊魂的方式無疑是荒謬的，到底應該將這種荒謬的巫術打上終止符呢還是應該隨它而去，在不知不覺之中，染方已經拉住了她的衣袖。

染方已經在黑夜中伸出手來拉住了她的衣袖，染方的聲音彷彿是從黑色的草莓果中發出來的：「林醫生，你不相信，我原來也不相信這一切，但是自從周林生病以後，自從我看見那個鄉村巫婆之後我似乎就相信了這一切，而且我相信周林身上的魂被別人帶走了，那個巫婆會將他的魂重新找回來……林醫生，我害怕極了，我一個人出來太孤單，所以我只好讓你來陪陪我，讓我們試一試好不好，我知道你一個人醫治周林的病同樣是孤單的，所以，讓我們來試一試，如果周林的魂能重新回來，也許你就減少了一個病人的死去，而我是愛他的，我從來沒有像此時此刻這樣深愛他，而且從來沒有像此時此刻這樣無法離開他……」

林玉媚站在黑暗中斷斷續續地聽完了染方的這些話，她覺得染方的聲音好像將一面鏡子中的希望放大，那個已經成為透視中的滅亡的希望被擴大了，她在傾聽染方的聲音，從一開始，她就在聽她在怎麼傾訴，因為她並不了解這個女人，對於林玉媚來說，染方對周林的愛是深沈的，而她的愛的形式卻是荒謬的，儘管如此，她仍然在一次又一次的會面中不厭其煩地傾聽她的聲音，有一種原因依附在她傾聽的痙攣之中，那就是她想看到染方對周林的愛，只要是染方從身體中所發出的一切聲音她都想聽到，她都要不加遺漏地加以接受，因為林玉媚感到她對自己病人的愛在某種意義上來說早已超出了醫生對病人的愛，超越了那些柵欄所築起的理性，她看不清楚自己愛周林到底有多深，有沒有染方那樣深，所以，她在黑暗中一遍又一遍地傾聽著她的聲音。

發出聲音的這個女人尋找著世界上的一切的可能性，帶著她關節的動彈和皮膚的分泌，用她那痙攣的聲帶把她秘密中的一種又一種想像告訴了林玉媚，因為她是孤單的。她那散亂的頭髮披在肩上，或許她正在期待著鄉間的那個女巫把她心愛的人的魂重新喊回來。

對此，林玉媚已經無法再拒絕染方，她再也不可能超越在這荒謬的巫術之上，因為染方的聲音已經影響了她正常的思維方式，現在，她已經不是那個呆在實驗室裡，晃動著玻璃器皿思考問題時像石頭一樣冷靜的女人，她已經被染方那痙攣的聲音帶到深不可測的黑夜深處。

突然之間她想起了周林對她確實有一種超越一般病人的愛，何況他和她已經發生過性的聯繫，她像染方那樣希望他不死，她現在同樣希望像染方所希望的一樣希望周林的魂能回來。那麼，周林的魂難道真的不在他身上了，染方是那樣認為的。

林玉媚開始走在染方身邊，她們已經將轎車停在那座鄉村旅館裡面。一切就是這樣開始的，因為她們一直在等待，所以她們便來到了巫婆喊魂的那塊山坡上。

林玉媚抬頭看了看天空，她不由自主地想起她的病人吳立來，因為吳立曾告訴過她，鄉間的星空是最蔚藍的。染方抓住她的袖子對她說：「她們就要來了。」

染方指的是那位鄉間巫婆和她的幾個弟子。無法說清楚染方是在什麼時候尋找到了這種方式，她用這種方式去愛病人周林，因為她是多麼願意相信喊魂的方式來自於那片黑暗之中的嶄新旋律。她在黑暗中自言自語：「她來了，那位老巫婆來了……」林玉媚站在黑暗中，也許她一直保持著一個局外人的冷靜，巫婆確實來了，巫婆穿著黑衣黑褲，她帶著的那幾位弟子同樣也穿著黑衣黑褲，林玉媚看見他們點燃了一堆柴塊，火苗在上升，發出林玉媚從未聽到過的那種聲音，這是巫婆的嘴發出的，隨同火焰上升與周圍融為一體的聲音，這是巫婆在喊魂時在呼喊周林的名字，林玉媚獨自站在黑暗中的一隅，她其實並不想進入裡面去，這不是她來的地方，也不是她可以來的地方，而且她確實不相信一個巫婆就可以將人的靈魂喊回來。

巫婆已經開始跳起她的右腿和左腿，那穿著黑色燈籠褲的腿比林玉媚想像中的要跳得高，幾乎超出了她的年齡，從黑暗中看出去，她似乎是在火焰中跳，在火焰之上跳動，而她的那些男弟子也穿著黑色的燈籠褲圍著巫婆而跳，他們嘴裡發出的咒語聲與外面的黑暗融為一體，使林玉媚的身體感到在飄動，染方來到她身邊，染方說：「我已經看見周林了，從來沒有這樣清晰地看見過他，他就在他們的聲音中向我走來，林醫生，周林的魂已經回來了，我深信他的魂已經回來了，你相信嗎？」她突然來到林玉媚面前抓住林玉媚的手大聲說：「你有沒有看見周林；你有沒有看見他的魂已經回來了？」林玉媚麻木而驚悸的搖搖頭，她麻木是因為她真的沒有染方那樣的感覺，而她驚悸是因為她看到染方披著黑頭髮，她的脖頸和面頰都呈現在黑色之中，只有那雙眼睛閃爍著，像一種巫氣在上升，而且試圖用巫氣來繚繞林玉媚。她抓住林玉媚的手：「可我看見了他的魂，他的魂是藍色的，附在他身上……」染方的那雙大眼睛睜得很大，她用那雙大眼睛看著深不可測的天空也看著林玉媚，旁邊的巫婆們仍然在跳動著，用他們穿著黑色燈籠褲的腿跳著喊魂的舞蹈，直到最後一點火焰完全熄滅了。

在這當中，林玉媚就站在那個角隅，染方不斷地問她有沒有看到周林的魂回來了，有沒有看到周林的魂在黑夜中出現？染方最初還期待著林玉媚能回答，後來她不再期待了，她自言自語地說道：「可我看見了周林的魂，它是一道光體附在他身上……」

喊魂的活動持續到了下半夜的四點鐘，當最後一點火焰熄滅時，巫婆們已經穿著黑色的燈籠褲從她們身邊消失了。染方說她看見了周林的魂回來，她在黑暗中睜著眼睛，她已經告訴林玉媚，也許明天回到醫院，周林就奇蹟般地好了起來，就像褪了一層皮一樣，恢復了活力。她們回到了那座鄉村旅店，染方喝了幾大杯水，她說她從來沒有這樣渴過，也從來沒有這樣輕鬆過。

她躺在床上，不一會兒就進入了睡眠。她的黑頭髮散在一對繡花枕頭上，頭髮是那樣黑，就像林玉媚看見的山坡上的黑暗一樣黑得沒有任何顏色。

林玉媚並沒有輕易進入睡眠，從她乘上這輛轎車出門到現在，她彷彿置身於一場夢境，是染方帶著她在穿越這場夢境，這場夢境並沒有答案，她確實並沒有感受到染方所感受到的那一切：燃燒的火焰、黑色燈籠褲、黑色的咒語以及黑色的節奏對於她來說永遠只是一場夢境而已。使她迷惑的是自己為什麼沒有看到周林的魂，染方在黑暗中看到的那種藍色的魂自己為什麼就看不到呢？

她側身看著染方，她顯得那樣恬靜，那樣滿足，因為她已經看到了周林的藍色的魂已經回來了。她極力想進入睡眠，而她似乎仍在夢境中飛越，當她的雙腳落在地上時卻迷惑地趔趄著，她真的也想看到染方所看到的一切，但直到第二天凌晨，她也沒有看到一點藍色的光。

林玉媚又看到了染方那雙荒漠似的美麗至極的眼睛，她拎著桶出去了，林玉媚看到她正在洗那輛白色的轎車，她告訴林玉媚回到城裡後她要去見周林，因為她深信周林的魂已經回來了。林玉媚詫異地看著染方，她原來以為染方是在黑暗中看見了周林的魂，那只不過是一種幻覺，也許第二天她就看不到這種幻覺的存在了，然而，白晝到來後，她仍堅信她已經找回了周林的魂，因為她深信那些穿黑色燈籠褲的舞蹈和那些黑色的咒語已經將周林遠去的魂找回來了。

白晝到來，當林玉媚看到染方拎著那只紅色的塑料桶在洗著白色的車時，她卻並沒有進入染方的那種從昨晚一直保持住的那種幻覺之中去，她是醫生，她了解許多翅膀、腿和心臟中的秘密，她了解她病人一旦進入了醫院就進入了黯淡的生活，進入了陰鬱的小徑上趔趄的生活狀態，但她又希望那位巫婆真的能夠出現奇蹟，讓周林的魂回來。

其實，直到如今，周林的魂也並沒有遠去，他的魂仍然附在他體上，林玉媚想起了他們之間的性，當他的身體摩擦著她時，彷彿從她的身體中長出了許多小翅膀，彷彿那些小翅膀帶著他們在飛。

染方回來了，她說可以出發了，林玉媚看到了一輛乾淨的白色轎車，濕漉漉的一塵不染的車使染方顯得很高興，但林玉媚發現了，是在染方高興起來時，她的那雙荒漠似的眼睛仍然是冰冷的，她的喜悅洋溢在她的嘴唇和舉止上。染方已用一根黑色絲帶將她的長髮捆在腦後，她的美麗就像她置身在昨天晚上那場黑色的巫術中的那些幻覺一樣變成了彌散中的難以言喻的符號。染方一言不發，她帶著她的幻覺並把那些幻覺延續在路上，也許她甚至沒有感到林玉媚的存在，她此刻不再需要交流，她需要的只是把她在黑夜中看到的那種幻覺帶到她所愛的那個病人身邊。

而林玉媚呢？她早已穿過黑暗，因為她並沒有沈溺在那些咒語之中，她愛她的病人，她知道回去之後，染方就會把轎車開進醫院，她會不顧一切地帶著那個幻覺出現在周林的病室，她甚至會不顧一切地把她病室的病人帶走。她現在希望的只是周林能夠用他身上的力量接受染方的那個幻覺，她比染方更了解周林的病，她知道他也許會死，但不是在今天，是在生活延續在明天之後的某一天，她知道如果發生奇蹟的話，她就不會讓他去死，不過，那需要一場奇蹟。他如果死了，她會難受，因為她希望他不死，因為她已經慢慢地愛上了她的病人。這就是一切，這就是兩個女人坐在轎車迴異的心情，她們此時此刻都抓住了一個目的：到醫院去，到903病室去。

周林並沒有呆在病室，護士告訴她們，周林的高熱已退，他今天一早就出去了。染方驚愕地張開嘴唇，這正是她在幻覺中看到的一切，周林的魂已經回來了。她告訴林玉媚，她知道周林去哪裡了，她會去找到他，她一邊說一邊看著病室，這是她頭一次到903病室中來，這是她頭一次有勇氣走到醫院來，她告辭了，她閃進了電梯，一切都是那樣快，比林玉媚想像中的都要快，她就這樣消失在醫院，開著她的白色轎車，載著她那些從黑夜中上升的幻覺，林玉媚站在窗口，彷彿有一種熾熱的東西從她心底升起來，她知道染方會尋找到他，用盡快的速度尋找到周林，這樣，周林一直期待的那個女人又會重新投入他的懷抱。她想著他們擁抱、親吻和性愛生活，想著他們重歸於好的一切情景，但是有一種淡淡的東西在折磨著她，嫉妒就像一般淡顏色的火苗在刺著她身體的某一部分。然而，這種瞬間轉瞬即逝，其實，她在過去的日子裡一直希望染方能回到他身邊，用她的方式回到林玉媚的病人身邊去，因為這樣林玉媚的病人精神上就會升起一座幻塔，而林玉媚可以在這座幻塔之下治癒他的病。而現在，她將要把那座幻塔升起在林玉媚的病人頭上，林玉媚為什麼會嫉妒呢？

嫉妒已經消失了，林玉媚抬起頭來，肖克華就站在走廊深處看著她。她迷惑地眨了眨眼睛，她好像已經有幾個世紀沒有再見到肖克華了，而最為重要的是雖然已經有幾個世紀沒有見到他，她卻沒有一點想他的感覺，甚至從未出現過他的身影，如今，他來到了走廊，她仍然沒有那種感覺，彷彿她的魂被另一個人帶走了，可那個人到底會是誰？難道是那位躺在墓地上的薩克斯風手，難道是周林？林玉媚感到當肖克華走近她時，她的魂已經不存在，她再也不會愛這位律師了。三十多歲的林玉媚就這樣看到了自己真實的一種生活狀態。她帶著他一塊下電梯，她決心把他帶到她的世界之外去，帶到不屬於她的感情之外去。

她帶著他來到了醫院的門外，她認為在這裡終止她與律師肖克華的戀愛關係是再好不過的地方了，除此地之外，她不想再把他帶到公園和咖啡屋去，不想再把他帶到自己家中去，她抬起頭來，那些沈浸在星期天的人們彷彿在甜蜜和幽藍的星空下散場，他們從醫院的馬路上走向另一條街道，那些沈浸在幸福之中的人們並不理會她要在此地與一個人終止關係，這是一個怎樣的時刻啊，別的人正在頭暈目眩地享受生活，享受男人和女人，家人之間的那種生活，她抬起頭來，肖克華已經在她的沈默之中看到他們之間的關係已經不可救藥，他問道：「你是不是愛上了你那些病人？」他是無意問的，他並不知道她的生活，但是她卻低下頭去，她的神態像是默認了這件事實。肖克華再沒有說話，他似乎隱隱約約地明白了什麼：「我不明白，你怎麼會愛上你的病人，除非你瘋了，除非你真的瘋了。」她沒有看他的目光，也不想再回答什麼，她不承擔對他去解釋自己生活的責任，因為對她來說，她與他的關係已經畫上了句號，再也不會有什麼東西撞擊她的心靈了，他走了，她告訴自己：不錯，正像他說的那樣，我愛上了我的病人，可我並沒有瘋。

林玉媚的病人周林已經消失兩天了，在這兩天時間裡，除了上班之外，她沒有一刻停止對他病人的想念，也許正像染方說的那樣，他的魂重新回來了，所以他可以與染方重新呆在一起，忘記時間在他們身邊流逝，他們可以緊擁著，一刻也不分開的守住染方在幻覺中看到的他那藍色的魂。但就在第三天的晚上，林玉媚突然在電話中聽到了染方的聲音，她告訴她，周林剛過了兩天好日子，但今天晚上突然又開始發高燒，她正用酒精給他降溫，但好像無濟於事，他又進入了昏迷狀態，染方懇求林玉媚快到周林家裡去，她在電話中說道：「林醫生，他的魂好像又遠離我了，我害怕他死，我不能看著他死，我害怕極了，林醫生，你快來救救他吧！」

林玉媚擱下電話，她本來想睡覺了，連睡衣都已經穿上了，正像染方告訴她的一樣，周林身上的魂都沒有了，她感到從未有過的緊張，但她必須去救周林，她脫下睡衣，穿上風衣後就出了門。他的魂又遠離了她，染方是這麼說的，這是染方陷入巫術之中的表達方式，對林玉媚來說，周林的病正在加重，他的魂仍然附在他身上，哪怕到他死的那一天，他的魂都不會離開他的身體。林玉媚一路走著，一路想著她病人身上的那道魂，正像染方在幻覺中看到的一樣，魂就是一道藍色的光而已，她開始跑起來，她要去幫助他，她要抓住他身上的那道光並不讓那道光溜走，她跑到馬路上，她的手揮起來，她鑽進一輛計程車：「請快一些，請快一些……」她說話時氣喘吁吁，計程車司機說：「出了什麼事了？」她望著街燈閃爍的街道，她想起了那個穿著黑色燈籠褲在火焰之上跳著喊魂舞巫婆來，她想起了那道藍色之光而自己卻不能在幻覺中看到它。

她敲門，染方打開門後對她說：「林醫生，我把他交給你了……」她好像要走，林玉媚拉住了她的手，她將手掙脫出來：「林醫生，你把他帶到醫院去吧，也許只有你會治好他的病，」「為什麼，染方，你不能走？」「我已經看不到他的魂了，林醫生，我過去對你說過我害怕看見他從我眼前消失……」她說完便拉開了門，林玉媚大聲說：「你不能離開，你們這兩天不是呆在一起嗎？他見到你一定很高興……」染方回過頭來：「不錯，這兩天我們倆在一起很快樂，林醫生，我要告訴你的是，在這兩天裡，他的魂真的回來過，我都已經忘記了他是一個病人，我們在一起做愛，就像從前在一起一樣無休無止地做愛……我怎麼會想到他又會成為一個病人……現在我睜開雙眼後再也看不到他的魂了……我要走了，林醫生……」她拉上了門，林玉媚聽到了她匆忙下樓去的聲音。

林玉媚呆滯地站在屋裡，剛才她告訴她的話事實上已經被她想像過了，聽著她的高跟鞋聲遠去之後，林玉媚才回過神來，染方走了，她又把她的病人留給了林玉媚，這種危機四伏的現實使她意識到發著高燒的周林就在臥室裡面，她越往裡面走，就嗅到了酒精的氣味，濃烈的酒精味加入了這危機四伏的混亂之中，林玉媚對自己說：在這兩天時間裡，他們在一起無休無止地做愛，然後進入了高燒狀態，酒精再也無法使他的身體降下溫來。

她來到臥室門口，染方把一個病人交還給了她，她停頓了一下，隨後她聽到了來自自己體內的那種夢幻般的力量：我要把我的病人帶回醫院去。除此之外，她還看不到自己的任何一種力量，她來到了他身邊，他前額上覆蓋著一層層浸滿酒精的白紗布，彷彿看到染方那雙絕望的手顫抖著把這些紗布當作她幻覺中那些藍色之光，然而，那些光卻怎麼也無法再看到。

林玉媚伸出手去，她要用手去接觸他被高燒所侵蝕的皮膚，但是當她的手放在他額頭時，她嚇了一大跳，她沒作聲，因為任何人也不會聽到她的聲音，周圍沒有旁人的影子，也沒有護士的影子可以協助她。她感到自己身上有一種夢幻似的力量，她把他抱起來，然後用脊背抵住他的胸，她知道自己能行，她能背著他到樓下去搭一輛計程車。她終於把他背起來了，有一種夢幻似的力量給了她背他下樓的勇氣，她移動著腳，終於拉開門到了樓梯上。

林玉媚雖然是一個醫生，但她從來沒有用自己的脊背承受一個男人的身體重量，而且是一個發著高燒的人，一個男人。要是在往常，林玉媚絕對不相信自己會背得動一個發著高燒的昏迷中的男人，現在這事發生在她身上了，林玉媚確實將這個發著高燒的病人背下樓去，直到出現了一輛計程車，直到她的身體終於被騰空，她坐在計程車上她理解了那些用脆弱的力量抵抗強大的力量的人。她感到自己體內原來也有一種力量，這力量平時一直隱藏著，碰到時機會爆發出來。她將她的病人重新背到903房，等到她下電梯回家以後，一場突然的、淋漓的暴雨降臨了。她知道自己又重新把他找回來了，她知道她的病人無法離開這座醫院，也無法離開她。她躺在床上，渾身像散了架，她快進入睡眠時眼前飄過一種意象：染方正披著一頭黑頭髮站在她面前，染方好像在說：你把他帶到醫院去吧，你真的把他帶到醫院去吧，也許只有靠你才能找回他流失在外面的魂。

她快進入睡眠了，她想著周林的魂，也是她病人身上的魂，有時候那種東西是一團顏色，像染方所說的一樣是一團藍色，有時候卻是林玉媚看到的一種沒有顏色的透明的氣味。

雷萌萌裝上義肢後不久的一天，貨車司機方洪來到了醫院，那天下午林玉媚正帶著雷萌萌在小花園中散步，在雨後的天氣裡，雷萌萌已經擺脫了拐杖、已經擺脫了輪椅，但另一個問題正嚴峻地等待著她，雷萌萌顯然不可能再到舞蹈學校去上課了，她也不願意回到父母身邊去，而且，直到如今，為了不讓她父母替她承受這件車禍，她一直沒有告訴她父母她最近的情況，當然，她曾給她父母寫過兩封信請林玉媚發出去，但她告訴林玉媚，她的父母現在還以為她正在舞蹈學校上學。

貨車司機方洪出現在她的面前時，雷萌萌正移動著她的假腳，她剛才跟林玉媚講述了她的苦衷，十八歲的雷萌萌並不知道自己將到哪裡去，而林玉媚原來曾想過讓雷萌萌到一座小學去教音樂課，因為她聽過雷萌萌的歌聲，她知道雷萌萌如果做一個小學教師的話會是一個稱職的老師。

但貨車司機出現了，他告訴林玉媚，他剛從西藏回來，他有一個星期沒來，他就到醫院來了，他說到西藏時，雷萌萌睜大了雙眼，林玉媚知道西藏對雷萌萌具有誘惑性，就像對自己也具有誘惑性一樣，西藏這個詞能讓人喚起一種出發的念頭。但林玉媚並沒往下想下去，那天下午她把雷萌萌交給了貨車司機方洪後就進到實驗室去了，第二天的上午，她接到了雷萌萌給她打來的電話，她告訴林玉媚她準備出院了，「出院，你到哪裡去？」林玉媚感到這太突然，因為自從雷萌萌進醫院裡來，她就在安排著雷萌萌的一切生活，她已經準備好馬上出發去聯繫一所小學，讓雷萌萌去小學教孩子們上音樂課，而雷萌萌卻告訴她要馬上出發了。

「我要跟方洪走了。」「跟方洪走，他可是開著車的漫遊者……」「我就是想做一個漫遊者，林醫生，也許方洪不久就會再去西藏，你知道，我一直想去西藏……」「那麼，這是真的，你們馬上就要出發嗎？」「對，方洪已經辦理好了全部手續。我們只想最後見見你。」

雷萌萌的聲音隔著電話線傳來，林玉媚正在值班，而雷萌萌就在樓下等著與她告別，林玉媚完全沒有想到雷萌萌會做出這樣的選擇，但她在恍惚中突然看到了那些車輪，難道貨車司機方洪要讓喪失了一條腿的雷萌萌感受到另一種奔跑的速度嗎？她感到一陣心跳，難道雷萌萌的這種選擇意味著她要去尋找她的義肢無法跨越的那些河灘、曠野和雪山的景色？但她知道，雷萌萌是一個固執的女孩子，她既然選擇了跟著貨車司機走，那就意味著她已經被一個夢所支撐，也許到西藏去就是她的一個夢。

年輕的貨車司機真的要帶著已經裝上義肢的雷萌萌出發，當林玉媚來到他們身邊時，她看到了雷萌萌，現在的雷萌萌彷彿並沒有缺少一條腿，彷彿也並沒有發生過許多事情，她竟然穿上了一條紅裙子，林玉媚從來也沒有看見過雷萌萌穿過裙子，而且是紅裙子，這個身材修長的曾經想永遠穿著紅舞鞋跳舞的女孩子現在煥發出林玉媚從未見過的一種青春期的夢想，她告訴林玉媚這也許是她最好的選擇。她真的要讓貨車司機方洪帶她到西藏去，林玉媚說，等到你從西藏回來，我會重新為你去找一份工作，雷萌萌搖搖頭說：「林醫生，我現在害怕停下來，我只想跟著車輪走，從一個地方走到另一個地方……」林玉媚看著雷萌萌，她知道雷萌萌的選擇也許是對的，她害怕停下來是因為如果停下來她就會看到自己的義肢，而跟著車輪去遠方，她就是一個漫遊者，車輪那滾動的旋律使她感到生命在不停地延續。

林玉媚把貨車司機叫到一旁，她想聽聽這位年輕的司機的想法，貨車司機方洪低聲告訴林玉媚，他要帶她到西藏去，他要帶她到她想去的任何的地方去。年輕的貨車司機是一個與雷萌萌的車禍事件緊密聯繫的人，從雷萌萌出事的那天開始，他就與雷萌萌聯繫在一起，他有一付健康的身材。常年在外的風雨生活使他的面孔變得黝亮，自雷萌萌住院以後，他一次又一次地出現在雷萌萌身邊，並承擔了所有醫療費用及裝義肢的費用。如今，他要帶著雷萌萌走了，林玉媚除了知道他是一個有責任感的貨車司機之外，她也知道他是一個充滿同情心的貨車司機，也許是他對這個女孩的責任和同情心使他下了決心要帶雷萌萌走，無論是哪一種方式，雷萌萌跟著他走都是愉快的。

儘管這一切來得太突然，突然極了，但林玉媚還是理解了雷萌萌及貨車司機方洪的決定。人生的有些事情都是突然而來的，比如，雷萌萌突然想捲進車輪之中去，又突然想跟隨車輪到西藏去，到海邊去，到沙漠草原上去。也許雷萌萌這一生都跟滾動的車輪有不解之緣，林玉媚站在醫院的梧桐樹下，看年輕的貨車司機就這樣帶走了那個不能用義肢重新跳舞的年僅十八歲的女孩雷萌萌，和她一起送走他們的人還有范亞平和外科住院部的醫生和全部護士。林玉媚的雙眼開始潮濕，她看到了門口停著那輛綠色貨車，雷萌萌從今以後將跟隨這輛貨車，她想起在電視上看到的拉薩藍色的天空和盤旋在高海拔公路上的車輪聲。但這就是他們的選擇和決定，他們已經走了，林玉媚仍站在那條馬路上，她知道雷萌萌再也不需要她陪著她到醫院的小花園中去散步了。她知道，她有時候就像病人的拐杖和另一道影子，但有時候她卻不再是他們的拐杖和另一道影子，當她看到自己的影子時，她知道，他們已經走了，而她卻永遠留在醫院裡。

范亞平走了過來，他沒有對剛才的事發表任何感嘆和議論，他看了她一眼，他們一起走進了醫院大門，進了電梯，他到四樓走出電梯，而她在上升，在九樓，電梯門閃開時，她走了出去。她感到范亞平好像要對自己說什麼，但在電梯裡，他剛想說什麼，電梯門就閃開了。

從高燒中醒來後，周林告訴林玉媚，他做了一個很長的夢，在夢中他與染方會晤了。這是林玉媚沒有想到的，由於一場高燒把他與染方的真正會晤當作了夢中的會晤。似乎這場高燒過後，周林的身體開始變得虛弱，他不再像過去那樣可以經常逃離醫院了，林玉媚感到藥物已經不能控制他兩肋之間的那團暗影的存在，她有時候坐在他身邊，在觀察他的病情時她體會到了自己的一種恐懼，她害怕他有一天會死去，她甚至會想起他死去時的情景，不過，她極力否定周林會死去這件事實，她為了讓他不死去除了上班之外總是呆在實驗室裡，她正在給一隻與周林患了同一種疾病的動物做試驗，那隻老鼠呆在鐵柵欄中，林玉媚除了每天給它帶來青草和菜葉之外，她也在觀察那隻老鼠的身體狀況。

而同樣的事情發生在染方那裡，當染方的聲音又在電話中出現時，她第一次邀請林玉媚到她住宅中去，她說她正在做一件自己從未敢做過的事情，她的家裡養著許多動物。

「動物」，林玉媚吃了一驚，她拒絕了染方的邀請，自從那天夜裡染方消失之後，她對自己說：但願我不要再見到這個女人，但願這個女人不要再出現在我面前。

她掛斷了電話，而電話卻再一次在這個沈滯的午後響了起來：「林醫生，我想與你談談周林，我知道他的高燒已經退了，我知道他會死去……林醫生，但我同你一樣在努力……所以，我想讓你來我家裡，你要是不來，我就沒有任何希望了，因為只有面對你，我才能做我應該做的事情，而且我想讓你看看我現在怎麼做。」

染方現在到底在做什麼事？林玉媚決定還是去染方家裡看看，這個女人的存在與周林的存在息息相連，她不會就此停止她對周林的那種愛，所以，林玉媚就這樣來到了染方居住的那套公寓樓下面，林玉媚來這裡的另一個最重要的目的是她要幫助周林找到染方的寓所，周林不是一直在尋找染方嗎？也許有一天，她會讓周林自己尋找到染方，在周林最想見到染方時，林玉媚會帶著周林來敲開她的公寓門。

染方的公寓深陷在一片紅色薔薇花之中，一座二樓的公寓塗滿了灰色，林玉媚敲開門，一群灰色小毛狗便向她湧來，染方說得不錯，她養了許多動物，除了小毛狗之外，動物全被關閉在木柵欄中，有一隻鵝從木柵欄中探出頭來，它那纖長的脖頸委曲地向她們扭動著，染方走過去伸出手捉住那隻鵝並把它的脖頸從柵欄的縫隙中塞了進去，自此為止，林玉媚總共看到了兩種動物，灰毛小狗和關在木柵欄中的鵝，她並不理喻染方為什麼與兩種不同的動物生活在一起。

「我愛周林，有一個人告訴我，世間的動物與人形成兩種不同的世界，動物身上的血可以治癒人的疾患，比如，鵝血可以治療癌變，還有許多東西我們並不了解，所以，我想讓周林來試驗一下，總之，動物是沒有毒性的，也許周林喝了某一種動物的血，那麼會出現奇蹟，林醫生，我現在把全部希望都寄託在這些動物身上，我想通過你把動物的血從我公寓裡帶走，現在，我就去把那隻鵝殺死……」

林玉媚驚悸地抓住了染方的雙手，染方今天穿了一套紅色的亞麻布長裙，黑色的長髮依然披在肩上，她剛才說的那些話使林玉媚心跳得很厲害，她覺得染方已進入了一種忘我的瘋狂境界之中，她似乎中了妖術，尋找一種又一種依據，唯一的目的是想治癒好周林的病，從染方那雙荒漠似的眼睛裡，林玉媚看到了一種瘋狂的著了魔似的勇氣，她已經擺脫了林玉媚的手，她晃動著肩膀從陽臺上尋找到了一把匕首，她把那把匕首舉起來，鋥亮的寒光並沒有使她畏懼，她告訴林玉媚，她從來沒有殺死過動物，連一隻小鳥也沒有傷害過，可她今天一定要從殺一隻鵝開始，為了周林，她今天一定要把柵欄中的鵝殺死。

林玉媚已不能阻止她，她的理智已經被一種魔法所圈住，林玉媚看到她把一隻手伸進木柵欄裡去，那隻鵝知道它的末日已經到了，所以一隻雪白的鵝在欄中竄來竄去，但它很快就被一雙手牢牢地捉住了。染方把那隻鵝拖出柵欄外，她看了林玉媚一眼低聲說：「讓我來試一試吧，讓我來親自試一試，鵝血到底對周林有沒有治癒效果，林醫生，請你把那只口缸遞給我」，林玉媚便將她早已準備好的那只白瓷口缸遞給了染方，她震驚地發現染方握住匕首的那隻手在不停地顫抖，林玉媚轉過身去用背面對著這一切，她在接下來的時間裡聽到了那隻鵝淒厲地慘叫了一聲就沒有聽到聲音了，她知道那隻鵝已經死了，是的，她深信染方已經把那隻鵝殺死了。

林醫生，她聽見染方在叫她：「你害怕了，是嗎？林醫生，瞧瞧，這缸裡的鵝血，這些滾燙的熱血，我相信周林如果每天能喝到這些鵝血，他的病一定會痊癒，他如果能走出醫院，那一定是這些動物的血救了他……」「不，染方，你不能這樣說話，你不能把所有的動物都殺死了……也許它們根本就不能治癒周林的病……」「林醫生，在你未治癒好周林的病之前，世上存在的所有方式我們都來試一試……我真的希望他不死……現在，我求你把這缸裡的血給周林送去，你要親自看著他喝下去，好嗎？」林玉媚在遲疑中伸出手去把那只白瓷口缸捧住，幸好上面有一個蓋子，否則她就會看到那些暈紅的血。她捧住了那只口缸，她知道染方讓她來她公寓的唯一目的就是把口缸裡的鵝血親自帶到周林面前去，並且讓周林喝下，是的，這是染方唯一的目的。

現在，林玉媚要走了，那群灰色小毛狗跑過來向她搖動著尾巴，表示它們是喜歡她的，林玉媚再一次被這個女人帶進了一種瘋狂的世界，她捧著那只白瓷缸，染方親自驅車將她送到醫院門口，染方說：「林醫生，我看著你消失之後我再回去」，林玉媚捧著那只隻白瓷缸，小心翼翼地，彷彿想維護染方中了魔法的夢。她知道，鵝血對人體確實沒有毒性，所以她可以把這只白瓷缸送到周林手中，並讓他喝下去，如果他能喝下去的話，她這樣做是為了那個中了魔法的女人，她已經開始理解那個披著黑髮、身穿亞麻布長裙在一群動物中走來走去的女人的愛情方式。

在電梯中，她把蓋子掀開，她想看看鵝血的顏色像不像人的血液那樣紅，一種刺鼻的腥味撲面而來，她開始猶豫了，她好像看見周林看到缸裡的鵝血後迅速背轉身去，並告訴她他有一種噁心的感覺，林玉媚就在出電梯後改變了主意，她決定不讓周林喝缸裡的鵝血，因為她堅信傳說中鵝血治癌變確有道理，但周林並沒有患癌症，她決定把那只白瓷缸拋進垃圾箱裡去，她掀開了垃圾箱的蓋子，她聽到了一陣聲音，她彷彿看見鮮紅的鵝血把所有的垃圾全染紅了。她站在窗口，她知道自己要用很大的努力才能忘記那隻被染方用匕首殺死的鵝，她知道自己要用很大的努力才能一次又一次地與染方會面，並理解她那神經質晃動的頭以及那雙荒漠似的眼睛中燃燒的那種瘋狂。

就是在這種艱難的努力中林玉媚與中學時的同學同時也是她青梅竹馬一塊長大的男友耿飛相遇了。耿飛從小喜歡田徑運動，小時候他最大的夢想就是做一名田徑運動員。後來，他果然考上了體育學校，做了一名運動員，他與林玉媚見面時他已經退役了，離開了運動員的生活，他帶著幾枚銀質的獎章離開了外省一家體育協會，來到了林玉媚居住的這座城市，當時他並不知道林玉媚在這座城市生活，他來這座城市只是與幾個朋友開創一家鄉村高爾夫俱樂部球場，他們已經有十多年時間沒有相遇了，而且也沒有聯繫過，林玉媚眼裡的耿飛已經變了，他已經從那個喜歡田徑運動的小男孩變成了一個成熟的男人，由於與運動結了緣，林玉媚看見他時感到有些驚訝，也許她生活在病人之中，很少看見過耿飛這樣體魄健壯的男人。他們相約了一個酒吧來敘述重逢之情。

很明顯，耿飛見到林玉媚有一種驚訝，一切都是在變化之中，包括他中學時代的同學，青梅竹馬長大的女友都發生了巨大的變化，林玉媚從一位小姑娘變成了一位三十歲的女人，那張鵝蛋臉雖然已經趨於成熟，但仍沒有一絲皺紋，這次會晤使林玉媚在這座城市有了一個無須時間洗濯就可以讓她感受到信賴的男友，她覺得很踏實，一種從未有過的踏實。耿飛給了她幾個電話號碼，他告訴林玉媚，他可能會有大部分時間都留在郊外的那片鄉村高爾夫俱樂部中的策劃和修建之中，他說，這使他感到生活得很充實，彷彿有更多的事需要他去做，他還告訴林玉媚，人活在世上也許就是用一個夢想來耗盡自己健康的身體。林玉媚在他們快分手時聽到了耿飛的這句話，她告訴耿飛，其實，住醫院裡的病人已有他們的夢，耿飛明白了她的意思又補充道：人活在世上就是用各種各樣的夢來耗盡身體中的力量，哪怕是一絲力量。林玉媚在夜色中看耿飛，他的面頰被陽光曬成了古銅色，但很結實，他是一個具有夢想的男人，但也是一個單身的男人，她知道，他們倆坐在一起，無話不談，除了他們是青梅竹馬長大的朋友之外，另一種原因他們都是單身的男人和女人，他們有共同的陷入生活之中的困惑以及忠實於生活的那種寂寞和夢想。他有他即將修建的鄉村高爾夫俱樂部，那是綠色的，環形的、有彈性的生命之地，而她有她的醫院，她要幫助她的病人尋找到綠色的房子，兩個人有著同樣的對生活進行解剖的勇氣和能力，林玉媚知道她與耿飛的重逢除了使她尋找到小時候青梅竹馬長大的男友之外，她還尋找到了一個成熟的男友，她當然會想像他做一個田徑運動員時奔跑的速度，如今他雖然不是運動員了，但他的面孔已被曬成古銅色，他的軀體裝滿了彈簧，所以，他不會停下來，一個將要去修建鄉村高爾夫俱樂部的男人，他的魅力在於對生活的熱愛。只有像耿飛這樣的男人才會意識到讓生命享受陽光、速度和運動是多麼重要，而這一切正是躺在醫院裡的那些病人渴望的生活，想到他們那些艱澀的渴望，林玉媚覺得應該回醫院去了。而耿飛也告訴林玉媚，在他們快要分手時，他告訴林玉媚，在這座城市他唯一認識的女人就是林玉媚。除了這句話，他沒有再說什麼，事實上，他是在告訴林玉媚，她的存在對於他是多麼重要，因為她是他唯一認識的女人。女人是男人看到的另一種風景，在分手時，耿飛將他所看到的這種風景帶走了，他還告訴林玉媚，如果需要他做什麼事情，他有的是力氣，他會像穿越田徑跑道一樣用最快的速度跑到她身邊來，事實上，他在這些話裡面已經洩露了他對林玉媚的一種感情，這種感情除了他們有著青梅竹馬長大的依據之外也有了他們在另一種時期邂逅的情感因素，林玉媚知道他們將告別，這是暫時的告別，總之，耿飛突然出現並留在這座城市給林玉媚帶來了一種無法說清楚的情感，由於有小時候那段青梅竹馬的歷史，她對這個做過田徑運動員的男友充滿了依賴。

所以，讓我們的故事慢慢敘述吧，故事是在時間的秩序之中來完成的，林玉媚又回到了她的醫院，她只有回到那些花園中看到穿著病服的病人們的存在才能體會到自己的存在。

吳立終於出院了，出院的那一天，來了許多啤酒廠的年輕工人，吳立和母親走出了病室，吳立很感謝林玉媚，他知道，如果沒有林玉媚他是絕對不會活著出去的，所以，是林玉媚創造了一個奇蹟讓吳立從死亡的魔法中走了出去。林玉媚知道那個喜歡站在平臺上看星空的病人從此以後可以去醫院之外的任何一個地方去看星空，她看到了她病人渾身洋溢的那種自由的氣息，看到了吳立的軀體所展現的生活的夢想，她把一個已經宣判為死刑的病人重新命名，她給了他生命的延續，林玉媚覺得這是她最幸福的時刻，幸福對於她來說就是此時此刻，啤酒廠的那群年輕工人們把吳立接出了醫院，林玉媚知道他再也不會從醫院逃走了，從此以後在住院部的平臺上再也看不到一個看星空的病人了，而她也不用再為他擔心他會像一片凋零的樹葉一樣從窗口掉下去了。他要走出醫院的大門了，林玉媚知道不能再送他了。

她的病人已經擺脫了醫院，林玉媚有一種如釋重負的感覺，讓病人走進來後又擺脫醫院的羈絆這就是一個醫生的理想，這也就是一座醫院的遊戲方式，作為醫生的林玉媚她看到了她的病人已經離她而去了，他不再需要她了，這時候林玉媚意識到她已經完成了一個成功的遊戲，陽光伸入進她的脖頸深處去，她抬起頭來，她看到了病人周林，彷彿有誰在陽光下勾勒出了一道黑色的影子，穿著黑色襯衫的周林正朝著車庫走去，他已脫離了高熱的困擾，他又開始遊動了，林玉媚朝著車庫走去，一種悲哀的東西重新升起來，本來，在幾分鐘前，當她目送著啤酒廠的工人將吳立帶走時，那種哀鳴的意境已經被削弱了，而此刻，當她看到那道黑色的影子時，一種悲哀的東西意味著她正置身在她病人之中，置身在那種死亡的危險之中，置身在另一種艱難的遊戲原則之上，她朝著車庫走去，這種瘋狂的悲哀使她知道她的病人周林正在抗拒這座醫院，他正在用逃離醫院的方式來與自己軀體搏鬥。

林玉媚出現在周林視線之中時，他很快被她的那團淡紫色顏色所籠罩著，他已經將車開了出來，但林玉媚來了，她就在他視線之內，她今天穿著這套淡紫色長裙是來慶賀她病人出院，但她沒有想到周林看見了她，他把車門打開，因為他知道林玉媚今天在家休息，所以他才會逃跑，現在，他知道，林玉媚已經來了，她已經發現了他逃跑的動機，那麼，她就會阻止他，所以，他將車門打開了。

林玉媚就在車門之外站著，一種悲哀的東西籠罩在她臉上，他竭盡心力地逃跑而她卻發現了他，他說：「林醫生，我知道你今天休息……」他想解釋他的行動，「如果沒有什麼事，你最好不要離開醫院……」「我想去外面……」「你想去尋找染方，對嗎？」周林搖搖頭，「我其實已經把她慢慢地忘記了……真的……我不會再去找她了……我出去，只是我感到呆在醫院裡很難受，我想驅車到郊外去看看，我想投資一座鄉村高爾夫俱樂部，把我的三分之一資產投進去，有幾個朋友會實現我的願望，在郊外修一座鄉村高爾夫俱樂部……我想，你如果願意的話，我想帶你一起去……」林玉媚上了車，她想起了耿飛，周林說到一座鄉村高爾夫俱樂部時她就想起了那天深夜與耿飛告別的情景，她彷彿看到了他奔跑的速度，現在，周林就要帶她去郊外，這麼說她又能見到那個青梅竹馬長大的男友了，這是她上車的原因之一，除此之外，並不放心周林單獨開車到郊外去，她是周林的醫生，只有她知道周林到底是一個什麼樣的病人，所以，她知道有她坐在周林身邊她的病人就不會有生命危險，這是她上車的原因之二。

她迅速地將一團紫色帶到了車廂裡，她的病人再一次陷入了一種紛亂的記憶之中，彷彿只要走出那座醫院，林玉媚就在周林的生活中轉幻為染方的影子，是她給了他迷亂，也給了他幻覺，他的手伸過來握了握她的指尖，那時，他開著轎車已進入高速公路，是旋轉的速度給了他幻覺和活力，是旋轉的速度賦予生活以一種戲劇性場面，在他走出醫院後，他總是把他的醫生當作過去的女友染方，因為他的醫生就像染方一樣美麗，而且他醫生的眼睛充滿了柔和的光澤，這正是周林陷在病魔之路上想緊緊抓住的東西。林玉媚坐在他旁邊，她知道她與他之間這種微妙的關係將繼續延續，直到染方出現在周林身邊為止。

高速公路上的轎車就像鍵盤上的音樂符號不斷變幻著，周林告訴林玉媚，有三個朋友在幫助他設計他的夢，他對林玉媚說：「我這三個朋友們有一個原來是田徑運動員，看到他，你就會覺得我是多麼虛弱，所以，自從我見到他以後，我總是嚮往著能有他那樣的身體，能有更多人去鄉村俱樂部享受生活……儘管你說我不會死，儘管今天吳立已經出院了，但我知道我總會死去，只是時間的順序而已……」

在這段話中，他談到了田徑運動員耿飛，他並不知道耿飛是林玉媚青梅竹馬的男友，但是，可以看出來，耿飛的健康使他找到了一種生活下去的依據，使他找到了另一種夢想。他知道他會死，林玉媚側過頭去，她不會讓他去死。她一遍又一遍地對自己說：決不能讓周林去死。林玉媚看著筆直的高速公路的前方，她知道如果見到耿飛的話，那一定是一種緣分。

第六章

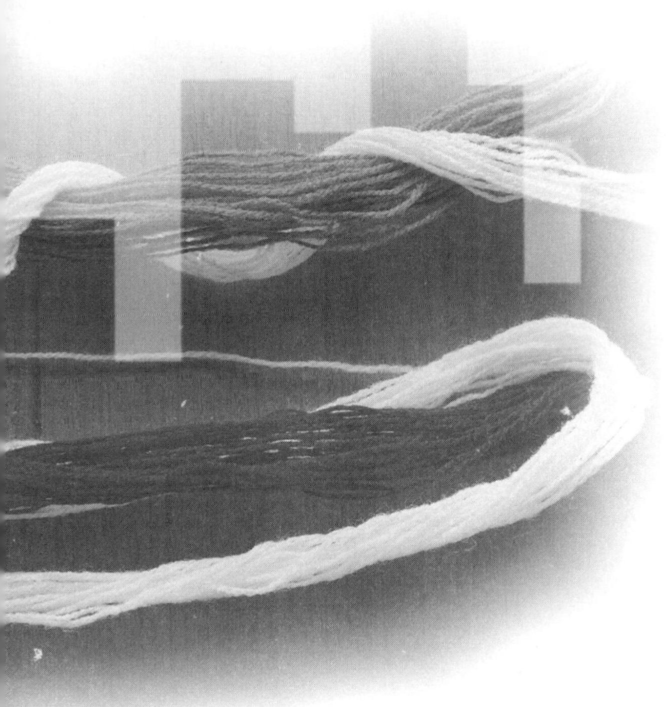

第六章

林玉媚與耿飛的緣分是由青梅竹馬的幼年開始又在中學時代中斷的，現在，他們之間的緣分又由一種無形的關係開始滋長了，當林玉媚被她的病人周林的轎車帶到那片空曠的鄉村地帶時，她看到她的病人周林興奮不已之外也看到了他告訴她的夢，他和幾個朋友已經將這片土地買下來了，那一座現代化的高爾夫鄉村俱樂部是他們共同的理想。林玉媚隨即被他帶進了一片石頭林立的正在上升的建築群中，那些戴著頭盔的人群中，有一位與林玉媚熟悉的人，他就是耿飛，當周林想介紹他們認識時，事實上他們倆早就在幼年時代就認識了，但彷彿他們倆已經有了一種默契，誰也沒有講述他們青梅竹馬長大的一段歷史，周林置身在幫助他設計夢想的另外三個男人之中，他除了向他們介紹林玉媚之外而且還告訴他們，林玉媚就是他的醫生，所以他從未想到他會死，林玉媚第一次聽到周林跟別人而且是跟幾個健康的男人談到不死的話題，跟他們在一起，周林彷彿不是一塊可以迅速粉碎的玻璃，而是一塊鐵盾，他正用自己身上的那塊鐵盾去撞擊他的夢幻。

耿飛和另外兩個人並不了解周林的病，他們只不過認為周林是一般的病人，住一段醫院就可以回到這片郊野要來與他們共同締造那個綠色之夢，所以他們並沒有把他的話當作是一個身上布滿了根深蒂固的病毒者的話語，只有林玉媚知道這一切到底是怎麼一回事。所以，她那複雜的表情似乎被耿飛察覺到了，當他們步行去看那片正在種植草坪的高爾夫球場的路上，他們倆有意走在後面，耿飛說他沒有想到如此之快就會在這裡與她再次相遇，林玉媚說她也感到驚訝，不過是周林幫助他們再次見了面，林玉媚說周林的病並不輕鬆，在很長一段時間裡她可能會將所有的精力和時間投入到治療他的病和研究他的病毒中去。她這樣一說耿飛說明白了，為什麼會在這裡突然見到林玉媚，為什麼她會陪同周林到這裡來。

周林回過頭看了他們一眼，他們中斷了談話迅速趕了上去，林玉媚發現他們四個男人在一起時，他們幾個人彷彿是去度過一片沙漠，尋找一片綠洲。周林就站在耿飛旁邊，他穿著黑色的襯衣和黑色的西褲和鞋子，林玉媚想讓這個夢的實現過程幫助周林為此活下去吧，除了這些，還有幾個男人站在他身邊，還有他的醫生站在他身邊，這樣他就會不死。他們穿過了那片草坪穿過了石匠和泥瓦工人的營地，那些帳篷外面的晾衣繩上有衣服在飄蕩。林玉媚就這樣陪同她的病人在這裡度過了兩小時，現在，林玉媚催促周林回去了，她下午還要到實驗室裡去，另外，周林上午還要接受化驗，這些理由足以讓她說服他回去了。

她告別耿飛時，並沒有伸出手去與他握手，她看了他一眼，他也看了她一眼，周林為她打開了車門，黑色的轎車很快進入了筆直的高速公路段，周林說為了這片鄉村高爾夫俱樂部他會活下去的，他彷彿穿著盔甲，現在仍沒有脫下來，但只有面對他醫生時，他才會認真地與她談論他的生死問題。

事實上，林玉媚知道，他除了穿著那身盔甲之外，他的血肉之軀是脆弱的，他從沒有放棄過對死的追問，也就是他從來都把自己置身在那座散發著福馬林氣味和死人氣味的醫院裡面，這就意味著他從來都在想真正地逃離那座醫院，健康者從來不去親近醫院，只有病者才會在醫院的孤島中苟延殘喘。他一次次地與她談到生死問題，在他的醫生面前，他顯示出孩子般的天真，她如果說你不會死的，他就不斷地重複著這種不死的世界，然後他似乎已經擺脫了縈繞他身體的病毒與他人死亡後的氣味，所以，每一個病人既在擺脫他的病人，也在緊緊地抓住他病人的目光。

他把車停在一片梨園中，梨樹上到處結滿了成熟的果實。他把頭探出車窗外，他告訴她這裡的空氣好極了，他們可以下去走一走，林玉媚說只能有五分鐘時間，他點點頭。在這五分鐘時間裡，他在一棵茂密的梨樹下擁抱了他的醫生林玉媚，而林玉媚也就在樹下接受了她病人的擁抱，他此刻並不是生活在醫院的孤島上的那個苟延殘喘者，他擁抱著這團紫色之光，在闃寂的風景中，他們彷彿是一團水粉畫。用五分鐘時間他們結束了那場擁抱，現在，在他們回去的路上，他們彷彿已經進入一種隧洞，深沈的車輪聲捲動在郊外的高速公路上。他和她之間的這種感情充滿了非現實的感覺，兩人都彷彿懷有一種熱切的祈求，她想讓他不死，而他希望她能讓他不死，彷彿從混凝土路面上揚起一陣樹葉，以一種更低沈的聲音嗚叫著，使他們的血液流動著。

林玉媚第一次在電話中聽到雷萌萌的聲音時正趴在實驗室中的桌子上，觀察著那些器皿中的血液，這是周林體內的血液，來自他兩肋間的那團暗影中的血液凝固在透明的器皿之間，她來到電話機旁邊，一臺實驗室外的電話，通向一道窗口，這是八樓，走廊上看似乎有一個病人的影子，林玉媚在電話中聽到了雷萌萌的聲音：「林醫生，我是雷萌萌，你還記得嗎？那個裝了義肢的雷萌萌……」「萌萌，雷萌萌，你在哪裡？」「我們正在去西藏的路上……」「哦，你和他正在去西藏的路上……你好嗎？雷萌萌？」「林醫生，他對我好極了，哦，電話中有雜音，我們正在一座小鎮，林醫生，到拉薩後我會給你來電話的。」電話就這樣掛斷了，貨車司機方洪正帶著裝著義肢的雷萌萌奔馳在去西藏的路上，從他們出走之後，林玉媚是頭一次得到他們的消息，林玉媚開始為那個十八歲的女孩子想像出這樣的情景來：在通往西藏的一座小鎮，方洪的貨車就淺擱在這裡，他把十八歲的雷萌萌從車上攙扶下來，雷萌萌發現了小鎮的一家郵局或者公用電話亭，於是，她就給自己打來了電話，因為在這個世界上，林玉媚是唯一知道十八歲的雷萌萌行蹤的人。她打電話時，貨車司機方洪就站在她旁邊，通往西藏的道路長而又險，他們現在正在去尋找一家旅館，十八歲的雷萌萌就這樣將生活的賭注交給了貨車司機方洪。

林玉媚知道這就是雷萌萌以後的生活，就像吳立出院以後回到啤酒廠一樣，生活是無法逃避的，生活就像一陣管風琴的聲音無時無刻都在滲透到你的內心世界去，你只要活著，就逃離不了生活的形式。讓林玉媚感到寬慰的是她的病人吳立回到啤酒廠去了，而十八歲的雷萌萌卻跟隨貨車司機奔赴西藏，對於雷萌萌來說，貨車司機方洪送給她的禮物就是旋轉的車輪。無論怎麼說，吳立也好，雷萌萌也好，他們都已經尋找到了生活的最真實的意義，在她回到實驗室以後，林玉媚也找到了自己的位置，她像空氣一樣存在於她的內心世界，沒有人把她與自己的內心世界分裂過，她知道，現在，住在內科住院部的最危險的病人就是周林。

一個危險的病人與自己存在的那層關係讓林玉媚局促、焦灼不安，周林雖然仍能駕馳著他心愛的黑色轎車，一次次地與外界相接觸，但他對於林玉媚來說卻是一個危險的病人，死亡是危險的盡頭，死是一種滑輪在你猝不設防時突然降臨，滑輪將帶你去向死神報到。為了讓他不死，為了讓他不被滑輪帶走，林玉媚知道自己必須選擇一條冒險的道路，她把這個時刻定為秋天，而在秋天之前，藥物的一切治療僅僅是為了那一天的到來。而現在離秋天，離真正的秋天還有一些時間，面對她的病人，林玉媚開始了真正的研究。呆在實驗室的時間除了面對寂靜的時間在流逝之外她也面對著范亞平的那雙眼睛，范亞平總是走到她身邊來，他已對她發出過好幾次邀請，邀請她去酒吧、公園、聽音樂會，但都被林玉媚用充足的理由一一地拒絕了，她已看出范亞平很喜歡自己，但她對范亞平這種感情只能抱之以拒絕，她垂下頭，拒絕著范亞平，在她的實驗日記上卻記錄了種種研究的跡象。她對她的那個危險的病人有一種神經質的關懷，為了她的病人，她寫下了一頁頁的研究手記，但是，還有另一個女人正與她一起關懷著時裝設計師周林，她就是染方，在她坐在實驗室的椅子上晃動著那些玻璃器皿時，染方卻呆在她的公寓裡，在這些靜悄悄流動的日子裡，染方曾去了一趟熱帶森林，她用瓶子帶回了幾十瓶曬乾了的螞蟻，而且還帶回了幾十隻黑蝎，她又一次給林玉媚打電話時，林玉媚以為她又要殺鵝了，所以她對染方說：「你聽著，染方，鵝血並不會治癒周林的病……」染方否定了鵝血並告訴林玉媚，正在院子裡將那些乾螞蟻磨成粉末，「林醫生，我正在等你，我要請你將這些螞蟻粉帶回去……」林玉媚開始沈默，她並不是在拒絕染方，她對染方的種種行為除了震驚之外已經習慣了，當染方告訴她她正在磨製螞蟻粉時，林玉媚知道在這麼短的時間裡，染方之所以沒有給她打電話是因為她去尋找螞蟻了，那些熱帶叢林中黑色的大螞蟻對染方來說並不可怕，她穿著牛仔褲，要麼還穿著長裙，眾所周知螞蟻對人體來說是無價之寶，它可以輔助藥物治癒人身上的多種頑症。當染方告訴她這一切時，林玉媚並不想拒絕，她知道，染方的命運已經與周林聯繫在一起，只要周林住在醫院裡，她就會在醫院外尋找種種秘方、昆蟲、巫術的方式來治癒周林的病，民間秘方和巫術都已經實驗過了，染方知道無論是民間秘方和巫婆穿著黑色燈籠褲喊魂的方式也都沒有意義，所以，她現在把目光轉移到動物和昆蟲身上，所以，她用她的方式一次又一次地吸引著林玉媚，這個有一雙荒漠似的眼睛的漂亮女人，她對時裝設計師周林的愛既荒謬又瘋狂，林玉媚現在擱下了電話，她已經答應染方，馬上去她公寓，她對那些熱帶雨林中黑色的螞蟻粉末感興趣，她對染方那荒謬又瘋狂的愛情感興趣，迄今為止，她還從來沒有在生活中發現，一個女人對一個病人的愛情是這樣難以解釋。

這是陽光燦爛的一個下午，林玉媚開始出發到染方的公寓去，她騎著自行車，一路上她總是浮現出那些黑色的大螞蟻，而染方已經將那些螞蟻研製成粉末。有人在叫她的名字，林玉媚沒有想到會在馬路上碰到耿飛。

耿飛正站在馬路邊緣的一家冷飲店裡，他的聲音就是從那邊傳來的，林玉媚推著自行車來到冷飲店門口，耿飛告訴她，他要到對面的那家建築商店進貨，但他需要的那種貨沒有了，天氣熱得厲害，他想到下面的商店再去看看，由於口渴就跑到這家冷飲店裡來喝可口可樂，他一邊說順便也遞一瓶可口可樂給林玉媚，他問林玉媚騎車到哪裡去，林玉媚說她要到一位朋友家去，耿飛說如果今晚有空的話，他想請她吃飯，「哦，不行，不行……」林玉媚想起來今晚是她值夜班的時間，「我很想見到你……」耿飛的目光一動不動地看著林玉媚，「有空，我會給你打電話，」「最好不要讓我等得太長久。」他們就這樣告別了，林玉媚再次騎上了自行車。

她有一種甜蜜的感覺，從熱風中蕩來的那種感覺使她加快了速度，當她再度見到青梅竹馬長大的男友耿飛的那一時刻，她就知道他又重新回到了她身邊，就像小時候他們在一起玩兒時的遊戲一樣，如今他們都已經經歷了許多事情，他們再次相聚，這也許是上帝的又一種安排。

林玉媚再次站在染方的公寓門口時，她感到心呯呯地跳著，從兒時的伙伴耿飛又重新回到她與這個女人千絲萬縷的聯繫之中，她吁了一口氣，把手放在門楣上，她剛想敲門卻聽到了一個男人的聲音：「染方，我好不容易把妳找到，我尋找了許多條街道，從原來拆遷的房屋找到這裡，染方……」林玉媚驚訝地面對著這一切，因為她是如此地熟悉這聲音，如此地熟悉這聲音的節奏，現在她轉過身去，她看到了那輛她十分熟悉的轎車——周林的黑色轎車就在染方的公寓門口。

林玉媚明白了這是怎麼一回事，驅逐周林尋找染方的也許是一種夢幻方式，一個人如果想要見一個人的話，無論如何他都會尋找到這個人的，周林就是這樣，他此刻正站在染方面前，他看到那些動物和蝎子了嗎？他看到那些螞蟻了嗎？他看到染方那雙荒漠似的眼睛深處燃燒著的對他的愛情了嗎？林玉媚決定離開這裡，儘管她弄不清楚這些事情到底是怎樣發生的？儘管她已經聽到了周林的聲音，但她仍然不明白，周林到底是什麼時候逃出醫院的，林玉媚上午值班時還去了周林的病室，周林並沒有流露出異樣的神情來，林玉媚也看不出來他想去尋找染方的欲望。生活就是這樣一日復一日地把活著的人的荒謬行為記錄為書和畫，林玉媚只是一個醫生，她推開自行車離開了那片私人公寓區，她有些迷惘，當她抬起頭來時，她看到了一座兩層樓的小房子，門口有一塊橫木上寫著：酒吧，這座木房子是典型的美國西部酒吧，門口站著一位牛仔青年，他那發藍的牛仔衣和牛仔褲使你可以轉移陰鬱的心情，林玉媚就是這樣在她迷惘的時刻尋找到了這座酒吧。

她來到掛滿了車輪的二樓，牛仔青年將他引到一窗口，她剛坐下來就透過窗戶的百葉窗看到了一張熟悉的面孔，染方披著黑髮的臉有一半露了出來，她正面對著面前的那個男人，那個男人就是周林，他仍穿著黑色的襯衫，周林的背影正對著酒吧的百葉窗戶，他們在說話，但只看見染方的嘴唇在動，只看見周林的頭在晃動，根本無法聽清楚他們在說些什麼？

牛仔青年給林玉媚端來一杯葡萄酒，就在她低下頭看到紅色葡萄酒顏色的那一剎，林玉媚突然也看到了一個情景，她透過被風吹動的百葉窗看到了周林已經伸過手去捉住了染方的手臂，染方就這樣撲進了周林的懷抱。林玉媚不再盯著百葉窗外的那個小世界，而是低下頭去看著那杯靜止不動的紅色葡萄酒，她知道她如果再抬起頭來的話，她不會再看到他們了，他們一定到樓上去了，而染方的樓上是她的臥室，那是一個隱秘的世界。林玉媚就這樣坐在酒吧裡，默默地把那杯紅色葡萄酒喝空，現在她的身體彷彿在駕著白雲，要麼是白雲在駕著她的身體，她再一次將目光投向百葉窗，但除了看到一群灰色小狗在染方的院子裡嬉戲之外，她看不到任何東西。一切發生的事情都在林玉媚的預料之中，林玉媚曾經告訴自己，周林與女模特染方有一種無形的繩索把他們的身體和肉體捆了起來。他們試圖擺脫對方，但他們永遠都難以擺脫他們之間的那種相互眷戀。

林玉媚知道，在染方的臥室中，此時此刻他們之間正發生一場性的戰爭，周林正用他肉體中一切對染方的焦渴和愛憐席捲那個女人的身體，而染方呢，這個有一雙荒漠似的眼睛的女人同樣逃脫不了周林對她的奴役，肉體之間的奴役在他們之間永遠充滿著激情，因為他們總是在相互尋找，相互等待，這種激情延續在他們短暫的聚會之中也同樣延續在他們肉體與肉體的戰爭之中。

林玉媚已經被一杯紅色葡萄酒迷醉了她對這一切的迷惘和理解，她決定下樓去，她知道今天染方已經不再需要她去取螞蟻粉了，她在此時此刻早已被他們遺忘，在這個世界上四處充滿懸念，一種又一種幽深而荒謬的懸念使她的身體經常被懸空，但她還能夠騎著她的自行車穿越一條又一條馬路回到醫院去。

她騎著自行車，身體已被懸空仍然可以看清楚這片私人公寓區牆壁上那些綠色和紫色的藤蔓，幾個孩子在小徑上踢足球，林玉媚想起那些黑色的熱帶雨林中爬行的螞蟻，想起染方將那些螞蟻從熱帶雨林帶到了這座城市，她還想起了耿飛，那個退役的田徑運動員，她想起他那張被陽光曬黑的面龐和一雙手臂，她想起她和他還會見面，一種懸空了的幻想使她已經騎著自行車穿過了一條條馬路，她想等到今晚值完夜班以後她就給他打電話。

整個晚上林玉媚都沒有見到她的病人周林，她知道周林今晚是不會回來的，但他始終會回來的，他無處可去他逃避醫院是想逃避他對死的畏懼，如今他正與染方在一起，也許他和她在一起時已經逃離一種心靈的恐怖，但這樣的時刻轉瞬即逝，他始終又會回到醫院，對於他來說，醫院雖是一座地獄但也是一座散發著綠草氣息的地獄，所以，林玉媚沒有給染方打電話也沒有去尋找周林，一個人的這種激情是有限的，正像薩克斯風手對自己的激情一樣，它就像一堆燃燒的乾柴，燃燒完了剩下的是灰燼，不知道為什麼，林玉媚的夢中已經有好久沒有出現薩克斯風手的幻影了，據民間傳說，如果一個死者不再進入你的夢中了，那麼這個死者一定去托身變形了，林玉媚想，薩克斯風手會變成什麼樣的身形呢，人如果能夠變成一隻有翅膀飛翔的生靈是最幸運的事情，薩克斯風手也許會變一隻夜鶯，因為他總是渴望著用某種聲音去歌唱，而如果變成人，人也許會精確地計算著時間，讓自己有更多的聲音從樂器中流出，以撲動翅膀的方式延續著他的生。

就在林玉媚想著這一切時，走廊上傳來了腳步聲，林玉媚已經有些熟悉這樣的腳步聲了，現在已經是夜深人靜的時刻，難道他回來了，難道是她的病人回來了，林玉媚判斷一定是903室的病人回來了，他已經自己進到他的病室之中去了，他回來意味著他把染方身體中的溫馨帶了回來，意味著他已經再次與染方會晤，他在這個蜘蛛網似的世界中又一次尋找到了染方，林玉媚憑著他的腳步聲就能夠感覺到：他像是被陷在了一只硬殼裡，陷在了企圖脫穎而出的硬殼裡，他想從硬殼裡探出頭來，脫離局限他的世界，他想到一個廣闊無垠的世界上去，他被這種期待支撐著，所以他一方面去尋找染方，另一方面又去尋找郊外的那些綠色草坪，那些高爾夫球場和俱樂部的人員，而他此刻雖然還呆在硬殼裡，但他的生活已經發生了變化，他已經尋找到了染方，已經尋找到了那些綠色草坪。

林玉媚來到了903病室，她把為他配製的那些粉紅色藥粒交給了他，周林見到林玉媚時有些詫異，他好像做夢剛醒來一樣，但他知道他面對的是他的醫生，但他卻告訴林玉媚他去會見染方的事情，「我找到了染方，林醫生……我想我不會再讓她離開我了，林醫生。」他閉上雙眼，他說：「是染方堅持將我送到醫院裡來的，她說她一直等待我能夠離開醫院的那一天到來……她還說林玉媚醫生能夠幫助我離開醫院……」他好像仍然陷在堅硬的殼裡，他已經躺在病室，林玉媚幫助他穿上了藍條紋的病服，那天晚上，周林不再把林玉媚當作了染方，而林玉媚卻知道她的病人正在硬殼中掙扎，她給他測了測溫度，他並沒有發燒，他只是在那只硬殼中掙扎而已。她看著他入睡，她把她的手心放在他前額，這樣他顯得就很安靜，就像一個孩子一樣安靜，她並不是無私的人，在她病人周林的身上，一種奇妙的東西使她和他的關係已經超過了病人與醫生之間的關係，她對他投入的那種感情，使她的思緒猶如塵埃飄落，當面對染方時她總是想抽出逃出，逃避她與他之間發生的那種親密關係，所以，當她兒時青梅竹馬長大的男友耿飛出現時，當耿飛用一種等待和曖昧的目光在召喚她時，她對他的存在和到來也同樣充滿了迷亂的遐想，她想把自己的滑落到她病人身上的那種致命的私人情感轉移到另一個男人身上去，因為染方始終是她的病人尋找的戀人，而她只不過是他病人在失意中尋找的異性伙伴而已，她彷彿是一隻蝶蛹同樣陷在一只殼裡，而如今，她渴望自己能飛出這只三角形的殼，飛出緊緊束縛在身體的那種迷亂的殼。

林玉媚現在決定了為了飛出緊緊地束縛她身體的那種迷亂的殼，她決定給她青梅竹馬長大的男友耿飛打電話。這就是她守候著周林入睡之後尋找到的為了讓身體從一只迷亂的殼中飛出來的唯一的辦法。

她看著他的病人閉上了雙眼，她已給他服過四粒粉紅色藥粒，她看著她的病人已經入睡，她感到心滿意足，她的病人又尋找到了他自己的燈塔，他不會再需要她作為女人來撫慰他內心的那種隱秘的感情了，而染方也許不會再通過她來表示她對周林的那種既瘋狂又荒謬的感情了，讓生活的所有一切細節和存在都合情合理，讓染方成為她的病人在生命垂危中唯一的燈塔吧，現在，林玉媚醫生決定不再扮演一個戀人角色進入她病人周林的生活。

林玉媚看見耿飛向她走來的那一瞬間，她知道自己正擺脫那只綠色之殼，她像是那隻蝶蛹正在擺脫她想擺脫的一切，耿飛向她走來了，她給耿飛打電話時，她知道只要她願意，她就會與她兒時的伙伴在他們進入另一段生命旅程中締結另一種男女關係。耿飛來了，做過田徑運動員的耿飛有一雙長長的富有彈性的腿，他今天穿著藍色牛仔褲，一件黑色T恤束在黑色皮帶裡面，他面帶著微笑，這使林玉媚醫生在剎那間突然想起了她的病人周林剛進醫院時的那種微笑，如今那種微笑卻從周林面龐上消失了，似乎已經永遠地消失了。

耿飛說他要帶她到那些綠色草坪上去，他已經把車開來了，他說車就在路邊，如果她同意的話他們就取消到公園去的計畫，然後到鄉村高爾夫俱樂部的那些寬闊無垠的草坪上去。林玉媚同意了，今天是她休息的日子，有整整一天時間，她可以與他呆在一塊。

她就像一隻蝶蛹，緊貼著那只殼，並且想從殼中掙脫出來，耿飛帶著她來到那輛白色的吉普車面前，那輛吉普車輪子上還有郊外公路上那些褐紅色的泥巴，他告訴林玉媚他就住在那些綠色草坪的簡易房子裡，他們的俱樂部正在修建中，他已經喜歡上了那些丘陵地帶中綠色的草坪和褐紅色的泥巴。她就像一隻蝶蛹，在她的身體掙脫出殼的過程中，坐在她身邊這位開著白色吉普車的男人為她出殼的過程提供了藍天白雲的世界，她已有多長時間沒有感受到這樣的世界了，對於一個生活在病人之間的女醫生來說，她身邊到處是味道，藥粒散發出來的味道，使她無法尋找到一片更藍的天，而從病人身上散發出來的味道，除了記錄著病人的病史之外，也同時讓她的生活喪失了玫瑰花園中，那種香氣和池塘水面上的味道……現在，這是她想從一隻蝶蛹掙脫出殼的世界，她不再是周林的醫生，不再是在眩暈中迷失方向的周林的那個女人，她彷彿從殼中爬了出來，她和她的病人周林都必須從殼中爬出來，林玉媚現在感受到了這個青梅竹馬長大的男友給她帶來的歡樂，就像她不停地出殼，最終觸到了天空的那種藍色。她聽到了那帶著褐紅色泥土的車輪的聲音，這聲音就像坐在身邊的這個男人一樣在不停地旋轉著，沒有疲倦的時候，也沒有被什麼所嚇住的時候，這是一堆綠色的樹葉的歷史，這是一棵沒有病毒的樹的歷史，它能夠把生活在病人之中的這位漂亮的女醫生帶到哪裡去呢？

草坪，這是生活中另一種意象，它暗示著人置身在草坪上時已經忘記了無窮無盡地煩惱，忘記了無窮無盡地生命中那些繁贅的歷程。林玉媚現在就置身在草坪中，她被她的男友耿飛帶到了這些寬闊無垠的草坪之中時，她的心靈彷彿被草尖所拂動並被草尖上的露水清洗過，連一點煩惱也沒有，也想不起來那些死者的名字，她就在這時候感到自己從那隻蝶蛹殼中出來了。

穿著牛仔褲的耿飛站在草坪中央，他說他的夢想就是每天能看到這些草坪，如果有一天能死在草坪，他會非常安息。他談到了死，這令林玉媚感到驚訝，但他似乎迅速地跑過了那條隧道，關於死的話題很快就不再成為他語言中的話題。她想了解他，她有一種瘋狂的念頭想了解這個站在綠色草坪上的男人，他的身體閃爍著古銅色的色彩，彷彿是一座雕塑，她想越過這個男人的身體了解他那些可以在草坪上像一只足球一樣騰空而起的秘密。

她試圖忘記她的病人周林，試圖忘記她對他投入的那份私人情感，她踩在了綠色草坪上，耿飛說：「把鞋子脫了你會覺得舒服極了」，於是她就這樣真的把鞋子脫了，人們通常只在海邊的沙灘上脫去鞋子，因為那些沙柔軟細膩，不會刺傷更加柔軟細膩的腳，現在，林玉媚把鞋子脫去了，她在草坪上走著，旁邊走著耿飛，他在陽光下眯著眼睛問林玉媚的感覺如何，林玉媚想了想說：「如果讓那些病人們來到這寬闊的草坪，他們就不會想死，也不會懼怕死……」「病人，你是說你醫院中那些病人……好啊，什麼時候你可以把他們帶到這些草坪上來散散步，如果真能讓他們不會想死，也不會懼怕死的話……」他看了林玉媚一眼，他好像在思考什麼？林玉媚顯然又陷入了她醫院的話題，儘管耿飛非常理解她，而且讓她把她的病人帶到這些草坪上來，她還是對自己說：讓我暫時忘記我的病人吧，瞧瞧這陽光，醫院中絕對看不到這樣好的陽光，我有一天也許會把我的病人們帶到這草坪上來，但此時此刻我是與耿飛呆在一起，她想起了自己的意圖，她想起來自己正與耿飛約會，因為他喜歡自己，向自己表達過感情，所以，她對自己說，我也要了解他，我要把我的情感從我病人周林身上轉移到他的身上來，為了不影響染方和周林重歸於好的愛情關係，我必須離開我的病人。

她把她的手伸過去，顯然是伸給他，他想拉著她的手像孩提時代一樣走路，她把手給了他，她猶豫中將手伸了出去，這樣，兩人就可以走到一塊了，兩人就離得更近了。很長時間，他們就這樣在寬闊無垠的草地上走著，他們走出了草坪走到一排木柵欄裡面去了，耿飛告訴林玉媚前面那些斷牆垣壁是一座廢棄了的工廠，林玉媚和耿飛走到一堵坍塌了的大牆邊緣坐下來，耿飛說：「你聽到鳥的聲音了嗎？」林玉媚剛想回答，一群鳥就從一處凹地裡騰空而起，耿飛說：「你知道我喜歡你嗎？」林玉媚想起了周林，想起自己正在擺脫他的病人，她抬起頭來，耿飛說：「有一天，我會向你求婚的，等到俱樂部完工，等到我在這草地上有一幢房了我就向你求婚……」林玉媚聽到這些話後宛如被鳥翅扇動著她的感受，當耿飛抱緊她時，她低聲說：「抱緊我些，請再抱緊我些。」一群鳥再一次騰空而起，她伸出手去觸到了他的手臂和腿，這是一雙田徑運動員的腿。

她好像也像那些鳥群一樣從凹進去的巢穴之地騰空而起，他正解開她的裙帶，而他們身下是鬆柔的草地，這裡的草地不規則，但草棵更加茂密，他要幹什麼，這並不是青梅竹馬時期的遊戲，這是一場成年的性事，是一場充滿激情和刺激的遊戲，而重要的是這一切讓林玉媚感受到了她正從凹進去的那些綠色巢穴之地騰空而起，她正在使自己的身體從未有過的騰空而起，所以，她睜開雙眼，她在陽光下看到了他古銅色的皮膚，一個田徑運動員的皮膚，一個正在伏在她身上讓她的感受和身體同時騰空而起的男人，他為什麼不可以征服這位漂亮的每天面對死神干擾的女醫生呢？

林玉媚就這樣被她青梅竹馬長大的伙伴被她感到震撼的那個男人的身體壓在了下面又騰空而起，就在這時，她相信自己已經擺脫了她的病人周林，她在他的覆蓋下抬起頭來看到那些鳥騰空而去，她看到自己已經出殼，並穿過了紫色花瓣和自己的一陣陣心跳聲，她已經把自己對她病人的那種難以言盡的感情，交給了這個用古銅色身體壓住她的男人。

遠處是兵工廠廢棄了的牆垣和微風中顫動的青草，還有那些寬闊無垠的草坪，在這個禁閉的空間裡，兩人已經完成了性的遊戲，他們的身體充滿了汗液和男人女人在一起的那種味道；在這個禁閉的空間裡，林玉媚閉著眼睛，忽兒又睜開，耿飛對她說，附近就有一座池塘，他問她想不想去游泳，此刻，他們都感到溫度在升高，所以他們將自己投進了池塘。

沒有人看見他們在這池塘裡赤身裸體地、自由自在地游泳，耿飛在水中又找到了林玉媚，當他看見她的裸體時，他不但看到了她像一條魚一樣游動，也看到了挾裹她身體的那些綠色水草。像他整日遊蕩在這片地域只是為了吸引自我尋找到外面的草地和這池塘中來游泳，他從一個田徑運動員到一個開發商，現在是林玉媚的男友，他可以睜開雙眼而且他試圖把他所愛的一切包括這個女人盡收眼底，因為他不知道除此之外，一切都會轉瞬即逝，他的這種憂鬱並不影響他作為一個男人的力量，他堅定而執著，正在用自己強壯的身體開掘夢想的秘密，而此刻，他是多麼喜歡這個女人，這個正在池塘中裸游的女人。

然而，她也會像他喜歡她一樣去喜歡他嗎？

她必須從他的擁抱之中回到醫院去，他用白色吉普車把她送到醫院門口，她與他度過了非常愉快的一天，她又重新從那口池塘和寬闊無垠的草地上回來了，耿飛曾希望她與他度過一夜，他說，能不能不回到醫院去，她一直睜大著眼睛思考耿飛提出的這個問題，但她似乎看到了別的什麼東西，好像是漆黑的帳篷之外的東西，漆黑的帳篷代表她和耿飛的房子，她覺得另外的那些是那些粉色的藥片，它們似乎滾動而來，「不」，所以，他就這樣地把她送到了她的醫院。他注視著她，直到把她送到看不見的地方，而她呢，醫院就是她的世界，儘管她找到了耿飛用身體覆蓋她的那片草地，她仍然得回到醫院來。

螞蟻的粉末就攤開在染方手心，她已經重新搬家了，「因為周林已經發現了我的住宅，我不得不離開這幢住宅，重新找房子幾乎是一件艱難的事情，但我仍然得尋找，這就是我現在的家，我把原來的那幢公寓樓賣了，林醫生，好像周林住院以後，就一直在奔命，為了逃避他的出現而奔命，只有你知道我住哪裡，只有面對你我才會傾訴我對周林的那種愛以及對周林的那種恐懼……」林玉媚再一次面對著染方聽到了她的聲音，她尋找染方新遷移的這幢房子費了她兩個多小時時間，起初她並不知道染方為什麼會搬家，她現在明白了，事情並不像她所設計的一樣，染方根本沒有勇氣回到周林身邊去陪伴他，當她講到她遷移和逃離的過程時，林玉媚發現她那雙荒漠似的眼睛裡燃燒著一種絕望，可那不是一種火焰，那絕望是冰冷而疲憊的，那絕望就像浮在冰面上的白色花瓣。林玉媚聽到了屋子裡動物的叫聲，林玉媚很驚奇染方仍然沒有放棄那些動物和昆蟲，她仍然把它們遷移到了她的新宅，因為她堅信也許它們中的誰會治癒好周林的病，當她捧著漆黑的螞蟻粉末讓林玉媚將這些粉末帶給周林，並請她一定要親眼看見周林將螞蟻粉末吞服時，她告訴了林玉媚兩件事情：她與周林會晤後，他們又做愛了，但她已經感覺到周林的身體很衰竭，在整個過程中她已經感受不到周林身體中的那種亢奮的原始力量了，這意味著周林的身體比過去的每一天都要糟糕。另外一件事就是她發現了蝎子的秘密，自從她把生活在瓦礫中的幾隻蝎子帶回來以後，她就用繩子繫住了蝎子的腿，每到夜晚，她就讓蝎子放出來讓它們攀援牆壁和玻璃，她就這樣發現了幾隻蝎子婚戀的生活，那些有毒的蝎子在黑夜中閒逛著消磨著時光，雌蝎被雄蝎夾住，它們似乎也像人一樣徹底墜入了情網，而她知道用不了多長時間，她就會取出這幾隻已經在她家裡生活了很長時間的蝎子的毒液，用來治癒周林的病。

她把這兩件事說完後似乎沒有另外的話再告訴林玉媚了，這又是一個陽光燦爛的上午，她穿著紅色的睡衣把那些螞蟻的粉末親手裝在一只木匣子裡交給了林玉媚，並講完了蝎子的生活故事後，終於意識到一件事情已經結束了，她的那雙荒漠似的眼睛重又燃燒著一種冰冷的絕望，她彷彿在催促林玉媚盡快回去將那只木匣子裡的粉末，螞蟻身體的粉末交給她的病人和戀人周林。

林玉媚捧著那只木匣子離開了染方那雙冰冷的眼睛，疲憊的眼睛，絕望的眼睛，這一次她沒有勸染方回到周林身邊去，她知道這一切都是徒勞的，染方永遠用她變得荒謬的愛的方式去愛著周林，既然她已經遷移了住宅，她就是在逃避著周林，她已經不能改變這種荒謬的愛的形式，就像她已經不能改變她眼睛中那種荒漠般的絕望一樣。

林玉媚一路上想著那些攀援在黑色牆壁上的有毒的蝎子，而那個漂亮女人就站在黑夜中看著蝎子的表演，看雄蝎和雌蝎的交歡過程，她噓了一口氣，感到恐怖，她可以面對病人，面對每一個垂死的病人，但她知道她永遠也沒有染方身上的那種勇氣站在黑夜中面對那些蝎子，面對那些有毒的蝎子的秘密。她感到並發現了在這個怪異的漂亮女人身上有一種力量，那些力量彷彿從黑夜中上升，不知道為什麼這個女人對她來說是一種謎，難怪周林一次又一次地去尋找染方，一次又一次地去面對那雙荒漠似的眼睛地注視，她的存在吸引著周林，而他對她的愛使他總是具備一種去尋找她的力量，一個生活在病室中的病人去尋找一個不知道居住在何處的女人，而且是用他衰竭的身體不知疲憊地尋找，這是一種詩意的悲劇。

林玉媚沒有像上次那樣去處理手中捧著的這些黑色螞蟻的粉劑，她決定按照染方的安排讓周林口服螞蟻粉劑。儘管她上電梯時她似乎看到了熱帶叢林中向前移動的螞蟻隊伍，儘管她知道螞蟻粉劑的功效並不能治癒周林的病，但她也知道螞蟻粉劑也不會對他的身體有什麼害處。但她手中捧著的一只神秘的木匣子裡面卻裝滿了染方對周林的愛，這種愛從沒有熄滅的時候，從沒有倦眈的時候，也從沒有猶豫的時候，她總是按照自己那雙荒漠似的眼睛所看到的愛的希翼竭盡全力地用自己的方式把周林拉到陽光下面。

周林躺在病室，一個星期已經過去了，他沒有染方的信息，他似乎沈入沙漠，或者沈入了水底，他盲目地躺著，因為他已經沒有力量從床上爬起來去面對外面的世界，再驅車去尋找染方。就在這時候林玉媚給他帶來了那只木匣子，而他也並不知道木匣子裡裝著什麼，並不知道那只木匣子的意義。他躺在床上看著他的醫生的到來，林玉媚用調羹將螞蟻粉劑調成沖劑，讓周林吞咽了下去，周林並沒有感到有什麼異樣的感受力，他並不知道這些黑色粉劑是染方從熱帶叢林中帶回來的一隻隻鮮活的螞蟻變成的，沈入他喉咽中的秘密的藥劑，他並不知道那個總是從他眼前消失了的女人，正用一種不可想像的方式愛著他。他吞服了螞蟻藥劑之後便閉上雙眼午睡了，他彷彿已經沈入沙漠，彷彿已經沈入水底，林玉媚發現他的體力在下降，他的愛無止境的力量也在下降。

林玉媚收到了吳立給她寄來的紅色的結婚請柬時，她也同時收到了雷萌萌給她寄來的一封信，雷萌萌的信是從拉薩寄來的，她寫道：「親愛的林醫生：我已跟隨方洪的大貨車到達了拉薩。這是我第一次給你寫信，以後我將不斷給你寫信，因為電話中很難將事情說清楚。事情已經過去很久了，但我仍然記得我騎著自行車想死的那個時刻，那一時刻對於我來說就像一塊漆黑的裹屍布以無法遺忘的那種傷痛浮現在記憶深處，那些沙礫仍摩擦著我的身體，是你使我沈入死亡之中的夢重新蘇醒，林醫生，我還記得是我第二次想死的時刻，也是同樣的你將我拉出了死亡的深淵，此刻，我想告訴你的是那個想死的女孩已經來到了拉薩，最初我想跟隨方洪乘車旅行時，我並不了解他，在這次通往拉薩的路上，當他用車輪載動我失去的腿，載動著我的身體和我的義肢時我慢慢地在接近著他，林醫生，今天是到達拉薩的第一天，我在旅館裡給你寫信，方洪坐在旁邊，他要帶我去給你寄這封信，然後帶我到布達拉宮和八角街去，我還要告訴你，一路上我經過了許多荒漠和草原，現在，我是那樣害怕死，我希望我能好好活著，方洪告訴我，只要我願意他可以永遠用他的大貨車載著我去別的地方。好了，今天就寫到這裡，我從拉薩回來後，我會來看你。」這是林玉媚三十多年來收到的一封最有意思的來信，她一邊讀信一邊想著貨車司機載雷萌萌去拉薩的故事，原先讓她感到憂慮的一件事，此刻逐漸變得清新，逐漸變得強勁。

十八歲的雷萌萌並沒有死去，即使她失去右腿裝上義肢也並沒有死去，除了她沒有死去之外，她現在已經越過了那片黑色的荒漠，她正在爬上一座岩石的懸崖，十八歲的雷萌萌對世界充滿了好奇心，她正在乘著貨車司機的車輪開始她的另一種生活，她已經不會再去死了，林玉媚知道一個不會再去死的十八歲的女孩子，已經在生活中尋找到了她自己的快樂，也許貨車司機方洪的車輪就是載動她快樂的旋律。林玉媚把那封信放進信封，又拿起那張紅色請柬，這是生命，一個將死的生命重新在她手上復活的故事，這張請柬使那個喜歡看星空的啤酒廠的年輕工人進入世俗生活的旅程中去，他們在不停地旅行，而林玉媚也在旅行。

她帶著她的職業在病人中旅行，帶著她的一個又一個夢，想把她的病人從死神懷抱中拉出來，多少年來，除了這個夢在延續之外，她不知道還有什麼樣的夢能夠延續得更長久一些，她與男人的那種關係，她與肉體的那種關係，只是短暫的夢，儘管她此時此刻又有了耿飛，儘管做過田徑運動員的耿飛拉住了她散發著福馬林氣味的衣袖——想把她拉到綠色草地上去，但是沒有一種水和一口池塘可以洗乾淨她衣服上的福馬林氣味。

林玉媚偶爾翻開報紙，她不相信染方要舉行時裝晚會，要在T字型的舞臺上舉行時裝表演，她似乎已經忘記了染方的職業，因為自從跟染方接觸以來，她一會兒去鄉村尋找祖傳秘方，一會兒又帶她去尋找那個穿黑色燈籠褲為周林喊魂的巫婆，一會兒又去了熱帶雨林尋找黑色螞蟻還有瓦礫覆蓋中帶回了幾隻有毒的蝎子，除此之外，無法想像她還會有另一種生活，另一種真正屬於她自身的生活，也就在那幾天，林玉媚收到了染方送給她的入場券，她並沒有忘記這個醫生朋友，這使林玉媚對她的另一種生活充滿了好奇心，她到底是怎樣變換自己的角色的，她到底在怎樣與這個世界接近，在過去的那些日子裡，林玉媚一直認為染方已經不再做模特了，她不再身穿時裝走向T字臺，走向她的另一座虛幻的世界，直到現在，林玉媚才明白她並沒有放棄自我的生活。

她盯著那張入場券，已經有好長時間了，自從上次林玉媚從她搬遷後的住處帶走那只木匣子之後，有幾個星期了，她們都沒有見過面，林玉媚有時候會想到那些帶毒的蝎子，也會想到染方身穿紅色睡衣站在黑夜裡，她與蝎子為伴度過了一個又一個黑夜，很難想像這個盯著蝎子在玻璃上攀援的女人又會回到她的時裝界，又會回到T型舞臺。

染方身上的那種美和荒謬對林玉媚來說變得神秘了，當她坐在T型舞臺下等待著染方出場的那些時刻，她閉上雙眼，她想著她的病人周林，想著他躺在病床上，他的疾病已進入一種晚期，她計算了一下他活著的時間，如果她無力挽救他的話，他最多可以再活三個多月時間，他會死嗎？想到他也會死，染方會驚恐地將手臂交叉著糾纏在一起，她無法告訴自己他會不死，但她也無法告訴自己他會去死。

染方是一個夢，她的出現再度燃起了觀眾對她的激情，而周林並不知道她無法看見染方現在正走在T型舞臺，她身上的紫色、黑色、白色、紅色燃盡了觀眾們的激情之火，很多觀眾將早已準備好的玫瑰花瓣從臺下拋向舞臺。她雖然離林玉媚很遠，但是她仍然看見了她那雙荒漠似的眼睛，無論觀眾怎樣歡呼雀躍，似乎在她臉上永遠也看不到那種微笑，而她的冷漠似乎可以燃起觀眾一遍又一遍的熱情，這個女人，她全身藏在顏色裡，她卻對觀眾產生了誘惑，林玉媚看到許多男人沈浸在T型舞臺，沈浸在她的身形的移動之中，男人們不斷地欠起身子，他們喜歡她，林玉媚想，除了周林之外，會有更多男人鍾情於她去追求她。

當時裝晚會後，林玉媚看到染方被另一個男人的另一輛黑色轎車帶走了，那個男人不是周林，他好像穿一身黑色西服，他為她打開了車門，她彎下腰鑽進車廂時的動作很優雅。那個男人會把染方帶到哪裡去呢？除了周林之外，還有另外的男人會把染方征服嗎？也許她到家去了，也許那個男人把她送到家裡去了，林玉媚迎著夜色到家的第一件事就是給染方打電話，她想告訴她，她的時裝晚會成功極了。她撥通了電話，她以為撥錯了電話號碼，因為她聽到的是一個男人的聲音，她放下電話開始重新撥電話，但仍然是那個男人的聲音，「請問這是染方的家嗎？」「不錯，這就是染方的家，不過，染方在浴室，過半小時你再來電話好嗎？」也許這就是那個穿黑色西服的男人，他已經把染方送回家，而染方沐浴時他仍然守候在外面，這顯然是一種親密關係，而不是一種保持距離的關係。林玉媚在這種關係之中看到了染方，她不再是那個穿著紅色睡衣注視著玻璃上的蝎子在攀援上升的女人，難道她對周林的那種荒謬的愛已經使她的身體疲倦了或者厭倦了，總之，林玉媚知道，那天晚上染方肯定要與那個男人一起過夜。

也就在這時，周林又開始逃離醫院，這幾天他的身體亢奮，出現一種從未有過的好狀態，他又能夠從病室中出來通過電梯到樓下，林玉媚就是在樓下碰到他的。他說他要出去一趟，林玉媚說：「你是不是要去找染方？」「對，我已經在報上看到了消息和一組照片，我有一種夢想，躺在醫院裡的這幾天我一直想，我要重新為她設計一套系列服裝……」「這就是說你要去找她，你能找到她嗎？」「我知道她在迴避我，從一開始她就在迴避我……」「我可以陪你一起去尋找她……」「你知道她住在哪裡嗎？」「哦，不知道。」林玉媚決定陪他去尋找染方並不是想把他帶到染方家裡去，她只是想照顧周林，因為她知道周林在病歷冊上已屬於垂危病人，只是他身上總會有一種奇蹟出現，比如今天，他去尋找染方是為了重新為她設計一套時裝，他總是被他的夢所駕馭著身體，這就是一個已陷入垂危病人的奇蹟。

坐在他身邊的林玉媚知道他尋找她是徒勞的，染方為了迴避他，一次又一次地遷移，她在躲著他的影子，躲著他的影子移動過來。所以，他的尋找是徒勞的，但儘管如此，他卻一次又一次地出發，也許他知道總有一天他會死，會躺在那些發芽的藩籬之中不會再睜開雙眼，所以，他的出發是為了不再去想像那些發芽的藩籬，林玉媚就這樣坐在他的身邊，這是她的病人，他正在經歷一個病人一生中最危險的經歷，也許他真的會去死，他要從枝繁葉茂中隱退，躺在那些發芽的藩籬之中去……

他驅車又來到了染方住過的那片已經拆遷了的廢墟地，是他故意驅車尋訪舊地，還是他的記憶交叉著，他默默地看著那片廢墟，彷彿在講述他的故事。

一個男人的故事，尤其是一個病入膏肓的男人的愛情故事，在這樣的時刻是他生命中綻放的青草，他的心靈在承受著故事，並且讓他的醫生也在幫助他承受著那些已經稍縱即逝的故事。

他驅車環繞著這座城繞了一圈又一圈，只有徒勞在等待著她，除此之外他再也看不到染方的影子，要尋找一個女人，尤其是自己在幻覺中不斷出現的女人對於他來說顯得艱難至極。

她知道染方住在何處，她知道那個女人的蝎子白天藏在籠子裡，夜裡攀援在牆壁上，但她卻不能帶她的病人去敲開染方的門，因為這個世界上除了她決不會有另外別的人了解染方對周林的那種荒謬的愛，那種愛，就像蝎子的交媾過程發生在漆黑的夜裡。

對於她的病人來說，這次出發是一次把幻想撞碎的過程，回到醫院時，他不再像出發時那樣亢奮和充滿活力了，他好像又在放棄那種愛，因為他尋找染方時是如此地艱難，如此地被動，他用被子蓋住頭，這個年輕的時裝設計師，這個被愛情插上了翅膀想飛又不能飛的人，這個被疾病阻隔在醫院的圍牆中的人就這樣陷在了他的水沼之中既不能上岸也不能馬上被水淹死。林玉媚又對他充滿了同情心，她與別的醫生不同的是她了解她的病人，了解他們的生活。他躺在那裡，並不是躺在沙礫和海上的島嶼，享受著陽光和荊棘的芳香，他躺在那裡，並不是躺在草坪上和真正的床上，以此來消耗他生命中的時光，他躺在那裡，因為他躺在一座醫院白色的床單上，他會死嗎？他近來好像不再關心這個問題了，他好像不再關心他到底什麼時候會死，他會死去嗎？他會像別人那樣纏滿白色的裹屍布被送進停屍房嗎？林玉媚顫抖著，她是他的醫生，是他宣判生死道路的站在風口被風吹動著的那個人，而她除了是他的醫生之外還是一個女人。她害怕這一切，害怕這個病人，害怕他會如此死去，是因為愛嗎？而她對他的那種愛也許比行走在大霧中的人更加恍惑，她對他的那種愛從一開始就充滿了一種不可解釋的疼痛；是因為同情嗎？她為什麼要同情他呢？他如果要去死，這是一場命運；

那麼這種恐懼又是為了什麼？

就在這樣的時刻，耿飛開著他的吉普車來了，他把她又帶走了，過去是別的男人和病人占據她的生活，而現在是耿飛開始占據她的生活，她越是對她的病人充滿愛和同情，她越是想跟著耿飛走，因為耿飛能把她帶出那座醫院，帶到郊外的那片草地上去，她越是對她的病人的生命前景充滿了畏懼，她越是想跟著耿飛的車輪，那沾滿了褐紅色泥土的車輪到郊野的水池中去游泳，去草坪上，赤腳散步的那種感受終生難忘，她看著耿飛，這個男人，他似乎永遠不會生病，永遠也不會死，或者到醫院去看醫生，他那古銅色的皮膚使林玉媚感到一種身體的吸引，在經歷了很長時間的猶豫之後，她仍然被他所吸引著，當他的車輪滾動起來時，她的心開始抽搐出來，從一團冰涼的物質中潛逃出來，從一團病毒的籠罩之中潛逃出來了。

這個做過田徑運動員的男人，皮膚呈現出古銅色，就像古老的萬物的顏色一樣吸引著林玉媚，吸引著她的視覺和感覺，這就是她跟隨她兒時青梅竹馬長大的男友出發到鄉村那片正在修建中的俱樂部去的原因之一。她一路上閉上嘴巴，而她的呼吸卻起伏著，她的病人們歷盡艱難在擺脫那座醫院，而林玉媚也在此刻擺脫她身後的那座醫院，她是在擺脫一個病人，他就是周林，她在擺脫她對他的那種難以言喻的愛的同時也在擺脫她對他的同情心，擺脫他會死去這樣的問題，她希望車輪旋轉得更快一些，再快一些，旋起路上的泥巴，旋起路上的樹葉，旋起路上的石礫，旋起路上的舊鬧鐘，旋起她棄之不去的粉紅色藥粒和福馬林的味道。

他側過身看她一眼，他們的目光短促地相碰又分開了，郊外的公路和公路兩側的金黃色的搖曳在太陽下的葵花樹使她和他都有一種真正回歸太陽和自然萬物的感覺。

「葵花樹，能不能停下來……」她沒有說出這種理由來，沒有說出她想到葵花樹下去的理由，但他已經將車停在了路邊，他仍然像幼年時代一樣滿足他的身邊的小女孩的願望，他仍然像幼年青梅竹馬的時光中一樣了解她的習性，了解她的需要，彷彿不需要她說出理由，他就能知道她是為誰而活著的，而此刻，他帶領她進入了一片浩瀚的葵花樹的大地上。

第七章

一隻鳥從他們頭頂上飛過，林玉媚一直走在耿飛前面，她想不停地走，搖曳的葵花樹摩擦著她的皮膚，摩擦著她那遁逃的靈魂，這是金黃色葵花樹的澀味，一種像酒精一樣澀的味道，有些醉意，彷彿是太陽曬著葵花樹使它們的液體流出來了，所以，這種味道使林玉媚發現大自然是一座熱氣騰騰的火爐，但她仍然不顧一切，忘記了一切地往前走，她要穿越那些密林中的葵花園，她要擺脫那座集死亡、出生於一體的白色的醫院和灰色的屋頂，她要擺脫她的病人周林蒙住頭的那床散發著福馬林氣味的被子和人在火焰中下陷的身體，她要擺脫她經常在夢中看到的那位年輕的薩克斯風手，她要忘記女模特兒染方關在籠子裡、黑夜裡放出來攀援在玻璃和牆壁上的那些有毒的蝎子，她要忘記自己正一天天朝著一個洞穴跑去，她不停地回頭她不停地恐懼的那些活生生的經歷，她要忘記她生活在實驗室，舉起透明的玻璃器皿與病毒作鬥爭的那些時光，她要忘記那些亮晶晶的金屬器械，在她手中碰撞時所發出的那種尖銳的聲音，她要忘記在霧氣騰騰的浴室中，在令人昏昏欲睡的濕潤裡那種迷惘的時刻，和一個三十歲女人孤獨的雨夜，她要忘記十八歲的雷萌萌，上舞蹈學校的雷萌萌所缺少的那條右腿和代替它的那條義肢，她要忘記當她置身在那道窗口，想像一隻鳥陷落過去時的膽怯，她要忘記從停屍房走過時的那種寒冷的氣息……

他們已經穿過了一畝又一畝的葵花地，當耿飛拉住她的手把她拉到他身邊時，她的身上到處掛了葵花花瓣，她仰起頭來，她已經不知不覺在他胸前依偎了一會兒，她可以聽到他的心跳，他的心臟是那麼有力，跳動著彷彿敲擊在牛皮鼓上咚咚的聲音。在這浩瀚無邊的葵花樹的氣息中，她突然感到自己的身體在慢慢地變得潮濕，她仰起頭來，她望著他，有一種慾望在他們彼此的眼裡上升，繚繞著他們的身體，幾乎是在同時，他們都伸出手去觸摸著對方敏感的皮膚，他們尋找到了妨礙他們彼此親近的是穿在身上的衣服，於是他們焦灼地、迫不及待地伸出手去互相在幫助對方解除他們身上的那些柔軟的盔甲。

於是，他們那些柔軟的盔甲，紛紛散落在熱氣騰騰的地上，他們滾動著身體，滾動在柔軟的葵花樹下面的陰影之中了，要在這陽光照耀的葵花樹裡交媾，因為他們是自然之子，他們來源於自然，似乎只有在這葵樹下的陰影中，身體才會熱烈地顫抖起來，身體，他們健康的身體吸收著大地的水分，身體，他們健康的身體通過一陣熱烈的、歡快的、緊張的、詩意的過程之後，他們的身體開始平息下來，林玉媚就躺在耿飛的手臂上，躺在他汗淋淋的皮膚中，她身處於這個自然世界，這座葵花的莊園，她睜開雙眼，她已不再是那隻蜘蛛在網中掙扎，她已不再是醫院中的那個醫生，她看著搖曳的葵花樹，她想睡一覺，但是他把她從葵花樹的陰影下拉了起來，這似乎還不夠，他要帶她到許多地方去。

他們赤裸著站在葵花的樹影中穿衣服。

人們進入性，除了充滿愛慾之外，也是為了逃避世界，他們選擇了葵花園——也是為了進入自然與自然真正地溶合在一起，他們可以逃避世界嗎？除非他們永遠生活在葵花園中，但這是不可能的，他們已經為自己的裸體重新找到了盔甲，為自己的存在找到了走出葵花園的道路，他們不能生活在葵花樹的搖曳和陰影之中，因為他們還沒有尋找到，淹沒心靈和肉體的最根深蒂固的地方，所以越過金黃色的葵花樹，越過這片接觸了他們激情的葵花樹，就是他們此刻的唯一命運。

然而，林玉媚感到自己的軀體已經完成了一次飛越的過程，當她從金黃色的葵花樹的搖曳中抬起頭來時，就是這些生命的植物，使她的軀體尋找到了源泉，這是那種在生命中喪失了又重新尋找回來的源泉，所以，她站起來，她一路走在前面，走在這位駕馭過她肉體的男人的前面，走在這位讓她感受到生命蓬勃生長的男人的前面。

他們的吉普車就像是世俗之界的、與葵花園迥然相異的另一番景色等待他們，一條筆直的路，伸向地平線的盡頭，她對耿飛說，她想回去，耿飛問她是不是不想去俱樂部了，她說改天再去，她原來想跟隨耿飛度過整整一天的休息日，現在她卻改變了計畫，她要到實驗室去，她彷彿覺得實驗室也是一條道路，是一條可以通往病人的道路，她似乎看見實驗室向兩翼擴展，向著病人的兩翼飛翔。

耿飛站在林玉媚身後，他輕聲說：「玉媚，我感到我已經無法離開你了，」林玉媚聽到這句話到轉過身來面對耿飛時，她軀體中的血液一直在流動，耿飛的話使她在剎那間感到，她已經成為那個青梅竹馬長大的男友最親近的女人，她轉過身來伸出手去撫摸著他的面頰，她找不到任何別的語言表達她想表達的，她覺得語言根本就不屬於她，不屬於她沙啞的嗓子，也不屬於她的舌尖。但耿飛並沒有勉強她再去俱樂部，他只是告訴她，俱樂部再兩個多月就可以開放了，這時，他已經驅車帶著林玉媚走在回去的路上。林玉媚將面頰緊靠著車窗，田野上的葵花樹園，已經從她眼前徹底地消失了。

回去的路已是通往醫院和病人的路，每一次出門時，她都想迅速地逃離那座醫院，而每一次歸回時她卻歸心如箭，她現在明白了，當她從葵花園中往外尋找道路時，她是在尋找著自己的一座醫院。現在，耿飛又站在醫院的門口與她道別，他告訴她，下週她的休息日，他又來帶她到俱樂部的草坪上去。她點點頭，她答應了，她想起了草坪另一邊的廢墟和一口清澈的池塘，她想起了她和他赤裸著身體在池塘中游泳，是那樣自由和愉快，除了他們倆彼此看見對方，那一天沒有任何人看見他們。她走進了醫院的大門，下一週她還會與耿飛再次見面的，她還會與他穿過那片草坪並尋找到那片廢墟，再尋找到那口池塘，她也許仍然會裸體游泳，只要除了耿飛之外沒有別人在場，她一定會再一次在池塘中裸游著，被水草繚繞著自己的身體，所以，她現在回到了醫院，回到醫院，也許是為了下週與耿飛再次約會。

蝎子並沒有從染方的生活中消失，曾經有一段時間再沒有染方的電話，林玉媚以為那個穿黑色西裝的男人，已經改變了她的生活，所以，她認為染方家裡的那幾隻有毒的蝎子，一定也會從染方生活中消失了。這是八月底的一個晚上，染方給林玉媚打電話，她的聲音有些沙啞：「林醫生，我已經取出了蝎子身上的毒液，我把那些毒液裝在瓶子裡面，我想請你到我家裡來一趟，周林，他好嗎？我想讓你將這些瓶子帶給周林，以毒攻毒，也許周林身上的病毒就會消失……」「我以為你早已把周林忘記了，」「林醫生，你以為什麼？」林玉媚按照她們約定的時間再一次來到了染方家裡。

她穿著那件紅色的睡衣來給林玉媚開門，她們互相對視了一下，林玉媚說：「我真的以為你已經將周林忘記了」「你以為……如果忘記一個人是這樣簡單的……不錯……我試圖忘記周林，因為他是一個病入膏肓的病人，他是一個要死的人……為了忘記這一切……我試圖在別的男人身上，尋找到他缺少的力量和健康，最近一些日子，我不斷地替換男朋友，我跟他們同居，跟他們做愛……你沒發現我變了嗎？林醫生……但是我還是忘不了周林，除非他死去，不，也許他死去我也不會忘記……然而，我又害怕去面對他，我一方面與別的男友約會，在一起度過夜晚漫長的日子，另一方面我又在想著他，就在昨天，我把那幾隻蠍子殺死了……」她穿著紅色睡衣，眼圈發黑，她好像從沒有睡好覺，她整夜整夜地失眠，她彷彿想把自己的靈魂展覽給世界，觀眾卻只有林玉媚一個，除了林玉媚之外，她是隱形人，她想藏在世界的深處，因為她有隱藏的能力，就像她把蠍子的劇毒藏在瓶子裡一樣。

她從冰箱裡取出一只褐色瓶子交給林玉媚說：「這就是蠍子的劇毒，我費了很大勇氣才將劇毒裝在瓶子裡……。」她剛說著話，林玉媚就聽到了鑰匙在孔道裡轉動的聲音，開門進來的是一個長頭髮的男人，他好像是屬於做藝術的那一類：音樂製作、畫家、演員等等。他剛進屋林玉媚就告辭了，她不會在這裡久留，她現在已經知道了染方的另一種生活，為了忘記周林，她在不停地替換男友，試圖使自己的肉體和靈魂都忘記周林。

她帶著那只裝滿蠍子的毒液的褐色瓶子，她怎麼會把這只瓶子帶給周林呢？她是醫生，她帶走這只瓶子，只是為了帶走染方竭盡全力為著周林而成的一個夢，一個怪異的荒唐又迷人的夢。然而，她並不知道應該將這只瓶子帶到哪裡去，她不忍心將它拋進垃圾箱裡，是因為她不忍心將染方那個迷人的夢拋棄，於是她把那只褐色瓶子帶回了家，並將瓶子放在窗臺上，她知道每天照射窗臺的那縷陽光，會使瓶子裡的毒液迅速乾枯，蠍子的毒液只會變成一只空瓶子，而那些伴隨著林玉媚度過了許多夜晚的蠍子，它們會不會再攀援染方家裡的玻璃牆壁了，讓這一切夢的荒謬都隨同歲月而慢慢地、盡快地消失吧。

第二天，林玉媚去參加了吳立的婚禮，那個被宣判為死刑的人，現在正挽著新婚妻子的手臂到林玉媚面前，吳立對妻子說如果沒有林醫生就沒有他今天的生命。他還告訴林玉媚，等到舉辦完婚禮後，他就帶著妻子到鄉下外婆家裡去度蜜月，對此吳立神秘地對他的林醫生眨了眨眼睛，他似乎在說：我要去鄉間看星空去。參加完吳立的婚禮之後，她感到人如果不死，一個病人如果能走出醫院，實在是一件萬分幸福的事情。問題是很多人正在死去，醫院的住院部總共有九層，每天都要有人死亡，醫生們束手無策，這是人類的規律，他們將死者裹上白色的裹屍布，這是人類永不會停止的規律，人總會死去，醫生們將死者送進停屍房，停屍房也叫太平間。

林玉媚將周林帶進了有金屬機器的房間裡，在她調整機器的高度時，她聽見了周林脫衣服的聲音，作為醫生，她早已看見過他赤裸的肉身，作為一種性別的短暫的親密關係，她早已熟悉他身體赤裸時的秘密，她想起她偶爾翻看的一本小說中，一本美國人寫的小說，裡面寫到了這種她每天感受到的東西：「在記憶的倉庫裡，每件事都保存著。所有的觀察，所有的心理活動，所有記住的事，所有想到的事，所有的夢，所有的思考，所有殘留的記憶，不論心理機制是如何保留的，但直至最後的點滴，最後無形的髮絲都貯藏在記憶的倉庫裡。什麼也沒失去，什麼也沒有丟掉。每個形象，每種感覺，概念都有它自己無形的軌跡。任何事都有痕跡，在視線裡閃爍或是保存在黑暗中的火焰有痕跡，心理生活所揭示和隱藏的所有事情都有痕跡。無數的軌跡不僅無限，而且穿過重重隧道、沼澤，永遠增長、加長、擴大，銀色的小寫字母一路壓著一路，導致矛盾產生，這矛盾只限於倉庫裡固定不變，但內容卻永遠在膨脹。」現在，她的病人正躺在那巨大的金屬機器鋥亮的凹處，它們像籠子一樣罩住了他的裸體，她讓他閉上雙眼他就閉上了雙眼，而她讓他閉上雙眼，則是為了讓她的病人遺忘掉這間罩住他裸體的房子，遺忘掉鋥亮的光線像刀刃一樣在他裸體上停留的時間，他果然閉上了雙眼，這樣他看上去不是那樣虛弱了。她用手指按響了機器的紅點，光線像陽光一樣移動而來了，金粉色的光線灑在他軀體上，她屏住呼吸，她在光線中看到了他內部的肉體，他那寬闊的兩肋間的烏黑陰影已經向右或向左分別移動，它們在擴大，烏黑的陰影已經有拳頭那樣大，它們彷彿在兩肋之間生長，日日夜夜地在生長，而他躺在凹處被機器罩住了，他根本無法想像他的軀體嚴重到了怎樣的程度。而她看見的事實正在吞噬著她的知覺，吞噬著她那無助的目光，這是真正的病入膏肓，所有的前期治療都對他無效，她把手伸出放在那團金粉色的光線中，她的雙手在他的軀體之上也變成了金粉色，她慢慢地將兩手放在兩肋之間，就在這一瞬間，林玉媚突然望著她的病人產生了一種從未有的絕望：他很快會死，毫無疑問他會死，但還有最後一種希望，就是為他做手術，切除他身上的那團烏黑的陰影。她的輕柔的手使他的身體，那敏感的身體痙攣了一下，她將兩手抬起來，離開了她看見的那片赤裸和停留在他身體中央的那種金粉色光線，她看見了：「無數的軌跡不僅無限，而且穿過重重隧道、沼澤，永遠增長、加長、擴大，銀色的小寫字母一路壓著一路，導致矛盾產生，這矛盾只限於倉庫裡固定不變，但內容卻永遠在膨脹。」

她帶著他的軀體離開了金屬機器，爾後她送他回到病室，她嚴肅地與他談了一次話。她抬起頭來看著她病人的尖下巴，好像在她記憶中，周林的下巴並不是尖的，而是圓的、方的，總之不是尖尖的下巴，這說明他在變瘦，讓身體逐漸變瘦是他症狀的最明顯反映，而這只是開始，只是他外型發生異變的開始，以後呢？她必須與她的病人好好地談一談，在過去的日子裡她曾經想，不應該與她的病人交換在這座醫院中隱隱嗡鳴，直至在這間病室中盤旋而起的那隻烏黑的大鳥不祥的聲音，但現在她突然改變了主意，她要讓她的病人了解死亡，真正的死亡可能就在等待著他。

「林醫生，我的情況很糟，對嗎？」他意識到了房間裡的氣氛，看到了林玉媚無法抑制的絕望的情緒，林玉媚坐在周林床邊：「當然，這是一件很糟的事情……，」「我會死，對嗎？」「你感覺到你會死嗎？」林玉媚突然用一種意想不到的聲音追問她的病人，她覺得死亡是無法藏進某個角落某間房子某只瓶子裡去的，現在，死亡就在這個散發出沈悶的廢氣飄動的城市上空周遊無影，死亡就在她的病人的唇邊，在他游絲的唇邊停留下來了。

「我不知道……當你過去告訴我不會死的時候，我真的相信我不會死，死亡是別人的事情，我還沒有到死的門口，因為我看不到死神在召喚我，有時候我看到死神，但死神轉眼之間就消失了。你告訴過我，我不會死……這是在一條路上，我開車在一條路上，旁邊坐著你，你告訴我我不會死……知道我那時的感覺嗎？知道一個病人不想死而想活下去的那種感覺嗎？我感到我還有許多時間面對公路、面對人生、面對窗外的世界……是你的聲音使我感到我在活著，並且能活得更長久……最近一段時期以來，我感到我的身體中有一種明顯的變化那就是我感到死神經常在夜裡站在門口敲我的門……」他說到這裡時看著林玉媚，他的嘴唇沒有一點血色，他通過看她的那張面龐，彷彿想逾越正在橫阻在他軀體的歷程中那些玻璃，玻璃模仿冰而形成了一道牆壁，但玻璃又不是冰，玻璃在未成為碎片之前可能是屏風或牆壁，是他心靈或肉體中的牆壁，此刻，他不想在攀越牆壁時成為碎片，所以，他生活在病室，他把他有限的目光投入他醫生的目光中，他企望能抓住那些繩索或者梯子，在此刻彷彿是一個玻璃人，只要他一不小心就會粉碎，因而他喘著氣，他就要開始攀越那道玻璃牆壁了，他企望著並掙扎著，他輕聲說：「林醫生，還是由你告訴我吧，我會不會死？」

實際上這是他和她反覆討論過的問題，他們不止一次而且是數次在路上討論過這個話題，他驅車前行，而她就坐在他身邊，為什麼他們總是在路上討論這個話題呢？因為路向前延伸著，在路上，每一個活著的人都會聽到布滿灰塵的消息，和聽到從四周傳來的危機的消息；在車輪旋動的路上，每一個生者都會拒絕去想像自己去死的過程，並且拒認自己會死，但重要的是這兩個生者，一個是醫生，另一個卻是病人，他們確認自己跟隨道路或車輪在前行，他們卻掩飾不住各自的憂慮，彷彿他們之中總有一個人是身著黑衣的橡皮人，所以，這就是他們總是在路上談論到死亡這件事情，但是他們從來也沒有真正地面對過現實，他們從路上回到了病室，確切地講是從虛幻的紊亂中，回到了真實的空間。

林玉媚說：「我想為你做一場手術，你同意嗎？」這是她真正與他決定不可知的命運的時刻，「林醫生……告訴我，如果不做手術我是不是會盡快地死……如果做手術呢？我是不是就能活下……」他提出的是真正的問題，他已確認自己正在一個生死的大峽谷之外，他聆聽著她的聲音，這就像是神的聲音，對於他來說，他此刻不再需要別的聲音，他不再需要收音機、音樂的聲音，他把一切聲音關掉來聆聽林玉媚的聲音：「周林，我想，做手術是最後一種爭取，是我對你的最後一種努力。」她的話已經清楚明瞭，如果不做手術的話，他確實會死亡，等待他的不是確認自己驅車在旅行的路上，而是確認自己奔赴死亡的路上。他對她說：「請讓我想一想，手術，做一場手術……」彷彿他面對著他的軀體陷入了最後的困惑和最後的紊亂之中，彷彿他已經無法決定自己的命運，這是林玉媚沒有想到的。她以為他會爭取這種生存的最後一種希望，她以為他會抓住她的雙手要求她為他做手術，但這一切都沒有發生，他偏過臉去，似乎聽見裹屍布在窗外飄動，似乎看見一隻昆蟲正在一座大峽谷中死去，林玉媚想，他看見的肯定是這種危險的情景，所以他不再看她的眼睛，因為他偏過頭去所看到的，是一面牆壁和牆壁上的大窗戶，難道他想從窗口往下掉下去嗎？她又想起了這種意象。

林玉媚的病人周林消失了。

這不是一般意義的消失，而是帶著一個病人那種徒勞的絕望在消失，林玉媚感到了這種消失，當她知道他消失的時候，除了黑暗和讓她感到無法呼吸的空氣之外，世界上彷彿不存在著任何東西。她置身在空蕩的病室，903病室對於她來說是一間重要的病室，因為903病室的病人，可以活下去的可能性是那樣渺小，而有可能被死亡吞噬的可能性，卻像一座大峽谷一樣恣肆地包圍著他，他過去一次又一次地消失過，也許是為了去尋找他的戀人染方，也許是為了去尋找驅散他恐懼的一座島嶼，而且確切地感知到自己快死了。

尋找一個消失的病人同樣是令人絕望的，林玉媚的絕望在於她無法把握她的病人了，她意識到當自己把一切真實危機告訴周林，當周林偏過頭去的那一剎那，她感到周林不再需要她了，他不再需要她的幫助，確切地說就是不再需要一座醫院籠罩他的軀體。

現在她不得不把這個消息告訴給染方，她不知道除了把這個消息告訴給染方之外，她還能做什麼？她回到家後開始給染方打電話，在黑暗中她筆直地坐在沙發上，等著染方來接電話，但是，電話鈴聲響了一遍又一遍就是沒有人來接電話。她眼前有一種響聲，彷彿是染方家裡牆壁夢遊的蝎子聲正穿過她的木地板，她拉開冰箱，那只盛滿蝎子毒液的瓶子仍然佇立在裡面。有一天，那只褐色小瓶子會結滿冰塊，直至把它的外型完整地封起來。

她的病人消失了，她整夜無法睡覺，就在天亮時她突然想起了郊外的那片修建中的高爾夫俱樂部，鄉村高爾夫俱樂部——也許他就在那裡，就在那些綠色草坪上行走呢！她想起了耿飛，但她沒有給耿飛打電話，她決定一個人去尋找她的病人。她挎著一只包來到了郊區汽車站，就在她站在售票口的窗前把錢遞進窗口時，她突然看見了一輛黑色的轎車，但是它像箭一樣從她眼前消失了，她覺得那輛車很像是周林的轎車。

她乘上了第一趟通往郊區的客車，她坐在頭排座位上打了一個哈欠，昨天晚上她幾乎一點也沒有睡覺，她的病人消失了，而這個病人的名字並沒有從病歷檔案冊中消失，所以，這個病人仍然是她的病人。她有些後悔將真實情況告訴她的病人，她以為他可以承受住現實，她以為他會與她站在一起，進行最後一場手術。但他卻把頭偏過去了，她弄不清楚他在想什麼，第二天他就消失了。

客車駛出城郊五公里處，林玉媚的眼前突然一亮，她看到一團紅色的影子和一輛白色的轎車，那個影子就是染方，她叫客車司機將車停下來再下了車，染方正想鑽到車輪下面去時，林玉媚叫出了她的名字，染方將已經彎下去的身子伸直，她那雙荒漠似的眼睛突然閃了一下：「林醫生，我怎麼會在這裡碰到你？」林玉媚慢慢地走向那團紅色，她把周林消失的事告訴給了染方，染方搖搖頭說他用不了多久就會回去的，他過去不是也消失過嗎？林玉媚搖搖頭說：「他知道他會死，這次消失跟過去不一樣，我無法想像他會到哪裡去……如果可以的話，我們倆最好一塊去尋找他……」染方說轎車壞了，得先把轎車修好，必須將轎車修好，染方安慰林玉媚用不了多長時間，轎車就會修好的，林玉媚覺得這種等是必須的，她如果搭乘客車去尋找周林很不方便，有一輛車就不同了。她等了半小時，染方從車輪下面鑽出來了，染方的臉上到處是油漬，但她毫不在意，她突然問林玉媚周林是不是真的會死，林玉媚點點頭，她自言自語地說道：「難道我為他所做的一切都失效了，那些蝎子的劇毒也不能以毒攻毒嗎？」林玉媚點點頭，染方突然改變了主意，她告訴林玉媚她想驅車再去尋找蝎子，而不是陪她去尋找周林，林玉媚問為什麼？染方說：「四隻蝎子的毒液當然攻不下周林身上的毒液，我想去帶很多蝎子回來……」林玉媚大聲說：「這沒有用，蝎子的毒根本無法攻下他體內的劇毒。」染方的眼裡射出一種冰亮的熱情：「四十隻蝎子的毒液一定能攻下他身上的毒液……」她一邊說一邊拉開車門隨即呯的一聲關上車門：「林醫生，你自己去尋找你的病人吧，周林不會消失得太久的，他一定去做他喜歡做的事去了，我會給你帶回四十隻蝎子來……」她的話還沒有說完，她已經驅車前行了，這個荒謬的女人，眼裡射出荒漠中上升的那種熱情，把林玉媚拋在路邊尋找她的四十隻蝎子去了。徒勞的去尋找蝎子的一個漂亮女人，她執著的熱情中上升著一種堅定的東西，她深信那些蝎子的毒可以治癒周林的病，這是一種悲哀的東西，林玉媚忍受著這種難以忍受的空虛之物的悲哀又搭上了一輛客車。

她見到的第一個人就是耿飛，他穿著牛仔褲和紅色T恤衫正在一座建築工地上，她看見他時他也同時看見了她。他顯然有些驚訝，她會突然來到這裡，在他認為，林玉媚是為自己而來的，他在陽光中微笑著走向她，他把她帶到建築工地之外的一片草坪上，他從來都喜歡在一種幽靜的環境中去面對她，而她卻告訴他，她來這裡是來尋找她的病人周林。他告訴她用不著尋找，周林昨天就來了，看上去他的精神狀態並不算糟，林玉媚鬆了一口氣。她的病人總算沒有從這個世界上消失，看來，只有染方真正了解周林，染方在路上時曾告訴她周林不會消失的，所以她才去尋找四十隻蝎子。

林玉媚問耿飛能不能現在就帶她去見周林，耿飛說道：「周林的狀態並不太糟……，」耿飛已經有好長時間沒有見到林玉媚了，他當然希望林玉媚能跟他多呆一會，而且他並不知道周林是從醫院中逃出來的。但周林事實上已經找到了，他來這裡也許是為了像前幾次一樣遺忘掉內心的恐懼，那麼就讓他遺忘吧，這座起伏著青草地的鄉村高爾夫俱樂部會使他眷戀生命，也許他會同意做手術。

周林就在這裡，在這曠野裡的草地上——他奔赴的地方並不是死亡之地，他被他心靈的黑暗所引向此處，然而這裡有青草起舞，他也許正面朝天倒在青草之中，為什麼要去尋找他呢？他緊緊抓住的一種轉瞬即逝的生活，對於他來說也許是一種永恒的生活，為什麼要去尋找他呢？林玉媚決定住下來——等他——而不是去尋找他。她決定了不再去陽光中找到他，不再去驚動他躺在青草起伏之中的身體，噢，他那具病入膏肓的軀體正躺在青草之中，他想抓住一種非物質非時間左右的東西。

她抬起頭來，站在草地上的耿飛再一次用他那生命中散發的蓬勃的生氣籠罩著她，她被他的身影所誘惑著，他轉過身來抓住她的手，她現在感到不再束縛了，因為她知道自由對於人是多麼重要，自由對於她的病人是多麼重要，她決定不再去尋找周林——她要給予他自由，他已經逃離了醫院，因為他不再需要醫院，他需要這個地方，一塊又一塊相互銜接為俱樂部的綠草地，彷彿是他的精神樂園，她感到了她的病人所需要的那種生命的自由，而就在這時在她放棄尋找周林的時刻，突然又被他所誘惑了，被這個穿著紅色T恤的耿飛所誘惑了。

他一次又一次地誘惑著她，用他健康的身體，置身在茫茫曠野的身體，他彷彿是一名戰士，他越過了許多地平線，帶著靴子、衝鋒槍、鋼盔、野戰服，他越過地平線來到了這裡，他身上的那些力量她早已感受過，她與他在一起時，他具備一種別人沒有的能力，他使她忘記那座醫院，忘記沈濡於死亡之中的病歷冊上的名字，忘記他們僵死的身影和麻木的神經網絡，忘記了那些正在乾枯的凹陷的胸膛中隱藏的病毒，她與他在一起時，她不再是與病人呼吸著福馬林，穿著白大褂的內科醫生，她是一個生者，一個享受生命的人，一個正在被生命所湮滅在活生生的元素之中的人。

所以，這種誘惑除了他給她帶來過之外，沒有任何別人曾經給她帶來過這些元素，這些從草地上從無意識的空間躍動而出的那些神秘的微粒，那些微粒似乎是從他那寬廣的胸膛之中散發出來的，似乎是從血液的紅色中湧動而出的，似乎是從一團團鋥亮的光線中掙脫而出來到了她面前，她為什麼不能擺脫那個薩克斯風手在她夢中的那些淒鳴的音符呢？她為什麼不能擺脫醫院中那些白色的牆壁和灰色的水泥地上糾結在一起的陰影以及月光下的葬禮號，以及那些悲鳴的冷冰冰的葬禮曲。現在，她已經不再置身在醫院，她已經脫下了白大褂，一個世界正遠離她，但並沒有能夠真正結束，儘管所有的生活依舊，白晝結束了，生活並沒有結束，她為什麼不能讓這種生命的誘惑激盪著她越過從沙漠那邊傳來的葬禮曲撲到他那熱烈的心跳之中去呢？

她彷彿聽到了一種聲音，這是一個不死的人的聲音，不死並不是永遠不死，而是現在不死，他把她拉過去拉到他的胸前，三十多年來，她除了生活在醫院的雪白牆壁之中與她的病人頑強地抵禦著那些寂靜的悲慟和混沌；除了面對空空的車窗似的臥室及心靈的陰影之外，她的肉體曾經與四個男人有聯繫，第一個男人他就是那個憂鬱的薩克斯風手，他的肉體在最後的時刻曾經像一支燃焦的樂器，從裡面散發出來的心跳聲彷彿是一片樹葉虛弱地抖動著；而第二個男人就是律師肖克華，對於她來說，與律師肖克華的戀愛關係到後來的肉體關係就像是一場秩序井然的戲劇，就像是一場沒有激情而背誦臺詞的幕後戲劇上演了稍長的一段時間，她就開始厭倦了，而她厭倦是因為她的生活中出現了一個病人，這個病人讓她感到她期待著看到沙漠中開放出一簇簇永不會凋零的深紅色的沙漠花朵，然而，她的肉體和他溶結在一簇帶刺的寄生葉叢裡時，她感到了疼痛，他的病體使她感到有巨石覆蓋在身上，在有限的她與他短促的肉體關係中，另一個女人，她病人永不消失的戀人染方時隱時現的出現，帶著她那荒謬的愛和蝎子的劇毒，並用一雙荒漠似的眼睛宣布她對他的愛；就在這時她的青梅竹馬長大的男友耿飛出現在她生活之中，她將困惑不堪的雙眼睜開，這個難以置信的生活被改變，使她的眼前突然幻變出一塊又一塊草坪，他帶著她裸體游泳，他帶著她貼著草地的根鬚脫去鞋子穿越陽光彌漫的白晝並且在草地上躺下去，傾聽著草地上環繞著循環而去的音符，用他們的肉體證明他們是彼此需要的，他們不僅彼此需要各自的肉體，而且彼此需要從肉體中散發出的那些難以置信的生命的雀躍，誰在聽？是他們正在聽，聽著從草地上的肉體中散發出來的潮濕的雀躍聲……所以，他對她的誘惑是那樣深，就像草地上的粉紅色深淵使她猛然感到自己就是掉進粉紅色深淵中的一隻羔羊或銀色的兔子。

他拉著她的手，再一次穿過她心靈和記憶中那些鵝卵石鋪就的醫院的充滿福馬林氣味的彎曲小徑，穿過了記憶中猶如低窪地帶乾燥帶刺的迷離之中的藤蔓，然後再翻過了陡直的路堤去觀看生命中出現的一道道令人驚喜不堪的風景。

他停下來吻她，這是他們頭一次用舌尖感受到各自的真正氣味，兩個人舌尖上的不同氣味也許是沙，他們深深地吸了一口氣，然後繼續接吻，他們的脖頸扭動著，在陽光下，他們的脖頸是古銅色和細膩的肉色，彷彿使他們的身體，相互之間的身體鑲嵌在忽輕忽重的聲音裡，他們也許感受到了舌尖上的沙味和鹽味，也許感受到了絲絨般柔軟的世界之中他們是一對伴侶和一對親密的摯友，這就是他們此刻相互吸引對方的生活。

接吻停止下來以後，他帶著她去尋找那口池塘。

他們睜大了雙眼，他們站在小樹林中，周圍池塘裡已經有聲音傳來，他們屏住呼吸，是誰比他們之前占領了這口綠色草地上的池塘呢？他們屏住呼吸，誰也沒有吱聲，就在這時，林玉媚突然看到了染方的身體，她正從水中浮上來，彷彿在掙脫一道水中的帘幕，緊隨著從水中掙脫而出的還有另一個人，他就是周林，他們的身體浮上來，浮到岸上，像他們有過的生活，像他們曾經有過的那種透明的生活，染方和周林赤裸裸地來到岸上，一口池塘的岸上到處是筆直的青草舞動，突然之間，他們帶著他們赤裸的身體閃動著水珠從草地上，芳草起舞的草地上躺了下去。

林玉媚閉上雙眼，她和耿飛曾經有過的生活，另外兩個人正在經歷著，進入那種生活，她不明白，染方怎麼又到了這裡，這簡直是一場戲劇，她是怎麼找到周林的，或者是怎樣與周林邂逅相遇的？他們又是怎麼找到這口草地上的小型池塘的？這一切的一切濺起一層層浪花，像一種無法解出的謎語，林玉媚拉住耿飛的手，她的身體在顫抖，她聽到了一種聲音，儘管這聲音已經被起伏的芳草淹沒了，但是聲音仍然從微風中吹來，那是周林和染方的身體彼此交溶在一起的聲音，那是汗淋淋的聲音，那是被陽光照射出的銀色的聲音，那是不顧一切的抓住彼此的背和肩膀的聲音，那是赤裸的身體捲縮成一團又一團紫色浪花的聲音。

她就在這裡尋找到了她的病人，這是她意想不到的結果，這是無法想像的場景，這是她的病人，那個將死的病人正用自己短暫的生命體驗生命中的最後快樂，她的眼圈變得潮濕，她睜開雙眼，在一剎那，她忽兒看到了染方裸露在草地上沒有被草地完全覆蓋的白皙的肩胛，白皙的手臂，白皙的腿，白皙的皮膚，而那看不到的是腰和她大腿間柔和的私處。她閉上雙眼，彷彿看見周林一步步地趔趄著，起初的時候沒有任何目的，他一步步地趔趄著進入這片草地和池塘，爾後進入了他和染方的世界。他會死？但他顯然不會在現在去死，也不會死在這片池塘邊緣的草地上，他正抓住什麼，也許是抓住一團火焰，他並沒有厭倦一切生活，並沒有厭倦奔赴這片草地、池塘的生活，也許他只是厭倦了在醫院中的生活，看不到草地、池塘和染方的生活。讓他不死吧，讓他現在不死，將來的某一天也不會，到了某一天，未來的某一天再去死，林玉媚彷彿在獨自祈禱著這件事情。

那天晚上林玉媚留下來了，她要在這裡等待周林，她決心要把她的病人重新帶回醫院去，而且她會用最快的速度為他動手術，而且她決心讓她的手術刀像遊刃有餘的手觸摸到那團陰影之後，再把他帶到她所發現的另一條通往生的道路。

耿飛將她帶到了他工地上的簡易木房裡，那時候已經天黑了，毫無疑問，她今夜將留下來過夜，坐在橡木椅上談論著一些更久遠的事情，由於天氣悶熱，耿飛脫掉了上衣，他的古銅色上半身向她赤裸著，有好長時間，林玉媚一直看著他那赤裸著的上半身，彷彿在凝望古老大理石雕像。林玉媚忍不住向他談到了周林的問題，她是他的醫生，她是檢驗他的病人軀體存在的唯一的人，她對他的關心和愛也許超過了對耿飛的愛，雖然這兩種完全不相同，但她突然驚悸般地對耿飛說：「他住哪裡，周林住在哪裡？」她神經質地仰起頭來，「你不是已經看到了他嗎？」「我現在就想看到他……」「玉媚，你怎麼了？」「我感到他會死，如果我不在他身邊，他會死的……」耿飛走過來擁抱著她，她的臉頰貼緊了他那古銅色的皮膚，她嗅到了比大理石雕像更長久的味道，他終於制止了她的那些囈語和畏懼，她不再害怕了，他用他赤裸的上半身長久地擁抱著她，她終於安靜下來了。在他給予她的這個世界裡，她感到了疲倦，她的頭垂在他的胸前，她不再想她的病人，她暫時地放棄了對她病人的那種艱難而痛苦的愛。整個晚上，耿飛那樣抱她，抱著她被福馬林浸蝕過的身體，抱著她身體中的那種顫慄，抱著她身體中靜止的流動，抱著她的畏懼和對他的那種信賴。

第二天一早她從他懷抱中掙脫出來，她想起了她的病人，為什麼她總是不能放棄她的病人，為什麼她的病人要占據她所有的生活，她無法找到答案，這個世界上也許沒有任何人可以告訴她這種答案。她從他身邊離開的時候，他也許剛進入睡眠，整個晚上他都在抱著她，他試圖讓她忘記那些令她煩惱的東西，後來他終於做到了，她睡著了，彷彿找到了自己的洞穴，睡得那樣安靜。天近拂曉後她醒來，她將雙眼睜開，她已經知道這是怎麼一回事了，她吻了吻他那古銅色的裸露的上半身，便離開了。

病人，她的病人到底在哪裡？從昨天到現在已經過去了一天一夜，昨天她看見他的時候他在那口池塘裡游泳，他和染方在草上被日光所籠罩，但現在已經過去了幾十個小時，過去了一天又一夜，他還會在嗎？她站在草地上，尋找到他是她唯一的主題，她正以不容置疑的聲音告訴自己，一定要把他找到並把他帶到醫院去。她抬起頭來，她已經到了那口池塘邊緣，她突然聽到了一陣趔趄向前的雜亂的聲音，結果呢？無疑結論是：她看到了一個男人，她看到了一個男人正在草地上趔趄不堪地前行著，彷彿有人在後面追蹤他，彷彿在前面等待他的是一種結果或者一種歸宿。林玉媚在草地上加快了腳步，她感到那個在草上的趔趄男人有點像周林，除了他不會有人穿過拂曉的晨霧，穿過寧靜的霧，穿過時間，趔趄著前行，趔趄著不顧一切地向著一個地方跑去，林玉媚終於可以確定是周林了，她突然站住了，因為她看見他從草地上躺了下去，一點聲音也沒有，她突然看到他手中有一種黑色的東西在晃動，好像是一種武器，屬於那種堅硬而冰冷的武器，裡面有一個孔，可以射出子彈，對，就是那種武器在晃動，在他手中晃動，她突然驚異地意識到不能再讓他用手接觸那件黑色的東西了，在他快要用武器的孔道對準自己的前額時，她突然不顧一切地撲了上去，她撲到了他前額上，於是那孔道就對準了她的前額。

他和她都被這意想不到的瞬間籠罩著，林玉媚抓住了他手中的那支槍，那件黑色而冰冷的武器，直到她用雙手占據那個孔道占據了黑色武器的存在，她才意識到他並沒有死，她直起身來，用手臂緊緊地抱著那支槍，喘著氣，沒有語言，沒有突然地醒悟，沒有看到她所害怕看到的那種場景，周林直起身子，從草地上坐起來：「林醫生，你怎麼會來這裡？」她問道：「你為什麼要這樣？」「林醫生，這只是一支金屬手槍，我到處在尋找槍，但無法找到槍，於是，我就找到了這支玩具手槍……我想試一試，我會不會使用它，我沒有勇氣用這對準自己的腦袋，對準我的心……」

林玉媚懷中的那支槍掉在草地上時沒有發出任何聲音。她被這種男人的遊戲法則所籠罩著，被一個瀕臨死亡者的精神世界所籠罩著，她垂下頭去試圖看見那支金屬玩具手槍上的花紋，但她看到的只有黑色，她說道：「跟我回醫院去，周林，」「林醫生，你知道我又見到了染方了嗎？」林玉媚點點頭說：「染方一直在愛著你，我知道她現在到哪裡去了，」「她又消失了，」他盯著草地上那支黑色的金屬手槍：「我已經慢慢地習慣了她的出現和消失，不過，我想，我不會再見到她了，」「為什麼？」「你知道的……你比誰都清楚我快要死了。」林玉媚伸出手去抓住了他的那雙手，這一直是她在尋找中的她病人的那雙手，她輕聲說：「跟我回去，回到醫院去，我想，我明天就會為你做手術。」「手術……，」「我保證，周林，我保證這場手術會成功。」她從草地上撿起那支黑色的金屬手槍揚起來，她把那支手槍拋進了池塘深處，她看到了一陣水花飛濺，她相信她把一個男人的遊戲法則拋進去了，她還把一個瀕臨死亡者的精神世界突然改變了。她相信上帝，相信上帝會給予她全部的力量，她帶著他離開草地時，他的腳步不再趔趄，太陽剛升起來時，他們已經來到了路上。

他能夠不死嗎？方向盤在他手中晃動著，她事實上帶他穿越了高速公路，穿越了郊野上的巨大籬笆園，她還能帶他穿越什麼呢？

雷萌萌意外地出現在林玉媚面前，她驚訝至極，雷萌萌給她帶來了從拉薩八角街頭買到的一串漂亮的骨石項鏈，雷萌萌告訴她，方洪到修理廠去修貨車去了，他們昨天夜裡剛進城，雷萌萌告訴林玉媚一個重要的事實，她與貨車司機方洪戀愛了，雷萌萌坐在她的對面，雷萌萌講她與貨車司機方洪的戀愛史時沒有把自己的命運孤注一擲的感覺，她告訴林玉媚，她與貨車司機的故事發生在路上，如果用一句話來概括的話。雷萌萌看上去已經擺脫了那種悲哀的東西，擺脫了那種已成為嚴酷的事實。當她向林玉媚講起她的路上之旅時，她彷彿正用她的腿在奔跑，但她的話語總是環繞著那只車輪，是貨車司機給了她車輪。對於林玉媚來說她現在不需要再為雷萌萌擔心了，雷萌萌的精神狀態已經超越了那片沼澤地——即將開始的戀愛生活以及旋轉車輪使她的青春變得輕盈，她不再是那個想捲進車輪中去的女孩，這使林玉媚所有的感覺，所有的神經都重新開始洋溢在這個叫雷萌萌的女孩的身上，雷萌萌告訴她，等到方洪修好了車他們又要離開這座城市，正說著，方洪就來了，他穿著一雙黃色旅遊鞋，他的精神狀態宛如他的貨車和車輪，積蘊著遠行的力量，後來，他就把雷萌萌帶走了，雷萌萌不再是一個悲劇，她失去的那條腿不再會終止她青春的漫遊生活，而她的那條義肢存在，現在和將來都將會永遠地存在著，但她的身影卻會依附在車輪上，年僅十八歲的雷萌萌，曾想用腳尖跳舞的雷萌萌，她現在進入了與一個貨車司機的故事之中去，這實在是林玉媚從未想到過的生活，生活永遠是意想不到的，生活永遠在呼吸之中展開，在躡手躡腳走路的聲音中展開，在檸檬色的味道中展開。那個不再跳舞的女孩，現在愛上了她的貨車司機，因為他能給予她速度和聲音，因為他能夠帶著她並且承受著那條義肢，承受住一個十八歲的女孩子在生活中變幻的辣椒粉般的味道，並帶著這個女孩尋找到檸檬色的芳香，車輪，就讓旋轉的車輪把十八歲的雷萌萌帶到沒有悲哀環繞的生活中去，這就是林玉媚對他們的祝福。

他靜靜地躺在手術室裡，他從來也沒有這樣平靜過，也許他會不斷地想起許多往事，他生活中更遠的事林玉媚一無所知，她只知道他是一名時裝設計師，她只知道他生活中有一個重要的女人——染方，她現在還知道在他的生活中有一座鄉村高爾夫俱樂部，除此之外，她還了解他進入醫院之外的精神領域，他剛進醫院時微笑著，他並不了解自己的病，他以為醫院只是一座旅館，住一天或兩天就可以離開，然而他卻駐足下來，許多病人已經出院了，他仍然得留下來，直到如今，他終於躺進了手術室，現在，他躺在手術室的床上，福馬林擴散的氣味比以往任何時候都要濃烈，他躺著，慢慢地他閉上了雙眼，林玉媚已經作為進入戰爭的狀態的手術師，在她進手術室之前她見到了一個女人，這個女人她從未見過，她手裡抱著一束百合花，她問林玉媚能不能將這束百合花捎進手術室去，讓周林能看到它，林玉媚說不能，她就坐在手術室外面的長椅上。她在等他，但這個女人不是染方，那麼，她一定是周林生活中另一個非常重要的女人。

林玉媚已經檢驗完了一切準備工作，她噓了一口氣，她不想屏住呼吸開始這場手術，她現在想讓自己輕鬆一秒鐘，或者三秒鐘，她的眼前出現了那支金屬製作的玩具手槍，如果那支槍是真的，那麼周林再也不會躺進這手術室，毫無疑問，周林已經在尋找真的槍，能把子彈射進胸膛或腦袋裡的左輪手槍、五四手槍，不能讓他去死——這也許是這次手術唯一重要的事情，她彷彿感受到了那口池塘那些芳草起舞，然後好像她的身體也在飛，她不再受到束縛，不再受到死或生的束縛，她不再受到自己的束縛，她的內心湧起一種無窮的欣悅的浪潮，湧動著——她不會是一個逃遁者，在某種意義上來說，這是她實現夢想的一個時刻，宛如她站在住院部的窗口，擔心一隻鳥會墜落下去，而現在她相信她不會讓那隻鳥墜落下去的，她不會，她真的不會讓那隻鳥在暮靄彌漫之中消失，她不會，奇怪，她的身體開始騰飛了，她保持了那種欣悅的浪潮，抓住了那些等待她的手去抓住的金屬器具。她覺得郊外的天空、草坪和池塘已成為她生命的一部分，而這些晃動的金屬器具以及濃郁的福馬林氣味同樣是她生命的一部分，她揚起頭來，顆粒似地汗珠正順著她的脖頸流動，她知道她是最重要的人，在這屋子裡她是操縱這局棋的人，她沒有讓這個人的生命在漆黑之中窒息，她不能讓這個人的生命發出重濁的聲音，不能聽到那槍聲呼呼……穿越那片平靜的池塘……

她的手終於在黃昏降臨時拋棄了那些金屬器具，她的頭變得暈眩，她從開始到結束，她知道並確信自己再一次尋找到了那種夢想，因為她知道她的病人周林不會死了，他再也不會在漆黑之中窒息，也不會用呼呼……的聲音穿過重濁的天空。

護士扶著她暈眩的身體，最近她經常感到身體在暈眩之中，她倚著門，目送著他們將他推出手術室，她又看到了那個抱著百合花的女人，她站起來奔到他身邊。

在某種意義上，她已經感到了對於她來說已經觸摸到了那難以接近的神秘的中心，她知道他不會再死了，他真的不會死了。

奇怪，不可思議，那些畏懼的東西突然消失了，就在她拋除手術刀的那一時刻消失了。她抬頭來，她是暈眩的，但還不會在暈眩之中倒下去。她向他保證過，不會讓他死，她在福馬林氣味中懷著真正的一種幸福意識到那隻鳥不會從窗口墜落下去了。在須臾之間，她來到病室，病室中蕩漾著百合花的香味，那個年輕女人守候在他身邊，他還沒有醒來，他仍在麻醉之中，這個從未見過的女人，臉上有些倦容，她對著林玉媚笑了笑，這是一個與染方完全不相同的女人，她是誰？她從哪裡來的，周林醒來後會認識她嗎？

那個女人一直呆在周林身邊，她會是他的誰？除了染方之外，難道周林生活中還有另外的女人，她仍舊保持著一種對她的病人的冥想，也許她也是他生活中的一個女人，也許他曾激起過她的迷亂，同情和誘惑之情，他的生活展現在她身旁時，她總會進入他的命運之中去，進入他那獨特的命運之中去，當她看到另一個從未出現過的女人來到他身邊時，她忍不住問，她是誰？這個把一束百合花送給周林的女人會是他的誰？

她掩飾著自己的情感，已經從他生活中尋找到了遁詞，尋找到了另一個男人的可以貼近的胸膛，但她仍然在不知不覺中滑入他生活的輪盤之中去，但不管怎麼樣，那場手術室裡的戰爭已經結束了，讓那個陌生女人守候在他身邊吧，她剛感受到暈眩，那個陌生女人就來了，前來替她分憂，她為什麼不能好好地休息，她知道她的手術很成功，他不會死了，他不會只生活一個月，兩個月，他還有時間，生活對於他來說還意味著有無窮無盡的禁區去穿越，從他身邊離開吧，他很快就可以出院，手術驚人的成功，終於尋找到了雲開霧散的天空，他不會去尋找那支金屬的玩具手槍用來抵達自己的腦袋了，他不會去死了，也不會有死的畏懼再糾纏著他。

突然之間，她不再想了解他的生活，她希望那個女人盡快把他帶走，或者讓染方將他帶走，他已經折磨她好久了，現在，什麼問題都已經解決了，再過兩週他就能出院，他兩肋之間的那團陰影已經不再存在了。

兩週以後，他將不再是她的病人，這就是她的夢想，就像在夢中看見了她的夢發生了一些微妙的變化。

第八章

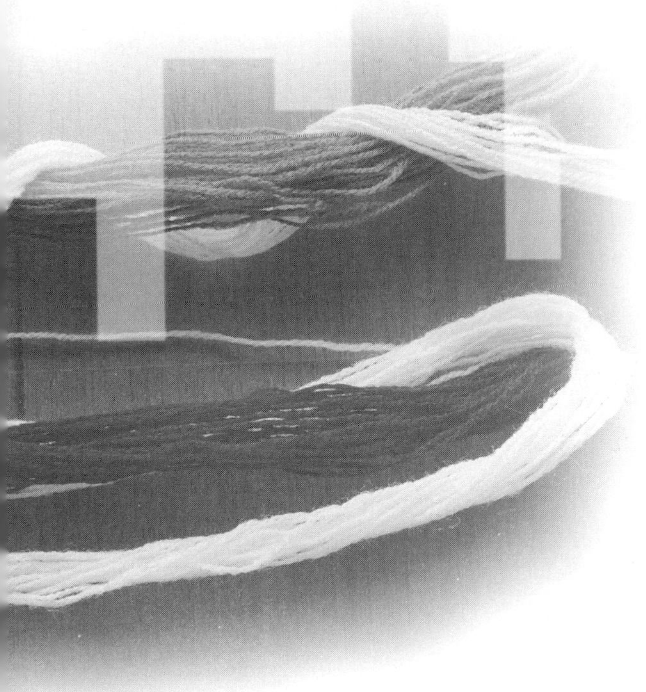

第八章

染方帶著四十隻蝎子回來了，她給林玉媚來電話，讓她盡快去看候她關在密封的籠子裡的蝎子，哦，四十隻來自鄉間瓦礫中的蝎子，林玉媚感嘆著，染方總是在證明她在愛著周林，用種種方式證明她是愛周林的，這似乎是她蓄謀已久的美麗的伎倆，所以，尋找到鄉間瓦礫中的蝎子並把它們帶回來，裝在籠子裡從鄉間帶到城市——這是染方竭盡全力愛著周林的方式。她一次又一次地將這種方式告訴給林玉媚，彷彿這是她僅存的力量，彷彿這是可以裝進瓶子裡去的唯一的愛。

就在這時候，即將出院的周林突然發起了高燒，這是一種不祥的預兆，本來，在林玉媚的觀察之中，這種不祥的東西已經被她所排除了，周林出院的計畫擱淺了，他像一條船必須再次擱淺在海灘上，他面對著醫院的窗臺，彷彿他也是一只洩氣的皮球，他明白了，他從林玉媚的眼睛裡看他的身體又在重新蛻變，那些有毒的細胞正在他體內重新遷移，這一切都是他未曾想到過的，他自己也搞不清楚，究竟為什麼要用身體的蛻變來證明他的勇氣，他被重新帶到了被金屬機器所懸掛的屋頂下面，那架機器籠罩著他的身體，林玉媚看到了另一種危機四伏的情景，人體內的血液正在蛻變，是那些帶有毒素的細胞浮沈在血液裡面，現在，他的身體中到處是陰影，雖然他兩肋之間的陰影消失了……一個人的身體怎麼會變得如此之快，林玉媚被這種嚴峻的事實弄得束手無策，這是醫學史上從未經歷過的事實。她來到了病室，她不得不與她的病人好好談一談，她進屋的時候，那個陌生女人不在病室，這是唯一看到她不在病室的時候，他告訴林玉媚，那個女人是他過去的情人，哦，情人，這個詞彙對林玉媚來說顯得有些縹緲，他還告訴林玉媚，他們已經有許多年沒有見面了，她現在突然出現在他身邊，在他快要死的時候出現在他身邊，這好像是上帝開的一場「玩笑」或一場劇烈的惡作劇。哦，惡作劇，這難道是一場劇烈的惡作劇，他說，她就要走了，她是一個演員，她正在外景地拍攝電影，儘管外景地離這裡不太遠，但她的時間很珍貴，如果她離開了，那麼整個劇組得把工作停下來。也許她已經離開了。他的話已經說完了，彷彿她已經消失在他的語言深處，消失在他中午的回憶中。

「你不能馬上出院，周林……，」「為什麼，林醫生……是不是在檢查中又發現了什麼……，」「在你身體中發現了大量的細胞在遷移，可以說你身體中到處是無法消除的細胞……我只能為你做化療……漫長的化療階段，你的頭髮會脫落，牙齒會鬆動……我是說，周林，我把這些告訴你是因為你已經不再是用金屬手槍抵達自己腦袋的男人……他們在看你，等待你，染方也在等待你……」他垂下頭去，他大約是不再想聽到染方的名字，這個女人折磨著他，在他認為這個女人是因為害怕他死，所以將他拋棄了。他終於同意做化療。

林玉媚回到值班室時，看到了一個女人在等她，就是出現在周林身邊的那個陌生女人，她說如果今晚有空的話，她想跟她談談。林玉媚同意了。於是在那天晚上，在酒吧裡，她聽到了這樣一個故事，她戴著口罩，給她講了一個故事，林玉媚不知道她為什麼要戴口罩，也許她感冒了，也許……她戴著口罩說話很費力，但她仍然專心致志地聽她講完了這個故事；在講述過程中，每一個細節每一個場景對於她來說都是那樣重要，林玉媚坐在她對面，面對一個戴口罩的女人，是那樣美，寬廣的前額和細膩的皮膚，她講述的故事就這樣像電影畫面一樣展開：

徐羽是故事中的女主角，剛開始時，林玉媚很想知道徐羽到底是誰？但她沒有問她，她被她說話的語言吸引了，她彷彿是在講別人的故事：

徐羽隱沒在黑暗中的那張面龐是藍色的。藍色對於她來說是一張網，是一張可以把她的身體籠罩起來的網，因而她像幽靈一樣選擇了黑夜，除了選擇黑夜中那張包圍她的藍色的網，她已經無處可以行走。

因為她是一個病毒攜帶著，確切地說是一個愛滋病患者，她是在一次偶然性的血液檢查中發現病毒的，在南方的一座縣醫院，她就在那座縣城以外的小鎮拍電影，她演主角，扮演三十年代一個被戰爭籠罩的婦女，電影開始了一半，在半年的拍攝過程之中，她一直身穿藍色旗袍，在半年多的時間裡她沒有與任何男友發生過性關係，她是因為一場身體的不適到縣城醫院去的，小縣城裡的人沒有一個人認識她，他們也許觀看過她演出過的電影，但她進入小縣城時已經改變了形象，她身穿過時的服裝，不施脂粉、口紅，看上去她只是個有些姿色的最普通不過的年輕女人。一張白色的血液檢查單卻寫滿了危險的符號，醫生看了她一眼勸她盡快回到省城醫院去做血液檢查，她回到了省城，因為那位小縣城的醫生看她的目光讓她感到恐怖。另一張化驗單放在她面前，那位四十多歲的戴黑色眼鏡的醫生壓低聲音對她說：「我會為你保守秘密，除了我，不會有另一個人知道你已經攜帶上愛滋病病毒……」「什麼，你說什麼……」醫生又一次說道：「我看過你主演的電影，所以……我會為你保守秘密……」醫生的話還沒有說完，徐羽已經從飄動著福馬林氣味的醫院中消失了。她揣著那張血液化驗單乘火車趕回了那座小鎮時，已經是深夜兩點鐘，沒有人知道她已經回來了，因為誰都不會相信她這麼快就回來了。

她回到小鎮上的旅館，她已經想好了盡快地從劇組消失。用鑰匙開了木門，在這寂靜的夜裡，門卻像往常一樣發出了吱吱啞啞的聲音，聲音使導演醒來了，他就住在隔壁，他也許是醒來的，也許根本就沒有入睡，她剛關上門，導演就站在門外敲門：「徐羽，你回來了嗎？」她沒有說話，她背對著門，她現在只想逃走，從導演所置身的門外逃走。她聽見了導演離去的聲音，她屏住呼吸，大約過了五分鐘，一切又重新歸於平靜，她推開窗戶，她看到了黑夜中的藍色，她佇立在窗口，彷彿想從窗口掉進去了，掉到另一個世界之中去，她閉上雙眼冥想著那個世界，黑夜中的那個藍色世界，似乎有幽靈在窗外行走，不，幽靈並沒有在行走，也許幽靈是在窗外飛。

她就這樣拎著箱子在寂靜的夜色中離開了那座小鎮旅館，她來到火車站並在凌晨五點多鐘搭上了一輛過路火車，火車在轟鳴中宣布白晝已經到來，在轟鳴中宣布她回到了她生活的城市。

一個星期已經過去了，她隱藏在房間裡，只有到了天黑下來以後才去外面買些麵包和水果回家，終於就在那天夜裡，她聽到了鑰匙開門的聲音，她知道是誰來了，因為只有他才擁有她的鑰匙，他就是陳童，他也許是她的戀人，也許是她的情人，總之，他是她生活中最為重要的男人。她藏在臥室中，她聽到他進屋以後的一切聲音，換拖鞋開燈，他儼然就是這座房屋的主人，然而他卻感受到了什麼，也許是感受到了她身上的某種他非常熟悉的氣味，他朝著臥室的這邊緩慢地走來，他看見了她的影子倚在窗口：「徐羽，你回來了，怎麼不開燈……」他走過去從身後抱住了她的腰。

她在顫抖，當他的手臂伸過去時，她就開始絕望了，不，也許要更早一些，當醫生宣判她是一名病毒攜帶者時她就開始絕望了，這是她從未感受到的那種來源於肉體的真正絕望。然而，一個星期以來的那種絕望，並沒有使她的身體像經歷了一場風暴一樣顫抖，現在，風暴突然降臨了。

他在黑暗中擁抱著她，他感到了她身體的顫抖：「徐羽，徐羽，你怎麼了？」他鬆開了手臂捉住了她的雙手，那雙手灼熱地在顫抖著，他想看到她的面龐，當他伸手去開燈時，她突然在大聲說：「請別開燈……」「徐羽，徐羽，你到底怎麼了？」他就站在她對面，然而對於他來說，是那麼遙遠，她彷彿深藏在黑暗裡，藏在一面鏡子的深處。她已經二十八歲，在電影中扮演過許多角色，在這個星期裡她已經回顧完自己的一生，而在這個世界上她最害怕面對的人就是陳童，因為他是兩年多來唯一與她發生過性關係的男人。如果今天晚上他不開門進來，她也要給他打電話，她要把一切事實告訴他，並且她要讓他到醫院去做一次檢查。

她在黑暗中開始平靜下來，電話鈴在房子的另一邊響起來後，陳童說：「我去接電話，好嗎？」她本來想阻止他，但他已經拿起了電話，電話是導演從那座小鎮打來的，她不得不從他手中將電話拿過來，她沈靜地聽著導演說話，然後她堅決地告訴導演，她不會再回劇組去演電影了，她握住電話筒的雙手又一次在黑暗中開始顫抖起來，就在這時候房間裡的檯燈被陳童打開了，柔和的燈光並不眩目，卻使她瞇縫著雙眼，她把電話筒放下去，彷彿一件事已經徹底地結束了。燈亮了，幾天來她彷彿是一位來自歐羅巴的女祭司，只習慣在黑暗中看到未來，只習慣被黑夜裹住身體說出她所看到的不可知的秘密，而現在，另一雙手給她帶來了燈光，另一個人給她帶來了聲音和現實。

對她而言，她和他之間存在的現實既游移不定又強大，他們之間的性變幻著波浪，她想起了與他度過的那些日日夜夜，在那些有性事的夜晚，他不再是一名樂隊的年輕指揮，他把他音樂中的巨大熱情貫穿在她與他身體的旋律和歡娛之中，而她呢？也不是電影中那位扮演喜或哀樂的角色，她是他身體的核心，她是他沙漠中紅色的花朵……

他已經感到在他與她之間發生了什麼事情，當他凝神觀察她時，她正在清理著無窮無盡的思緒，正在穿越那些生鏽的鐵軌和寬廣的屬於荒野的沼澤地，那既不屬於她的過去，也不屬於未來的風景，電影中的和現實中的風景現在幻變成一個幽靈，她像來自黑夜的幽靈，她的眼睛發黑，她的蓬亂的長髮已經有好幾天沒有梳理，她游移在身體之外，在過去的那些日子裡，她的生活神秘莫測，她的影迷們把她的劇照貼在牆上，她雖然年僅二十八歲，但是她對於這個世界卻是一道風景，她的私生活、她的髮型和時裝彷彿是一道被屏風擋住的風景。現在，她必須面對他，她坐下來，他意識到他們之間一定有什麼事發生了，所以，他坐在她的對面，她輕聲說：「陳童，拉開抽屜，看看那張單子……」他按照她所說的去做了，抽屜就在旁邊，她聽到了聲音，彷彿透過分開的草叢和水看到了彎曲和破碎的鐵軌上的鞋印，她感到她已經屏住呼吸，但是靈魂都被巨大的車輪旋轉著，而鐵鏽色帶著她靈魂中大量的病毒正在飛揚、燃燒。

「除了我，你有沒有接觸過別的男人？」這是他沈默了半小時所爆發出來的聲音，這是房間裡唯一的聲音。

她絕望地麻木地搖搖頭，他繼續說道：「這到底是怎麼一回事，告訴我……你必須告訴我除了我之外，你生活中是不是還有別的男人存在……」他的脖頸扭動著：「好好回憶一下，徐羽，你到底與誰有性關係……」他的意思是說是誰把愛滋病毒傳染給了她，他站了起來，他逼視著她的目光，她站起來給他倒來了一杯水，他突然大聲地喊道：「別靠近我，別再靠近我……」她手中的那只玻璃杯子掉了下去，似乎是在沼澤地上，透過分開的草叢和水，她看到了彎曲和破碎的鐵軌上飄動的玻璃碎片發出銀光。他和她都必須用勇氣凝視著那堆碎片，他輕聲說：「對不起，徐羽，這一切對我來說太突然了……讓我們想想……到底應該怎麼辦……這一切到底是如何發生的，而你必須告訴我……你必須帶著你的回憶告訴我……」他的雙手在空中抽搐著，彷彿是在混亂的一曲樂章中尋找節奏，他不知道這一切到底是怎麼發生的，他要她回憶，要她竭力去尋找那個把愛滋病病毒傳染給她的人，她的頭髮和身體中散發出檸檬皂的味道，每天晚上她都要沐浴，試圖洗淨身體中那些糾纏在一起的恐懼，她彷彿看見了她未碰到他之前的一個迷亂的夜晚，那個晚上似乎喪失了一切的理智，那是在泰國，她被一名來自歐洲的攝影師吸引著，她與他有過一夜的故事，那個故事不叫愛情故事，後來她就回國了，而那個歐洲的攝影師沒有給她留下太多的記憶。現在，她把這個已經消失了的故事重新告訴了陳童，「徐羽，你是說兩年前……這就是說，在我們未認識之前你已經攜帶了愛滋病病毒……」他逼近著她，她已經被他的目光逼視到了角落，紅色的燈光映照著她那沒有塗口紅的蒼白的面龐中顫抖的嘴唇：「我不知道，陳童，陳童，對不起，我不知道兩年前我有沒有攜帶上愛滋病病毒……」他突然用兩手抱住手臂：「天啊，也許我已經被傳染上了……」她竭盡全力想告訴他：「陳童，我只是一名攜帶者，我還沒有發病，也許不會傳染……我想你應該盡快到醫院去檢查……」她的話提醒了他，同時給了他一種希望，他似乎在這種有限的希望中看到了一條道路，那就是盡快地離開她，離她愈遠愈好。

他拉開門走了。一件事，一件世界上最艱難的事情就這樣結束了。徐羽將所有的燈光打開，她知道怎麼做，多少天來她一直在等待陳童，他來了又走了，而且以後再也不會來了，而且她再也不會被他看見，她的蓬亂的長髮散落在她肩上，她還沒有發病，她只是一名病毒攜帶者，她還可以活著，呼吸新鮮空氣，享受陽光、水或麵包，她還可以像許多人一樣抓住一根繩索，借助於那根繩索的力量將自己捆起來，像許多人一樣苟延殘喘的活到最後一個瞬間。她盼望活著，為什麼要死呢？她才有二十八歲，她的身體中還有熱烈的火花，還有瘋狂的熱情，還有檸檬皂的味道……

她已經決定不死，她選擇了活著。她將頭伸向窗外，夜色彌漫著整座城市，她張開口，她仍然呼吸著，世界就在外面，也在她的靈魂深處，她彷彿看到自己未來的命運：她將在夜色中像幽靈一樣飛。

她收拾了行裝，她的東西太多，但是她沒法全都帶走，她知道自己從今以後不再是這座公寓的主人,也不再是享受這房間裡燈光的穿著粉紅色絲綢睡衣的那個性感的女人,她是誰？她是那個幽靈，不再享用物質生活，她的體膚柔軟平滑，她的腿修長輕盈，她拎著箱子，她知道她現在並沒有被人驅逐出城，除了陳童和那個為她保守秘密的醫生之外，還沒有另外一個人知道她是一名愛滋病攜帶者，是的，沒有人，所以，她可以從容地逃走。她不再穿時髦的高跟鞋，而穿著一雙白色的平底皮鞋，她喜歡白色，鞋子的顏色對於她來說就是道路和命運，白色意味著她的歷史消失了，她要開始新的生活，藍色的裙裝裹著她的身體，與夜色溶為一體，她下了樓梯，大街上沒有一個人了，她知道還有最後一輛火車，半小時之後就出發。

像幽靈一樣在街道上行走，現在她並沒有飛起來，兩條優雅的腿向前移動，她迷惘地睜著眼睛，看著夜色深處的街道，幾個小男孩騎著自行車打著唿哨從她身邊擦身而過，她忍不住回過頭去看著那群唱著流行歌長大的男孩消失的背影。她來到了火車站，她是最後一個上火車的乘客。現在，她噓了一口氣，車輪旋轉起來之後她就可以逃出那座城了，不知道為什麼，她已經慢慢地開始用身體承受住了這一切，所以她睜開雙眼，她感到坐在對面的那雙眼睛在看著自己，所以她又閉上了雙眼，那是一雙男人的雙眼，在過去的生活中作為電影演員的她已經對別人的目光習以為常，而此刻，敏感的她好像感到別人是在窺視自己。

她站起來，任何一雙眼睛都讓她感到呼吸急促，空氣稀薄，她想逃避那雙男人的目光，她來到了車廂的頂端，站在車廂的門口，「我知道你是誰？我看過你主演的許多電影，你是徐羽，羽毛的羽……」他已經來到了她的身邊，他是那樣自信地站在她身邊，她沈默著對他點點頭，他大約三十來歲，穿著黑色西裝，他不屬於她的追星族，但他屬於了解她演藝生涯的那類觀眾，他說：「你要到哪裡去？」「很遠。」她回答得很堅定，「很遠……」他重複著她說過的話，然後他們不再說話，他大約感受到了她的漠然，然後就從她身邊離開了。她此後一直站在門後，直到火車進入一座小型站臺，車廂裡的人拎著包正在下車，另一些人又上來了，這就是火車的故事。

她回到了座位，對面的那個男人沒有下車，他仍然坐著，用一種固執的目光看她。播音員正提醒乘客，下一站是香鎮，請旅客們做好準備，徐羽突然決定在下一站下車，不想再讓那個男人的目光所環繞，而且她被香鎮這個地名所吸引了，她要奔赴中尋找的地方不是城市，而是世界上最小的地方，香鎮看來在地圖上就是隻只細小的螞蟻。她屏住呼吸，聚精會神地等待著播音員告訴她進站的那一時刻。

她拎著箱子在夜色拂動中下了火車——到達了這座螞蟻似的小鎮，但當她回過頭去時，她看到了那個穿西裝的男人也下了火車。她彷彿覺得手腳被長繩緊緊地捆住了，在香鎮下站的乘客除了她和他之外，沒有別人，她壓低聲音說：「你為什麼要跟著我？」「對不起，我只是有一種很不好的感覺，你的眼睛……那雙絕望的眼睛只應該出現在電影上，不應該出現在你的現實生活中……所以，我有些擔心……」「絕望，我的眼睛中出現絕望了嗎？」她問自己，她回過頭去，透過香鎮螞蟻似的火車站看著空曠的四野。但她突然冷漠地說：「請你別再跟隨我，我的絕望跟你沒有任何關係，」她一邊說一邊拎著箱子就要往前走，但他仍然跟著她，他們已經走出了火車站，漆黑的夜，看不到何處有旅館，他們彼此對視著，徐羽再一次說道：「我已經告訴過你，別再跟隨我……，」「我想，我只是擔心你會去死……，」「死，」她重複著他說過的那個字：「我為什麼要去死呢？」「那麼告訴我，你為什麼獨自來到這座小鎮？」「為什麼……你為什麼要問這麼多……這是我自己的生活……與你無關的生活……為什麼我來到這座小鎮……也許這就是我今後的生活……，」「今後的生活，這就是說你不再演電影了？」「是的……我不會再演電影了……」她垂下頭又仰起頭來，她彷彿在自言自語，又彷彿是在宣布自己的另一種生活，當她意識到她是面對一個陌生人說話時，她感到自己的頭被罩住了，被一種迷惘、孤傲和畏懼所罩住了。她拎著箱子的手在顫抖，她大聲說：「請離我遠一些，再遠一些……」他果然沒有繼續跟隨她，她尋找到了一座小旅館，帶著滿身的疲憊和畏懼進入一座木式小樓。正像她無意間向那個陌生男人宣布了自己的生活一樣，她知道從今以後，這就是她的生活，她總是從黑夜出發又進入黑夜，她像幽靈一樣想飛起來但卻並沒有飛起來。

第二天一早她又選擇了逃走，現在她不想乘火車了，火車上的面孔太多太複雜，總有人會認出她來，即使她戴上面紗也會認出她來，那麼，她只好選擇乘坐公共汽車，選擇長途公共汽車，她準備一站又一站的坐下去，直到去一個世界的邊緣地帶，在她想像中那一定是沙漠，人煙稀少的沙漠地帶一定是她生活的地方，現在，沒有誰會了解她的過去，她昨天晚上已經用一把攜帶的剪刀把長髮剪去，她本來想找一家髮屋，但她很快意識到自己是一個病毒攜帶者，她告訴自己，從此以後應該把自己封閉起來，像藏在一只玻璃匣子裡，不用自己的手接觸任何別人的手，尤其不能讓自己身體的血漬溶化在另一個人的手上、器官和秘密的地方。她現在變成了另一個女人，剪著一頭短髮坐在長途客車的最後面，當她屏住呼吸等到車輪旋轉起來時，她突然看到一個男人上了車廂，她很快認出了他就是昨天晚上跟蹤她的那個男人，他今天沒有穿那套黑色西裝，而是穿著一件黑色T恤衫和一條黑色牛仔褲，他的座位緊靠著她，她坐在窗口，他則坐在她左邊。她屏住呼吸，從包裡掏出藍顏色的墨鏡，她不想跟他說一句話，如果還有另外的長途車她還可以重新換一輛車，但售票員告訴過她，從香鎮發出的長途車每週只有一次，今天是星期一，如果要換車的話要等到下週星期一。她屏住呼吸，她不知道他為什麼總要跟蹤她，她突然升起一種悲哀的感覺，也許他真的在我眼裡發現了絕望的東西，從而發現了我身上那些接近死亡的。

她面對窗外，兩個小時過去了，她沒有跟他說過一句話，她起初還看著窗外的風景，後來她佯裝睡覺，緊閉雙眼，時間就這樣過去了，經過了一天的長途跋涉，終點站是另一座小鎮，她感到離城市越來越遠了，離醫院的診斷書，離陳童的軀體，離熟悉的人或事都越來越遠了。

她拎著箱子，穿過黃昏的汽車站去尋找旅館，他追上了她，他站在她旁邊輕聲說：「你可以聽我說幾句話嗎?其實，想死的人是我，我是從醫院逃出來的，我已經患了晚期癌症，醫生告訴我還能活一個多月，於是，我就出來了……就在你上火車的時候我看到了你……你眼裡充滿了難以言說的絕望，那種絕望甚至超過了我的絕望……我也不知道……我突然怕你去死，怕你從火車上跳下去，怕你自己無法承受你自己的絕望……這種擔心超過了我想死的那種種欲望……因為我喜歡你演過的每一部電影，無論碰到什麼事情，你都不應該去死……你應該好好活著……」這些聲音就像微風一樣從她耳邊穿過，她感到有一種潮濕的東西正在模糊她的視野，她摘去墨鏡，睜開雙眼，他只有一個多月的生活，醫生已經向他宣布這種事實，他不想活了，他碰到了她，他看到她的絕望比他更可怕，他想用僅存的生命來幫助她，她明白了他與她之間這種令人悲傷的關係，她看到了一個要死的男人，他忘記了他面臨的死亡，為了幫助她活下去，他就站在她的身邊。

他們就這樣走在了一起，變成了永恒不變的旅行者和穿越死亡的幽靈。當天晚上，他們在那座小鎮旅館住下來，她把心中的那個可怕的秘密告訴了他，當他知道她是一個愛滋病病毒攜帶者時，他沒有像她想像中的那樣平靜，她坐在他對面，她輕聲說：「我不該把這種事實告訴你，這種病簡直太恐怖了，所以我出走……」他告訴她，他並不是害怕，而是覺得上帝太不公正，她搖搖頭，她告訴他，這與上帝沒有關係，她向他講起了所有的往事，講起了那個歐洲攝影師，也講起了她的男友陳童，她告訴他，過幾天她就給陳童打電話，問他的檢查結果，如果他沒有染上病毒，那麼，她就會感到輕鬆些……

他們住在同一座旅館，幾乎在幾天內將所有的秘密都相互傾訴，他叫周雷，他生活中有三個女人，他與兩個女人有過性愛關係，另一個女人剛認識後不久他就檢查出晚期癌症，他的職業是舞臺設計。

他想死但卻發現了另一個女人，他對她的關心超過了他對自己的關心，他想用自己的影子攙扶著她，而她呢，在碰到他之後，她咀嚼著嘴裡那種黑色果仁的味道，她覺得她自己的遭遇不再顯得可怕，這個只有一個多月時間存在的生命比她的生命要更加單薄，於是，她給他從集市上買回煮熟的玉米,他則給她從小鎮的山坡上採來野花用一只酒瓶盛上水作為花瓶,他們各居一室，住在這座僻靜的小鎮，把自己所有的故事都已經講完之後，他們決定離開這座小鎮到別的地方去。

離開小鎮的頭一天，他們一起來到了郵局，小鎮的郵局來了兩個陌生男女，他給他的女友和父母寄出了幾封信，她則要給陳童打電話。站在木式的電話屋裡她撥通了陳童家裡的電話，陳童告訴她，化驗單已經出來了，他並沒有染上病毒，聽到這個消息後她感到身體中更強大的陰影已經飄遠了，陳童大聲說：「徐羽，我一直在找你，不停地給你打電話……」她把電話掛斷了，現在，她可以無憂無慮地變成一個幽靈了，她想像幽靈那樣飛，與她的同伴一起飛出這座小鎮，一隻飛蛾從她耳邊飛過去,他站在門口等她,他是病入膏肓的那個男人,但他卻想帶著另一個病入膏肓的她，到藍色煙霧籠罩的曠野之地去生活。

在郵局門外的報刊亭，亭就像鮮紅色的蘑菇般張開，他們發現了用徐羽的照片作封面的電影畫冊，周雷買下了那本電影畫冊，他凝視著畫冊然後又看著徐羽，最後將那本畫冊放進了箱子裡。

經過一天的路程，他們搭長途車到達一座種植鮮花的斗南小鎮上，看到田野上那些盛開的玫瑰花之後，徐羽彷彿忘記了自己是一位病毒攜帶者，她告訴他，應該在這座小鎮多住一些時間。他同意了，他們開始尋找旅館，他們剛住下來的第二天，周雷開始發高燒，在那間飛滿蛾蟲的小旅館的房間裡，從此以後他陷入昏迷之中，他所面對的唯一一個人就是徐羽，他快要死了，她抓住了他的一雙手，但沒能將他從死神之處拉回來，他死的那一天，房間裡插滿了從斗南小鎮上買來的玫瑰花，按照他生前嚮往的那種死亡方式，從世界上悄然消亡的方式，她把他安葬在斗南小鎮的一塊墓地上。

他死了，她還得活著，這正是他所希望的，她鑽進夜色，從一座小鎮到另一座小鎮，沒有一個人認出她來，也沒有一個人知道她是誰。無盡無邊的孤獨使她在一天夜裡醒來時突然對昔日的生活充滿了眷戀，儘管她對生活的畏懼像一道鉗夾般禁錮著她，但她還是在一天夜裡回到了她所生活的那座城市。除了是一名病毒攜帶者之外，她還是一位渴望生活的人，經過了漫長的旅行，她並沒有感到身體有什麼異常反映，她突然想重新回到劇組去，也許他們還在尋找她，也許他們正在等待她，最為重要的是她感到自己的身體完全有可能拍攝完那部電影，然後，死亡才會向她襲來……

她需要時間去生活，所以她乘著飛機的翅膀重新飛到了她原來生活的那座城市，她鑽進夜色中去尋找自己的那座公寓，這是一個下著細雨的夜晚，她用鑰匙打開了塵封已久的房屋，她觸到了灰塵或蜘蛛網，她尋找到了電話，她聽到了導演的聲音：「徐羽，我們不知道你到哪裡去了，我們找到了頂替你的演員，但還沒有讓她試鏡頭，如果你明天能趕到劇組來，那麼，這部電影的女主角仍然由你扮演……明天，徐羽，尋找你已經浪費了我們許多時間，明天……」她告訴導演明天一早她就出發，她又給陳童打去了電話，陳童的聲音顫慄著：「徐羽，你還活著，請你千萬別再打電話來了，請你從我生活中走開吧，我可能快要結婚了。」徐羽能夠感到他的雙手在黑暗中顫慄著，能夠感到他正用所有的力量將她從他生活中驅逐出去。

就在那天半夜，徐羽開始發高燒，那天凌晨她本來想起床乘火車到劇組的拍攝之地去，但是她沒有能從床上爬起來，她望著彌漫著窗戶的細雨，她在沈寂和孤獨中已經走了很久很久，對一切聲音都感到畏懼的她意識到自己的愛滋病病毒已經開始在體內發作了，高燒就是一種導火繩，它會將一切引燃，直到一場大火將自己焚燒乾淨。她竭力從床上爬起來，她知道自己不能死在這張床上，不能死在這座城市，她想起了周雷，應該像周雷一樣從這個世界徹底消失。

她戴上了口罩、墨鏡，穿上了藍色長裙來到了飛機場，她買到了去西北一座沙漠之城的飛機票，兩個小時過去後，她從飛機上下來，她用所有的積蓄買了一輛紅色的跑車，然後她開車來到了沙漠上，她驅著車進入了沙漠深處，她沒有帶一滴水和一只麵包，她驅著紅色跑車，後來沒有路了，她就拋棄了那輛車，她走在沙漠深處，太陽曝曬著，她的身體由灼熱變得乾燥，彷彿身上著了火，到了走不動的時候她就躺在沙漠上，沒有誰能夠繼續驅逐她的影子，也再沒有什麼東西使她感到畏懼，沒有記憶和痛苦，沒有時間的流動或愛情的戰爭，風將她的長裙吹起來，她閉上雙眼，她想像幽靈一樣飛，像幽靈一樣飛。

熱風快要湮滅她身體時，徐羽突然猛然睜開雙眼，她的身體上似乎覆蓋著一望無際的沙漠，然而，似乎有候鳥從她身邊飛翔而過，她伸出手去，她似乎想抓住最後的一瞬間，她體驗到了身體中的一種力量，原來自己並沒有死，突然間沙漠上火焰般的太陽正在往下沈落，她就在太陽沈落在她赤裸的腳下時站了起來，她開始辨別方向，尋找那輛紅色跑車，她跑得是那麼快，看不到絕望的她，也看不到她毀滅性的形象，一輛紅色跑車疾速的車輪載動著她，穿過了西部的沙漠，再穿過南方的丘陵，幾天後的一個半夜，疲憊的她敲開了導演的門。

仍然是那座南方小鎮的木式旅館，她站在導演面前，藍色的裙衣，赤裸的腳踝以及紛亂的短髮，導演忍不住叫出了她的名字：「徐羽，你消失又出現……我以為你不會再回到劇組了……」她喘著氣離導演很遠，她抑制著自己的那種心跳，這是從絕望中上升的一種病狂的念頭，在她即將被沙漠湮滅的那一時刻，她突然想抓住生命的最後瞬間，也許她感受到了自己的心跳是那樣急促，這使她同時感受到了自己對世界的眷念是那樣深，而她抓住世界的方式就是對電影的眷戀，對那部未拍攝完畢的電影的眷念。導演說：「你回來了，我想你會回來的，劇組是如此需要你，別的演員取代不了你……」她抑制著自己的情緒，彷彿驅車在路上，想把一種流動的毀滅之路拋棄，於是，她抓住時間的繮繩，用車輪傾斜著，撞擊著路面。

第二天一早，她進入了另一種角色，當拍攝工作開始前，她站在一座臺階上，彷佛置身在一座巨大的弧形圖案之中，她面對著攝影師、男主角、化妝師、配角演員和導演，她低聲說話，她開始告訴大家她為什麼突然消失的秘密，她宣布了她是一個病毒攜帶者，就在這時候，那種場景幾乎就是她想像中的場景，所有人都驚愕地後退著，站在她身邊的男主角扮演者突然背轉身去，她看見他從衣袋裡掏手帕的模樣，她深深地喘息著告訴大家，她雖然是一個病毒攜帶者，但她並不是一個傳染者，她訴說著某種距離，比如，沒有性關係，沒有血液的聯繫……等等，然而，無論她的嘴唇是怎樣顫抖，劇組的所有人彷彿中了邪，她不再是他們的女主角，也不再是那個神秘的女人、漂亮的女人……那麼她是誰呢：她是一個病毒攜帶者，她是一個活生生的魔鬼。

所有的人都消失得無影無蹤之後，只有導演還站在她身邊，導演說，這對於他們來說太突然，應該讓他們有一些時間來承受這一切，導演還說他也感到太突然，甚至是恐怖，但他深信他和他們都會承受住這突如而來的一切……徐羽在沙漠上被風吹乾的嘴唇嚅動著，她突然意識到她的降臨對所有人來說都是一種巨大的威脅，是對他們生活的真正威脅，甚至是一場災難。

有整整一天，兩天，攝製組停止了工作，她則蜷曲在房間裡，沒有任何人來與她說話，也看不到一隻鳥從窗前飛過，她被絕望包圍著，彷彿再一次藏在沙漠中的一道陰影裡。第三天，第三天來到了。她已經決定重新回到那片沙漠之中去，就在她的腳步發出忽輕忽重的聲音奔向那輛紅色跑車時，這是第三天上午的十點鐘，太陽已經將這座外景地小鎮染成金黃色，她剛打開車門，她突然看到了導演和另一個人正向她走來，走在導演身邊的那個人是那麼熟悉，如果她的記憶力受挫的話，她也不會忘記走在導演身邊的那個人，他就是省城的那位醫生，為她真正檢查出愛滋病病毒的那位醫生。

而他的降臨意味著這樣的事實，徐羽不再是一名愛滋病毒攜帶者，當徐羽離開醫院後，他再一次檢查了一遍徐羽留在器皿中的血液，他驚愕地發現，她血液中沒有任何病毒，這是一場醫學上的失誤，卻讓徐羽的生活危機四伏。徐羽聽到這個事實之後，瘋狂地驅車在路上行駛，所有的熱淚都在那一時刻湧出，從死亡到再生，從沙漠到人的世界，她仍想像幽靈一樣飛，然後再回到那座小鎮，進入那個角色。她體會到了生命，應該像幽靈一樣飛，又像幽靈一樣回到地上，活著是一件幸福的事，她想告訴所有人，活著是一件幸福的事情。

……

她的故事講完了，她摘下了口罩，她告訴林玉媚，她就是故事中的那個女人，她就是徐羽，一個曾經被宣布為是愛滋病攜帶者的女人，她告訴林玉媚，她戴上口罩說話，是因為口罩能使她重新回到那些記憶之中去。她告訴林玉媚，她之所以把這個自己親身經歷的故事告訴林玉媚，是因為她知道或體驗過一個怕死的人被推入深淵的那種東西，而現在，她又重新在她過去的男友身上看到了這種令人絕望的東西，他的病雖然不會像愛滋病一樣恐怖受到外界世界的驅逐，但同樣會受到他自己內心世界的驅逐。她講了這麼多，她望著林玉媚，她比林玉媚要年輕一些，職業也不同，是演員，而她是醫生，她還告訴林玉媚，如果她不從沙漠中回來，如果她沒有抓住那種一息尚存的力量重新回來，那麼她早就被沙漠所湮滅了。

但她卻沒有被湮滅，她又重新開著她的紅色跑車回到了現實之中，她由一個快死的人變成了一個像樹葉一樣迎風吹拂的人。她告訴林玉媚這個故事的唯一目的就是請她幫助周林，因為她是周林的醫生。她顯然希望周林找到另一種生活的希望，她把這種希望寓託在林玉媚身上。她告訴林玉媚，她要回劇組去了，那部電影的拍攝已到了尾聲階段，但並沒有結束，一切生活似乎都沒有結束。

兩個不同的女人體會到了這一切，她們坐在酒吧的角落，似乎在等待著什麼?而她們卻是為了另一個病人相互坐在一起。林玉媚想起了染方，她已經將四十隻蠍子帶回來了，她當然會很快殺死那些毒蠍，她殺死毒蠍時，她的長髮垂落在她的手臂上，這是另一種令人絕望的情景。林玉媚送走了徐羽，她不知道這個女人現在有沒有還愛著服裝設計師周林，但毫無疑問，她關心著周林，周林也許不是她生活中最重要的內容，但當她經歷了那些故事又重新與周林會面後，她感到周林就像她躺在沙漠中一樣快死了，然而，她卻希望周林也能像她一樣看見奇蹟的出現。

她站在染方的公寓門口，伸出手去，在黑暗中她尋找到了門鈴，她剛送走徐羽，她並沒有與染方約好時間，她只是有一種本能——想看見那些蝎子，就像在某一瞬間，她突然想看到盤旋著的鳥，空空的塔頂上方的那些雲彩一樣。但她按響門鈴後才感到染方並沒有在家，她看不到公寓裡面的燈光，整幢樓都是漆黑的，像陷在地平線深處。就在她離開公寓想走出一條小徑時，她停了下來，因為她看到了一束車燈正迎面而來，也許那就是染方的車，她看不清楚車燈的顏色，因為黑暗湮沒了顏色。她站在小徑深處，周圍還有無數條小徑，它們交叉而去，林玉媚突然聽到了一串笑聲，而且這竟然是染方的笑聲，她還是頭一次聽到染方的笑聲，漸漸地她看到一個男人攙扶著染方，她好像醉了，她是真的醉了，林玉媚似乎嗅到了從她嘴裡發出的威士忌的氣味，她被這個高大的男人托著身體，他們顯然在一起度過了好幾個小時，而且這個男人一直伴隨著她。

突如其來的這種場面以及從染方嘴裡發出的那種醉意的笑聲，使她突然覺得這個女人——就像一種難於解開的謎語，她似乎在黑暗中看到了她那張大嘴的性感的笑容，他們已經趔趄著到達了門口，她聽到染方在叫著：「哦，鑰匙，該死的鑰匙，你到底在哪裡？」後來他們尋找到了鑰匙，門被打開隨即又呯地關上了，林玉媚聽到了冷冰冰的金屬門，在夜色中合攏的聲音，燈亮了，公寓裡所有的燈光突然亮了，在黑暗中，林玉媚突然看到了一種情景，那個高大的男人正垂下頭去吻著染方的脖頸，這是從透明的窗帷中展現出來的情景，他們相互的身體痙攣著，他們全然沒有感受到窗戶外還有另外的世界，後來，窗戶突然不再出現他們交織在一起的身影。他們到他們用激情建造的神秘王國去了，林玉媚想，那個高大的男人給染方帶來了激情，她彷彿看到巨大的潮汐正淹沒著醉意中的染方的軀體，她在那裡，躺著，吮吸著——使她忘記了那四十隻毒蝎，也忘記了奄奄一息的周林，生命是需要激情的，生命是需要健康的，毫無疑問，這個高大的男人同樣給染方帶來了身體和感官中的悅娛，毫無疑問，在與那個男人的交往中，染方同樣遺忘了生活中那些病態的東西，林玉媚不是同樣體驗過那種悅娛嗎？而悅娛是耿飛給她帶來的，在那郊野的草地上，是耿飛給她帶來了輕柔的旋律。

這種事情終究會發生，那四十隻毒蝎使染方生活中的旋律變調，使她的色彩變得陰暗，使她的心靈變得荒謬，而這個高大的男人他給染方帶來的也許是另一種嶄新的生活，就像他低下頭吻染方的脖頸一樣，就像他們身體中的痙攣一樣。

那麼，如果染方能夠忘記那四十隻毒蝎，她也許就變成了一個幸福的人，大多數幸福的來源取決於他們怎樣把痛苦和煩惱忘記，如果染方能夠忘記那四十隻毒蝎，那麼，她也許就忘記了一個病人在折磨著她，那麼，她也許也就忘記了煩惱。

讓染方再一次地把這一切忘記吧，林玉媚知道當所有人都離開她的病人之後，她也不會離開她的病人，她發現自己被許多事物感染著，她想起了徐羽告訴她的故事，那個故事說明了人都是需要健康的，當你面對突如其來的裂縫時，你會對生命感受到某種絕望，你停下來，你能感受到世界像一個籠子裝滿了極度的黑暗，而當你突然發現你已經擺脫了那道突如其來的裂縫時，你又會感到你再也不會拐進那道突如其來的裂縫之中去了。

她此刻對她的病人周林充滿了那種無法言語的愛，她想扔掉所有的一切為他進行化療，扔掉的東西有時間，時間對於她來說不再擁有醫院之外的生活，時間對於她來說不再有別的約會，她一次次地推辭了與耿飛的會面，耿飛在電話中輕聲說道：「玉媚，你到底怎麼了？你怎麼總是在拒絕我，我不明白你為什麼要拒絕我？」「為什麼，是啊，我為什麼要拒絕他？」林玉媚放下電話後問自己，她推開窗戶，宿舍區那邊就是病人區，世界就是這樣由此劃分的，而病人區之外是一個鮮活的世界，是耿飛他們的世界，她為什麼要拒絕耿飛呢，因為她的時間無法均衡地分開，因為周林就要開始化療了，她將用大部分時間陪著他。她想著她拒絕他的時候，他在電話中生氣的模樣，她想著他的肩就像起伏的南方丘陵那樣有節奏，他的身體中的音樂給予過她激情，難道她現在不再需要他的擁抱了，不再需要他們之間的親密生活了，她垂下頭去，在牆那邊的病人區，有一個病人區等待著她去，她知道他生活中有過許多女人，但她們不可能守在他身邊，因為他生活中的那些女人可以飛，可以像幽靈一樣飛動，也可以像幽靈一樣隱現在世界的深處，她們在樂器中開始為他奏著顫音，但她們始終在飛，用身體在飛，徐羽正飛在攝製組的那座小鎮上空，而染方呢？她此刻正飛在四十隻毒蠍之上，她想到了自己，她也在飛，但她不想獨自飛翔，她想帶著周林一起飛，她一遍又一遍地答應過他不會讓他去死，是啊，她不會讓他墜落在那只孤獨的簧樂器中，讓他孤獨無望地散發出顫音，所以，她是他的醫生，也是他的染方，更是攜帶他飛的那個女人。

她在走廊或小徑中經常會與范亞平相遇，他仍然想追求她，但她機智地迴避著他的目光。

她推著他來到花園，這是她攜帶他飛的第一種方式，因為花園中有湖水和玫瑰，因為花園中有玫瑰之上的蜜蜂在飛，有鳥在飛，有一天他也許會，總之，即便他死了，她曾經帶著他去過花園，感受到花園中的自然的氣息，她還會在化療過程中帶著他去郊外的草坪上，所有他曾經嚮往的地方她都會陪著他去，她希望他不會死……

他也許會死，噢，林玉媚已經將她的病人帶到了花園，花園中的露水還沒有散盡，陽光照在那些露水之上，照在玫瑰之上，他也許會死，林玉媚現在卻帶著她的病人在飛，她的病人的身體正處在化療階段，所有的一切都企圖攀越灰燼中的灰燼，儘管她一個人的力量是那麼脆弱，但她真的已經攜帶她的病人，一個真正的病入膏肓的病人正在飛，為了她的病人能夠飛，她會將所有的事拋棄，有時候她會想到耿飛來，想起他們的性，熱情的、不顧一切的性，正是那一切暗示著她，給予她足夠的力量，攜帶她的病人去飛。

秋天到來了，花園中的鮮花已經凋零，林玉媚害怕聽到高處樹葉的凋零之聲，但她仍然帶著她的病人到秋天的花園之中去，她想起了很多人，想起了那位憂鬱的薩克斯風手，想起了雷萌萌跟隨貨車司機的車輪正在穿越移動的山脈，而她呢?她有一種不測的預感，但她卻仍然堅持不懈地帶著她的病人在飛。

三民叢刊書目

① 邁向已開發國家　孫　震著
② 經濟發展啟示錄　于宗先著
③ 中國文學講話　王更生著
④ 紅樓夢新解　潘重規著
⑤ 紅樓夢新辨　潘重規著
⑥ 自由與權威　周陽山著
⑦ 勇往直前
·傳播經營札記　石永貴著
⑧ 細微的一炷香　劉紹銘著
⑨ 文與情　琦　君著
⑩ 在我們的時代　周志文著
⑪ 中央社的故事（上）
·民國二十一年至六十一年　周培敬著
⑫ 中央社的故事（下）
·民國二十一年至六十一年　周培敬著
⑬ 梭羅與中國　陳長房著
⑭ 時代邊緣之聲　龔鵬程著

---

⑮ 紅學六十年　潘重規著
⑯ 解咒與立法　勞思光著
⑰ 對不起，借過一下　水　晶著
⑱ 解體分裂的年代　楊　渡著
⑲ 德國在那裏？（政治、經濟）
·聯邦德國四十年　郭恆鈺
許琳菲等著
⑳ 德國在那裏？（文化、統一）
·聯邦德國四十年　郭恆鈺
許琳菲等著
㉑ 浮生九四
·雪林回憶錄　蘇雪林著
㉒ 海天集　莊信正著
㉓ 日本式心靈
·文化與社會散論　李永熾著
㉔ 臺灣文學風貌　李瑞騰著
㉕ 干儛集　黃翰荻著

㉖作家與作品	謝冰瑩著
㉗冰瑩書信	謝冰瑩著
㉘冰瑩遊記	謝冰瑩著
㉙冰瑩憶往	謝冰瑩著
㉚冰瑩懷舊	謝冰瑩著
㉛與世界文壇對話	鄭樹森著
㉜捉狂下的興嘆	南方朔著
㉝猶記風吹水上鱗 ・錢穆與現代中國學術	余英時著
㉞形象與言語 ・西方現代藝術評論文集	李明明著
㉟紅學論集	潘重規著
㊱憂鬱與狂熱	孫瑋芒著
㊲黃昏過客	沙　究著
㊳帶詩蹺課去	徐望雲著
㊴走出銅像國	龔鵬程著
㊵伴我半世紀的那把琴	鄧昌國著
㊶深層思考與思考深層 ・轉型期國際政治的觀察	劉必榮著
㊷瞬　間	周志文著
㊸兩岸迷宮遊戲	楊　渡著
㊹德國問題與歐洲秩序	彭滂沱著
㊺文學關懷	李瑞騰著
㊻未能忘情	劉紹銘著
㊼發展路上艱難多	孫　震著
㊽胡適叢論	周質平著
㊾水與水神 ・中國的民俗與人文	王孝廉著
㊿由英雄的人到人的泯滅 ・法國當代文學論集	金恆杰著
(51)重商主義的窘境	賴建誠著
(52)中國文化與現代變遷	余英時著
(53)橡溪雜拾	思　果著
(54)統一後的德國	郭恆鈺主編
(55)愛廬談文學	黃永武著
(56)南十字星座	呂大明著
(57)重疊的足跡	韓　秀著
(58)書鄉長短調	黃碧端著
(59)愛情・仇恨・政治 ・漢姆雷特專論及其他	朱立民著

⑹蝴蝶球傳奇 顏匯增著
・真實與虛構
⑹文化啓示錄 南方朔著
⑹日本這個國家 章陸著
⑹在沉寂與鼎沸之間 黃碧端著
⑹民主與兩岸動向 余英時著
⑹靈魂的按摩 劉紹銘著
⑹迎向眾聲 向陽著
・八〇年代臺灣文化情境觀察
⑹蛻變中的臺灣經濟 于宗先著
⑹從現代到當代 鄭樹森著
⑹嚴肅的遊戲 楊錦郁著
・當代文藝訪談錄
⑺甜鹹酸梅 向明著
⑺楓香 黃國彬著
⑺日本深層 齊濤著
⑺美麗的負荷 封德屏著
⑺現代文明的隱者 周陽山著
⑺煙火與噴泉 白靈著
⑺七十浮跡 項退結著
・生活體驗與思考
⑺永恆的彩虹 小民著
⑺情繫一環 梁錫華著
⑺遠山一抹 思果著
⑻尋找希望的星空 呂大明著
⑻領養一株雲杉 黃文範著
⑻浮世情懷 劉安諾著
⑻天涯長青 趙淑俠著
⑻文學札記 黃國彬著
⑻訪草（第一卷） 陳冠學著
⑻藍色的斷想 陳冠學著
・孤獨者隨想錄
⑻追不回的永恆 彭歌著
A・B・C全卷
⑻紫水晶戒指 小民著
⑻心路的嬉逐 劉延湘著
⑼情書外一章 韓秀著
⑼情到深處 簡宛著
⑼父女對話 陳冠學著

⑨③陳冲前傳　嚴歌苓著
⑨④面壁笑人類　祖慰著
⑨⑤不老的詩心　夏鐵肩著
⑨⑥雲霧之國　合山究著
⑨⑦北京城不是一天造成的　喜樂著
⑨⑧兩城憶往　楊孔鑫著
⑨⑨詩情與俠骨　莊因著
⑩⓪文化脈動　張錯著
⑩①桑樹下　繆天華著
⑩②牛頓來訪　石家興著
⑩③深情回眸　鮑曉暉著
⑩④新詩補給站　渡也著
⑩⑤鳳凰遊　李元洛著
⑩⑥文學人語　高大鵬著
⑩⑦養狗政治學　鄭赤琰著
⑩⑧烟塵　姜穆著
⑩⑨河宴　鍾怡雯著
⑪⓪滬上春秋　章念馳著
⑪①愛廬談心事　黃永武著
⑪②吹不散的人影　高大鵬著
⑪③草鞋權貴　嚴歌苓著
⑪④是我們改變了世界　張放著
⑪⑤夢裡有隻小小船　夏小舟著
⑪⑥狂歡與破碎　林幸謙著
⑪⑦哲學思考漫步　劉述先著
⑪⑧說涼　水晶著
⑪⑨紅樓鐘聲　王熙元著
⑫⓪寒冬聽天方夜譚　保真著
⑫①儒林新誌　周質平著
⑫②流水無歸程　白樺著
⑫③偷窺天國　劉紹銘著
⑫④倒淌河　嚴歌苓著
⑫⑤尋覓畫家步履　陳其茂著
⑫⑥古典與現實之間　杜正勝著
⑫⑦釣魚臺畔過客　彭歌著
⑫⑧古典到現代　張健著
⑫⑨帶鞍的鹿　虹影著
⑬⓪人文之旅　葉海煙著

- ⑬① 生肖與童年　小　民著
- ⑬② 京都一年　林文月著　喜　樂圖
- ⑬③ 山水與古典　林文月著
- ⑬④ 冬天黃昏的風笛　呂大明著
- ⑬⑤ 心靈的花朵　戚宜君著
- ⑬⑥ 親　戚　韓　秀著
- ⑬⑦ 清詞選講　葉嘉瑩著
- ⑬⑧ 迦陵談詞　葉嘉瑩著
- ⑬⑨ 神　樹　鄭　義著
- ⑭⓪ 琦君說童年　琦　君著
- ⑭① 域外知音　張堂錡著
- ⑭② 遠方的戰爭　鄭寶娟著
- ⑭③ 留著記憶・留著光　陳其茂著
- ⑭④ 滾滾遼河　紀　剛著
- ⑭⑤ 王禎和的小說世界　高全之著
- ⑭⑥ 永恆與現在　劉述先著
- ⑭⑦ 東方・西方　夏小舟著
- ⑭⑧ 嗚咽海　程明琤著

- ⑭⑨ 沙發椅的聯想　梅　新著
- ⑮⓪ 資訊爆炸的落塵　徐佳士著
- ⑮① 沙漠裡的狼　白　樺著
- ⑮② 風信子女郎　虹　影著
- ⑮③ 塵沙掠影　馬　遜著
- ⑮④ 飄泊的雲　莊　因著
- ⑮⑤ 和泉式部日記　林文月譯・圖
- ⑮⑥ 愛的美麗與哀愁　夏小舟著
- ⑮⑦ 黑　月　樊小玉著
- ⑮⑧ 流香溪　季　仲著
- ⑮⑨ 史記評賞　賴漢屏著
- ⑯⓪ 文學靈魂的閱讀　張堂錡著
- ⑯① 抒情時代　鄭寶娟著
- ⑯② 九十九朵曇花　何修仁著
- ⑯③ 說故事的人　彭　歌著
- ⑯④ 日本原形　齊　濤著
- ⑯⑤ 從張愛玲到林懷民　高全之著
- ⑯⑥ 莎士比亞識字不多？　陳冠學著
- ⑯⑦ 情思・情絲　龔　華著

⑯⑧ 說吧，房間 林　白著

⑯⑨ 自由鳥 鄭　義著

⑰⓪ 魚川讀詩 梅　新著

⑰① 好詩共欣賞 葉嘉瑩著

⑰② 永不磨滅的愛 楊秋生著

⑰③ 晴空星月 馬　遜著

⑰④ 風　景 韓　秀著

⑰⑤ 談歷史　話教學 張　元著

⑰⑥ 兩極紀實 位夢華著

⑰⑦ 遙遠的歌 夏小舟著

⑰⑧ 時間的通道 簡　宛著

⑰⑨ 燃燒的眼睛 簡　宛著

⑱⓪ 月兒彎彎照美洲 李靜平著

⑱① 愛廬談諺詩 黃永武著

⑱② 劉真傳 黃守誠著

⑱3 天涯縱橫

位夢華 著

以兩極生態氣候的研究為基礎，作者建構了此書的論理與想像世界。內容從極地景致、開拓艱辛及天文物理觀念，引申至有關宇宙天人及環保的許多想法，包容科學與文學，兼具知性與感性。讓您在詼諧而深切的筆調中，激發對地球的關懷與熱愛。

⑱4 新詩論

許世旭 著

中國詩歌，無論新舊，是一座甘泉，若不掬飲，口渴神焦，……。作者係韓國人士，長年沈浸在中國文學之中，對於在中國新詩的源起及兩岸新詩風格的異同，均有獨到而精闢的見解。是讀者拓寬視野，更深入了解中國新詩之發展所必備的好書。

⑱5 天　譴

張　放 著

「一不埋怨天，二不埋怨地，只是咱家命不濟，生長在這亂世裡。」于祥生，一位山東流亡學生，民國三十八年隨政府搭乘濟和輪來到澎湖，卻萬萬沒料到會遭逢一場史無前例的政治騙局，他的人生、情愛就在這時代悲劇與宿命的安排下，無奈地上演。

⑱6 綠野仙蹤與中國

賴建誠 著

一本融和理性與感性的著作，以經濟分析的專業素養，將關懷的筆觸，延著供需曲線帶進閱讀的天空。那一篇篇翔實的數據，是驗證生活的另一種形式；那一篇篇雋詠的小品，則是理性思維的靠墊。不管你來自士農工商，本書都能提供一場知性洗禮。

⑱ 標題飆題

馬西屏 著

一個出色的報紙標題不僅要精簡準確地傳達新聞訊息，更要能表現文字的優美和趣味，這可是一門藝術。近年來報紙解禁，各種充滿巧思創意的標題紛紛跳上版面，等著要攫取你的注意。小心！一場報刊標題的革命正在編輯枱上悄悄進行……

⑱ 詩與情

黃永武 著

詩以情為主，作者長期浸淫於古典情詩，擷採珠玉，編綴出男女的愛情、家人的親情、入世的世情與出世的忘情種種世態人情。文中所引，首首如新摘茶筍，簇新可喜，且解說精要，切緊詩旨，能帶給您全新的視野與怡然的感受。

⑱ 鹿夢

康正果 著

從大陸西安到新大陸東岸的小鎮，不同的國度有著不同的風土民情，但在作者細膩的心思與敏銳的觀察力之下，它們之間起了微妙的關聯。長期旅居海外的作者，將他生活中的點點滴滴，轉化成一篇篇清雅的散文精品，將讓您領會閱讀的雋永與甘美。

⑲ 蝴蝶涅槃

海男 著

「一個生活在舊時代的女人，她生活在男人之中不如說是生活在戰爭之中，她生活在戰爭之中不如說是生活在蝴蝶之中。一個生活在蝴蝶之中的穿中國旗袍的女人，其靈魂終究會像蝴蝶一樣四處飛翔。」而她的歸宿，竟在何方？

⑲① 半洋隨筆

林培瑞 著

本書是林培瑞教授一篇篇關於他對中國的研究、感想、社論、訪問等合集。作者熱愛中國文化，對當代中國的社會、政治、文學、藝術等無不關心；綠眼黃髮，是位十足的「洋人」，但他對中國的關懷，無不流露在字裡行間，值得我們細細品味與深思。

⑲② 沈從文的文學世界

王繼志
陳 龍 著

沈從文，一個身處於三〇年代的作家，如何在這動盪的中國社會環境中，發揮自己創作及人格上的獨特性，以享有「中國的大仲馬」的美譽呢？作者由政治學、社會學、美學等多種不同角度切入，帶領我們逐步探索沈從文謎一般的文學世界。

⑲③ 送一朵花給您

簡 宛 著

本書作者自離臺赴美留學後，便長期旅居美國，迄今已逾二十年。書中有著許多海外生活的點滴，又有往來中國大陸、美國、臺灣所觀察到的各種社會現狀，有針砭亦有從關懷出發的諄諄叮嚀，使得全書層次豐富，文趣盎然。

⑲④ 波西米亞樓

嚴歌苓 著

作者為生於上海、旅居海外的優秀作家。本書除蒐羅其在美生活點滴、寫作歷程及心得，更有對書作、電影之所感所懷。洗鍊的文筆、豐華的文采，加之發自心靈深處的感動，這一篇篇雋永、情摯的佳作，縮短了作者與讀者間的距離。

⑲⑤ 化妝時代

陳家橋 著

陳，在一次陌生人闖入的情形下，成為一個殺人的疑犯，他必須找尋凶手，找尋這個和他打扮一樣的陌生人；就在他從化妝師那尋找線索時，他落入一個如真似幻的情境，在無法自拔時，他被指為瘋子，被控謀殺，他要如何去面對這一切的問題……。

⑲⑥ 寶島曼波

李靜平 著

年少時天真得令自己淪為笑柄的悲慘遭遇，事過境遷後往往反為記憶中開心的片段。本書中收錄著作者兒時的種種突發奇想，那屬於孩提時代的天真、忘我，有的令人噴飯，有些令人莞爾。在兒時距我們越來越遠的當兒，本書絕對讓你返老還童。

⑲⑦ 只要我和你

夏小舟 著

本書作者早年負笈日本，而後旅居美國。儘管足跡從保守的東方跨入開放的西方，但作者對兩性情感世界的關注卻不曾稍減。書中所收一篇篇帶著遺憾的真實故事，不甚完美的結局，恰能提供你我一個正視情感與人性的機會。

⑲⑧ 銀色的玻璃人

海男 著

「林玉媚走進了花園深處，她想看看吹奏薩克斯風的這個人是誰？……」是什麼樣一段不為人知的記憶，輕輕撩撥這即將邁入三十的女醫生心絃？循著四月天的癌症病房，她慢慢鋪陳出一段段似有若無的感情軌跡，讓心隨著它一同飛翔。

⑲⑨ 小歷史
——歷史的邊陲
林富士 著

想窺視求符籙、作法事、占夢等流傳已久的巫覡傳統嗎？想了解中元普渡傳統祭典的現代性格嗎？屎尿、頭髮與人肉又有哪些有趣的象徵意義呢？處於多元化的社會，這些「邊緣」文化所表現出民眾對鬼神及自然界不可知力量的敬畏，值得您深入探討。

⑳⓪ 再回首
鄭寶娟 著

本書收錄作者近期滿意的短篇創作十四篇，情感深刻，直指人心。誰說小說都只是風花雪月、不食人間煙火的夢幻，作者藉著細膩的感觸、流暢的敘述筆力，結構出人生各個層面的真情實感；而正因這份真實，讓人感歎紅塵種種的可貴與無奈。

⑳① 舊時月色
張堂錡 著

「每個人都有自己的日光風景，每個世代的人都會創造出獨特的回憶。……只要流過汗水，踏實走過，每一步都會閃著黃金般的亮光。」這本散文集或敘童年往事，或寫人物情緣，或抒讀書雜感，是作者向青春，向散文告別的見證，讀來別有感懷。

⑳② 進化神話第一部
——駁達爾文《物種起源》
陳冠學 著

達爾文《物種起源》一書，闡釋了「物競天擇，適者生存」的自然進化學說。一百多年來，人們一直戴著這副偏光鏡片去觀察世界，而不自知。本書以科學的論述，客觀地指出進化理論的矛盾意想，層層揭露了進化神話的迷思。

⑳ 大話小說

莊因 著

作者以其亦莊亦諧的筆調，探觸華人世界的生活百態，這其中有憶往記遊、有典故，當然還有他所嗜好的飲食文化，綜觀全書，不時見他出入人群，議論時事，批評時弊，本著知識份子的良知良行，期待著中國人有「說大話而不臉紅的一天」。

㉔ 人 禍

彭道誠 著

太平天國起義是近代不容忽視的歷史事件，他們主張男女平等，要解百姓倒懸之苦。而戰無不勝勢如破竹的天朝，卻在攻下半壁江山後短短幾年由盛而衰，終為曾國藩所敗，何以有此劇變？讀者可從據史實改編的本書中發現端倪。

㉕ 殘 片

董懿娜 著

讀董懿娜的小說就像凝視一朵朵淒美的燭光。她筆下的女主人翁大都是敏感又聰明的人物，明明知道等待著她的是絕望，她還要希望。而她們的命運遭遇，會讓人覺得曾經在塵世間匆匆一瞥。本書就在作者獨特細緻的筆觸下，編排著夢一般的真實。

㉖ 陽雀王國

白樺 著

中國施行共產主義，在政治、文化、生活作了種種革新，人民在一波波浪潮衝擊下，徘徊新舊之間。本書文字自然流暢，以一篇篇小說寫出時代轉變下豐富的眾生相，可喜、可憎、可愛的人生際遇，反應當時社會背景，讀之，令人動容。

⑳⑦ 懸崖之約

海男 著

「男人與女人在此約會中的故事，貫穿著一個幸運的結局和另一個戲劇的結局」。一個患腦癌的四十歲女子，她要在去天堂之前去訪問記憶中銘心刻骨的每一個朋友，也許是密友、情人、前夫，她的生活因為有了昨日的記憶，將展開一段不同的旅程。

⑳⑧ 神交者說

虹影 著

人的情感總是同時交雜著出現，很難只用喜悅、悲傷、恐懼等單純詞語完整表達。而本書作者細緻地記述回憶或現實的片段，藉以呈現許多情況下（如養父過世，或只是邂逅陌生人等）人複雜多變的感覺，使讀者能自然地了解書中的情境與人物的感受。

⑳⑨ 海天漫筆

莊因 著

或「拍案叫好」或「心有戚戚」或「捫心自思」，作者以其多年旅居海外經驗，與自身文化激盪的心得，發為一篇篇散文，不但將中華文化精萃發揚，亦介紹西方生活的真善美。且看「海」的那片「天」空下，作者浪「漫」的妙「筆」！

國家圖書館出版品預行編目資料

銀色的玻璃人 / 海男著 -- 初版.-- 臺北
市：三民，民89
冊； 公分. --(三民叢刊；198)

ISBN 957-14-2993-7(平裝)

857.7 88003989

網際網路位址 http://www.sanmin.com.tw
© 銀色的玻璃人

著作人 海 男
發行人 劉振強
著作財產權人 三民書局股份有限公司
臺北市復興北路三八六號
發行所 三民書局股份有限公司
地址／臺北市復興北路三八六號
電話／二五〇〇六六〇〇
郵撥／〇〇〇九九九八——五號
印刷所 三民書局股份有限公司
門市部 復北店／臺北市復興北路三八六號
重南店／臺北市重慶南路一段六十一號
初 版 中華民國八十九年一月
編 號 S 85485

基本定價 參元陸角

行政院新聞局登記證局版臺業字第〇二〇〇號

有著作權・不准侵害

ISBN 957-14-2993-7(平裝)